風読みの彼女

The Wind-Reading Girl

Keisuke Uyama

宇山佳佑

集英社

目次

風読みの彼女

この不思議な物語を語る前に、まずは彼女を紹介しなければならないだろう。

級長戸辺《しなとべ》風架《ふうか》さんのことを。

僕の上司で雇い主。ついでに片想いの相手でもある。

彼女はとっても気まぐれで、予測不能な行動派。斜め上ゆく行動力には何度もヒヤヒヤさせられた。ハンバーガーとベレー帽が大好きで、レコード、ピアス、小説、食器、万年筆に各地の絵葉書、それからガラス細工に至るまで、あらゆるものを収集したがる。

チャームポイントはとにかく笑顔で、笑うと右のほっぺにえくぼができる。食事のときの幸せそうな笑顔なんて、見ているだけでこの世界から争いがなくなるほどだと、僕は勝手にそう思っている。だけど単に顔が可愛いってワケじゃない。存在自体が可愛らしいのだ。

天真爛漫、天衣無縫、才色兼備で純真無垢。それはちょっと言いすぎかもな。依頼者のためなら誠実だけど、僕にはちょっと意地悪だからだ。

僕はそんな彼女に淡い恋心を抱いていた。深く知りたいって思っていた。でも少しは理解できたかな？　って嬉しくなったら、するりとこの手をすり抜ける。捉えどころがちっともないんだ。

そういう人のことをなんて表現したらいいんだろう？

ああ、そうだ。この言葉がぴったりだ。

彼女はまるで……

風のような人だった。

プロローグ　春一番

白く輝く水槽の中をカラフルな熱帯魚たちが悠然と泳いでいる。ゆらゆら揺れる緑の水草。鹿の角を思わせる尖《とが》った流木。大小それぞれの風山石《ふうざんせき》。それに珊瑚《さんご》礁のオブジェまである。なんて立派なアクアリウムなのだろう。それなのに、設置場所が残念だ。仏壇の隣に置いてあるのだ。最適な場所がここしかなかったのかもしれないな。

この手の水槽は横幅六〇センチのものがオーソドックスなサイズらしい。でも我が家のそれは一回り大きい九〇センチだ。はっきり言って邪魔で仕方ない。ある日突然、居間にドンと置いてあったのだ。母が最近はじめた迷惑な趣味だ。

とはいえ、こうしてぼんやり眺めることは嫌いじゃなかった。熱帯魚は同じ種類でも一匹一匹に個性があって、泳ぎ方や縞《しま》や斑点、色の濃淡などが様々だ。見ていてちっとも飽きることはない。

その日もポテトチップスを齧《かじ》りながら、水槽の中を泳ぐ魚たちを果てることなく眺めていた。母が仕事で外出している日中、こんなふうにアクアリウムを眺めることが僕の日課になっていた。

大きなあくびをひとつ。さっき起きたばかりだから、まだかなり眠い。時刻は夕方少し前。庭に面したこの部屋は、西日が射《さ》して驚くくらいに暖かい。そのことがより一層、眠気を誘った。

日陰に置かれた水槽は、ライトによって鮮やかな光に包まれている。点灯時間は一日八時間。夜になったら自動で消える。水槽内を綺麗に見せるためだけならば、電気代はかかるけど、ずっと点《つ》けておけばいいのにな……。そんなことを思って調べてみたら、どうやらこのライトはバイオリズム調整の役割もあるらしい。人間でいうところの太陽の役割をしているのだ。明るいときに行動して、暗くなったら眠る。魚たちの生活習慣を整えているようだ——それと、灯《あか》りを消すことで水草の繁殖や苔の発生を抑えているのだ——。じゃあ昼夜が逆転している僕は魚以下ってこと？　そう思うとちょっとだけ、ううん、結構、かなり、悲しくなる。

ひやり……。冷気がユニクロのトレーナーをまくった腕に触れた。

どこからか風が入り込んできたようだ。玄関のドアが開いたのかもしれないな。お母さんがパートから帰ってきたんだ。顔を合わせる前に部屋に戻ろう。腰を上げようとした——そのとき、ドタドタドタ！　とドアの向こうで足音が聞こえた。アクアリウムの水面が激しく波立つ。魚たちも驚いている。そして、扉は開かれた。

僕は目の前の光景に驚いて、文字どおり、椅子から転げ落ちた。ポテチが床に散乱した。

な、なんで、おじさんが急に二人も入ってきたんだ!?

一人は、ごま塩頭の怒り肩。もう一人は、耳が餃子《ぎょうざ》みたいに膨らんだダウンベストの男。その気になれば、僕の首なんて七面鳥みたいに一瞬で締め上げることができるような大男たちだ。

「だ、だ、誰ですか!?」と僕は思わず叫んだ。

「突然ごめんなさいね。私は岩戸《いわと》といいます」

怒り肩の男が言った。声がめっちゃでっかい男だ。

「えーっと、野々村帆高《ののむらほだか》さん？」

どうして名前を？　僕は頭に満杯の水の入ったコップを載せているかのように慎重に頷《うなず》いた。

「我々は引きこもりやニートの方の自立支援を目的とした会社の者です」

なるほど……。所謂《いわゆる》『引き出し屋』というやつか。前にネットで見たことがある。突然乗り込んできて無理やり部屋から引き出そうとする連中だ。一度外に出たら最後、遠くの施設での集団生活を強要してくる。もちろん良心的な会社や団体もたくさんあるだろう。しかし目の前の二人はどう見たって悪党だ。筋骨隆々なところを見ると、格闘技の心得もあるはずだ——耳だって餃子だし——。格闘家の連中は「いざとなったら殴った方が話が早い」の精神だから、どうにもタチが悪い。

これはマズい。マズすぎる。僕の人生最大のピンチだ……。

「私たちは、ご家族からの依頼を受けてここに来ました。帆高さんがもう一年半も引きこもっているから、なんとか自立させてほしいって頼まれましてね。とりあえず外へ——」

「誤解なきように言っておきます！」

男の話を遮った。引き出されてなるものか。

「僕は引きこもりではありません。ご覧のとおり自分の部屋から普通に出ますし、今日みたいな天気の良い日はお散歩にだって出かけます。近所の人とすれ違ったら挨拶だって欠かしません。そりゃあ、今は働いてはいませんが、それは母のためでもあるんです。母は膝が悪くて、買い物が大変なんです。ほら、ここは横須賀《よこすか》でも屈指の高台にありますし、道が細くて車も入れませんからね。膝の悪い母親に重たい買い物袋を運ばせるわけにはいきませんでしょう？」

理路整然と、早口で、ＩＴ社長が自社の躍進を語るが如《ごと》くこの家にいる正当性を訴えた。しかし引き出し屋の連中には一デシベルだって響いていない。餃子耳の男なんて暇そうにスマホをいじっている。くそ、この野郎……。

「わ、分かった！　あなたたちは兄の差し金ですね!?　あいつは僕の存在を快く思っていないんです。自分が公務員になれたのをいいことに、僕を見下してるんですよ。これは兄の嫌がらせです。それに、勝手に僕を連れ出したら母がなんて言うか――」

「依頼主は、お母さんですよ」

「え……？」

「今すごく怖いと思います。でもね、ここから一歩、勇気を出して踏み出してみませんか？」と岩戸と名乗る男は不気味に笑った。日焼けした真っ黒な肌とは対照的に、恐ろしいほど歯が白かった。

「い、いやだ！　僕は出ません！　絶対出ません！　お母さんを呼んでください！　お母さん！　お母さん!?　お母さんってば!!」

二十二歳にもなって情けない話だけど、僕は「お母さん」と連呼した。近所の人がびっくりして警察を呼んでくれたらむしろ好都合だ。問題を大きくして、この二人を追い払ってやる。

「ちょっとぉ、ほっくん！」と廊下の方で声が聞こえた。「ご近所迷惑だから大声は出さないで！」

母・野々村波子《なみこ》が戸口から困った顔を覗《のぞ》かせた。

お母さんは、ほとんど僕と同じ顔をしている。遺伝子とは恐ろしいものだ。僕を上からぎゅっと潰して、老けさせたらお母さんの出来上がり……って、今はそんなことはどうだっていい。

「もぉ、お母さん！　どうしてこんなことするのさ！」

「だってぇ〜、ほっくん、いつまで経《た》っても働かないんだもん。それでお兄ちゃんと相談して」

「僕がいなくなってもいいの!?　お母さん一人暮らしになるんだよ!?」

「そしたらお兄ちゃんが時々会いに来てくれるって」

「来るわけないじゃん！　あいつが冷たい男だって、お母さんも分かってるでしょ!?」

「そうかしら？　クールだけど優しい子よ」

「クールぅ!?　どこが！　それに、弟にこんな仕打ちをするなんて全然優しくないよ！　僕がいなくなったら苦労するのはお母さんなんだよ!?」

「でもぉ、お母さんはほっくんに働いてほしいの。だから――」

母は、男たちに満面の笑みを向けて、

「この愚息、さっさと引き出しちゃってください！」

「わ、分かったよ！　働く！　働くから！　この人たちは帰らせてよ！」

「そう言ってもう一年半よ？」

「誓う！　誓うよ！　誓うって！　今度こそ本気で仕事を見つけますから！」

「でも勝手に許したらお兄ちゃんに怒られちゃうし……」

「じゃあこうしようよ！　一週間以内に仕事を見つけられなかったら、この人たちのお世話になる！　誓約書を書いたって構わない！　だから頼むよ！　僕に猶予を与えてください！」

無様を通り越して、清々《すがすが》しいほど床に額をこすりつけた。

かくして、僕の人生を懸けた職探しははじまったのだった……。

あくる日、寝起き最悪の僕はムスッとした顔で居間へと向かった。母は仕事が休みだったようで、朝からアクアリウムの改造をしている。春をイメージして水槽内に桜の木を植えているらしい――もちろん作り物の木だ――。というか、なんで急にアクアリウムなんてはじめたんだろう？

「あら、ほっくん。これからハローワーク？」とお母さんが首だけで振り返って言った。

「……うん、まぁ」

「険しい顔してどうしたの？　下痢でもしてるの？」

「してない。無理やり追い出そうとするなんて酷《ひど》い親だなぁって思ってたの」

「なに言ってんの。良いきっかけでしょ？　じゃあ、そんなほっくんに良いものをあげよう！」

「お小遣い？」

「バカ言ってないで、ついていらっしゃい」

意気揚々と玄関へ向かう母。僕はため息を漏らして、仕方なくそのあとに続いた。

「――なにこれ？」

我が家には長い間使われていない倉庫がある。その前に埃《ほこり》を被《かぶ》ったバイクが置いてあった。『ローマの休日』や『探偵物語』で有名なベスパという車種で、レトロでイタリアンな雰囲気が漂う黄色――ポジターノ・イエローというらしい――の車体が印象的だった。

「これ、お兄ちゃんが学生時代に乗ってたバイクなの。まだ動くから足として使ったら？」

「誰があいつのお下がりなんて」と僕は鼻の付け根に皺《しわ》を作った。

「こらこら、文句言わないの。ほっくんも中型免許持ってたわよね？　これ150ccなのよ」

「持ってるけど……。あのさぁ、お母さんの膝のこともあるし、やっぱり仕事は――」

「今から呼ぼうか？　引き出し屋さん」

「分かった。ちゃんと探す」

「じゃあ、約束ね」と母は微笑《ほほえ》み、小指をすっと差し出した。

ゆ、ゆびきり？　いい歳こいた母と息子が？

でもお母さんは真剣だ。「拒否は絶対に許さない」という強い意志が短い小指から溢《あふ》れている。

僕は嫌々ながらも指を絡めた。五十半ばの還暦予備軍の母親と無職の息子のゆびきりげんまん。なんて滑稽なんだろう。誰かに見られたら恥ずかしくて死にたくなる。

「ほっくんならできる！　絶対できる！　さぁ、あなたも繰り返しなさい。僕ならできるって」

「い、嫌だよ、恥ずかしい」

「言いなさい。でなきゃ呼ぶわよ？　引き出し屋さん」

「僕ならできる！　絶対できる！　頑張るよ、お母さんのために！」

我ながら吐き気がするおべんちゃらだ。でも母は満足げに笑っている。そして、

「ゆびきりげんま〜ん、嘘ついたら針千本飲〜ます。ゆびき〜った」

飄風《ひょうふう》に乗ってご近所さんまで届いてしまいそうな大声だ。勘弁してくれよ……。

「それからもういっこ。お兄ちゃんからの伝言」

「伝言？」

「あの日の約束、ちゃんと守れって」

思わぬ言葉に虚を衝かれ、僕は踵《きびす》を返してそそくさと逃げ出した。

結局、ハローワークで仕事は見つからなかった。いや、正確に言うと、職探しからも逃げ出したんだ。面談をしてくれた職員さんに「今までなにをしてたんだい？」と苦笑いで訊《たず》ねられて、恥ずかしくなって席を立ってしまったのだ。以来四日間、母には「仕事を探してくる」と嘘を言って、日がな一日、ぼーっと外で時間を潰している。約束のタイムリミットまであと二日と迫っていた。

そりゃあ、僕だって思ってるよ。今までなにしてたんだ……ってさ。

横須賀本港を一望できるヴェルニー公園からは今日も護衛艦がよく見える。それを見るともなくぼんやりと見ながら、もう何度目かも忘れてしまったため息をまた漏らした。

僕がダメ人間になったのは高校三年生のときだ。あの頃は自慢じゃないけど長距離ランナーとして大活躍していた。陸上部創設以来、初の全国大会出場も確実視されていたし、自己ベストだって連発していた。でも県大会の決勝で盛大にやらかしてしまった。レース序盤で転倒したのだ。再び走り出せずにその場で棄権。落胆する母と兄、陸上部の仲間たち、監督の顔を今でもよく覚えている。それに、悲しそうだったあかりの顔も……。

僕は陸上から逃げ出した。それからは呆《あき》れるような学校生活だ。カラオケ、ゲーセン、ダーツにビリヤード。自堕落で生ぬるい地獄をのうのうと生きた。将来の夢もなかったし、見つけようともしなかった。陸上以上に打ち込めるものなんて、なんにもないって思っていた。じゃあもう一度、走ればいいじゃないか。みんな揃《そろ》ってそう言った。でも遅い。遅すぎた。走る理由は、もうなくなってしまっていたから。

高校卒業後は横浜のＷｅｂ広告を手がける企業に入った。志望動機は特にない。強いて言うなら、芸能人に会えそうだからだ。だけど、そこはゴリゴリのブラック企業だった。連日連夜の激務と想像を絶する過酷なノルマ。怒鳴られすぎて心はボロボロ。僕は会社からも逃げ出した。

転職先を探したけれど、やる気も覇気も根性もない、こんなクソガキの僕のことなんてどこも雇ってはくれなかった。結局フリーターになって、カラオケ、ゲーセン、ダーツにビリヤードと職を転々とし続けた。でも全部やりたいことじゃない。こんなことをしていても意味なんてない。やがてすべてが嫌になって自分自身からも逃げ出した。立派なニートの出来上がりだ。

そんな僕が職探し……。そんなの無理に決まってるよな。またまた大きなため息が漏れる――と、強い風がそのため息をさらっていった。風は公園内をぐるりと回って遠い空へと帰ってゆく。

すごい風だったな。そういえば、今日は関東で春一番が吹くかもしれないんだっけ……。

ぼんやり空を見上げていると、右足になにかが引っかかっている感触を覚えた。Ａ４用紙が足に纏《まと》わりついている。なんだろう？　と拾い上げると、それはとある店のチラシだった。

「かぜよみどう……？」

『ガラス雑貨専門店・風読堂』と書いてある。

変な名前のお店だな……ん!?　チラシに顔をぬっと近づけた。

『アシスタントさん大募集！』とあるではないか。

時給　　　一二〇〇円
雇用形態　アルバイト
勤務時間　十時～十八時まで（若干の残業あり）

お母さんとの約束は一週間以内に仕事を見つけることだ。正社員という決まりはない。アルバイトなら今からだって受かるかもしれないぞ！
興奮しながら募集条件に目を移した。

募集条件①　普通自動車免許、または普通自動二輪免許以上を所持していること

普通自動二輪？　それってバイクの中型免許ってこと？
それなら持ってる！　大チャンスだ！
もしかしたら、さっきの風が僕に幸運を運んできてくれたのかもしれないぞ！

募集条件②　車かバイクを所有していること　バイクの場合、二人乗りが可能なこと

これもクリアだ！　でも、どういうことだろう？
ガラス細工の配達ってこと？　だけど、どうして二人乗り？
それに、最後のこの条件は……？
最後に書かれた一文に、僕はぎゅっと眉をひそめた。
そこには、『**絶対条件**』として、こう書いてあった。

ファンタジーを信じられる方！

ぶっちゃけちょっと、いや、かなぁーり怪しいバイトだと思っている。

「ファンタジーを信じられる方」って一体なんなんだ？

でも背に腹は替えられないよな……。

その翌日、僕は『風読堂』に面接を受けに行くことにした。それにしても面接なんて久しぶりだ。スーツは随分前に捨ててしまった。だから白いワイシャツに紺色のネクタイを締めて、黒いデニムジャケットで行くことにした。下はブラウンのカーゴパンツだ。およそ社会人らしくない格好だけど、まぁ、アルバイトだし、これでいいか……なんて、社会性のないことを考えながら、僕はジャケットの上にM‐51（モッズコート）を着て、ベスパに跨《また》がり、横須賀の中心地を目指していた。

軍港の街で知られる横須賀。その名を聞けばアウトローな印象を抱く人も少なくないだろう。でも実際はかなり落ち着いている。年に数件くらいは血なまぐさい事件も起きているようだが、普通に暮らしていれば身の危険を感じることは一切ない。横浜や神戸のような派手さもなければ、長崎や函館《はこだて》のようなレトロな空気も漂ってない。寂れた田舎の軍港の街、それが横須賀だ。

それでもベース——米海軍横須賀基地の通称だ——の周辺はアメリカの空気を感じることができる。英語だけで書かれた看板、ホテルの屋上の自由の女神、歩道に置かれた車の窓にはペンキで大きくＵＳドルの値段が書いてある。米軍関係者向けに販売している中古車だ。物件情報は全部英語だし、タトゥーショップもとにかく多い。そんなアメリカナイズされた街の中心地がドブ板通りだ。スカジャンやミリタリー系のショップが多く軒を連ねていて、ハンバーガーショップも充実している。それに夜になるとバーやライブハウスが賑《にぎ》わいを見せ、怪しげな雰囲気に姿を変える。ちなみに、ドブ板通りではドルが使える店もある。渋いアメリカの港町のような空気が漂う独特な場所だ。

僕は目立たぬ場所にベスパを停《と》めて、地図アプリを頼りに件の『風読堂』を目指していた。

横須賀は坂の街でもある。車両が入れないような細い急坂や階段だらけだ。

ドブ板通りの裏手の階段を息を切らして上ってゆくと、やがて山のてっぺんに辿《たど》り着いた。運動不足には辛い道程だ。そこからは私有地になる。

『風読堂　あちら☞』の看板が見えた。

矢印の先では木々が怪しげなトンネルを作っている。

風が吹き荒れ、木の葉がザワザワ不気味に啼《な》いた。

なんだかファンタジーの世界への入口みたいだな……。

ごくりと唾を飲み込んで、僕はおずおずと緑のトンネルをくぐった。

その建物はかなりの年季が入っていた。優に築五十年は経っているだろう。それでも外観の装飾は華やかで、えんじと白の縞模様のオーニングの上の壁には、大正時代を思わせるレトロなフォントで『風読堂』と書いてある。こういう建物のことを看板建築っていうんだっけな。

ドアも洒落《しゃれ》ていて、風の絵が描かれたステンドグラスがはめてある。ドアの横には大きな窓。そおっと中を覗いてみると――暗くてよく見えないけど――店内はかなりの奥行きがありそうだった。

よし……と気合いをひとつ入れ、僕はくすんだ真鍮《しんちゅう》のドアノブを回した。

どんよりとした空模様もあってか、室内は暗かった。床板を踏むと、ギシ……と不安な音が鳴った。微《かす》かに漂う埃の匂い。棚にはガラス細工が並んでいる。グラスにお猪口《ちょこ》に花瓶に箸置き。種類は豊富だ。これは店主の手作りなのかな？　でも工房は併設していないようだ。

店の奥にはレジカウンター。レトロなレジスターが置いてある。そのカウンターの向こうには六段ほどの大きな棚があって、大、中、小の瓶がそれぞれサイズごとに並んでいる。爽やかな水色の瓶もあれば、緑色や黄色、深い赤色のものもある。形も様々だ。なで肩のワインボトルのような瓶やふっくらした円状の瓶。口の広いものや狭いものなど、多種多様な瓶がずらりと並ぶ姿は圧巻だ。

あれも全部、売り物なのかな……。

そんなことを考えていると、レジのところに人影を見つけた。

赤いベレー帽を被った女性がこちらに背を向け立っている。多分、僕よりちょっとだけ年上だ。背はそれほど高くはない。髪は内巻きのセミロング。古着っぽいチェックのジャケットを着ている。手には黒い円盤。ＬＰレコードだ。僕の来店には気づいておらず、レジの傍《そば》のレコードプレイヤーにそれをセットしていた。声をかけなきゃ……と、息を吸い込むが、曲がはじまりタイミングを逃してしまった。気を取り直してもう一度——呼吸が止まった。

次の瞬間、僕は奇跡のような光景を目撃した。

音楽が空気にとけてゆくように、辺りがふわりと明るくなった。雲が流れて太陽が顔を出し、背後の窓から光がすっと射し込んだのだ。その光は僕を越え、レジカウンターを越え、整然と並んだ棚の瓶を爽やかに照らしてゆく。色とりどりの瓶が一斉に輝くと、それに呼応するようにガラス細工たちも一斉に笑った。店内は、あっという間に光の世界へと様変わりした。

音楽はサビを迎え、女性ヴォーカルの歌声が軽やかに響く。

この曲、どこかで聴いたことがある。

思い出した。オリビア・ニュートン・ジョンの『そよ風の誘惑』だ。

透き通るような歌声と光が交じり合う店内は、奇跡のように華やかだ。

その致景に誘われて、開けっぱなしのドアから風が遊びにやってきた。春を感じさせる優しいそよ風。くすぐったくて、暖かくて、思わずふっと笑みがこぼれた。

風に吹かれて光が揺れる。

キラキラと、ピカピカと、はしゃぐように揺れている。

そよ風に肩を叩かれ、女性がゆっくり振り返る。

その瞬間、世界は一等、輝きを増した。

キラキラと、ピカピカと、キラリキラリと、サラサラと……。

「あ、面接の方ですか？」

彼女は人懐っこい笑みを浮かべて言った。

「はじめまして。店主の級長戸辺《しなとべ》風架《ふうか》です」

その声に触れ、笑顔に触れて、僕の心の真ん中を甘い風が吹き抜けてゆく。

「ようこそ、風読堂へ！」

それが風架さんとの出逢いだった。

そして僕は誘《いざな》われたんだ。

めくるめくファンタジーの世界へ。

第一話　花風

『風読堂』で働きはじめて一ヶ月以上が経った。

　あの日の面接は意外なことにあっさり合格。簡単な受け答えのあと、数日後に採用の報《しら》せが届いた。面接時間はたったの五分。絶対落ちたと思ったのにな……。

　僕の業務は接客対応、売上集計、経費計算など多岐にわたる。

　近頃は仕事にも慣れてきた。最初は薄気味悪いと思ったこの店も、今となってはなかなか渋い佇《たたず》まいをしているなぁって感じられるようにもなってきたし、ガラス細工に愛着だって湧いてきた。ちなみに、この店に並ぶ商品はすべて手作りだ。全国津々浦々のガラス工房から預かったものを販売している──『風読堂』はセレクトショップなのだ──。だからひとつひとつに個性があるし、職人さんの真心も籠もっている……って、そんな話はどうだっていい。ガラス雑貨店の仕事には確かに慣れた。でも、もうひとつの仕事にはちっとも慣れずにいる。

　そう、風架《ふうか》さんのアシスタント業務だ。

　僕は未だに信じられずにいるんだ。

日々、目の前で繰り広げられる摩訶《まか》不思議なファンタジーを。

この仕事、ちゃんと続けていけるのかなぁ……。

店内の掃き掃除をしながらレジカウンターの棚の裏にある小さな書斎に目を向けた。お客さんがいない午後、風架さんはヘパイストスというブランドの椅子に座って映画を観ている。プロジェクターで壁に投影した大画面のゾンビ映画だ。目玉が飛び出たゾンビたちが人間の頭をむしゃむしゃ食べている。彼女はそれを観ながら「ふふふ」と楽しそうに笑っていた。

なんで笑顔？　どうしてそんなに楽しいの？　そもそも風架さんって何者なんだ？　魔法使い？それとも呪術師？　あの不思議な力は一体なんなんだ？

「どうしました？」と彼女が出し抜けにこっちを見た。

「い、いえ、なんでも！」と掃除を続けたが時すでに遅しだ。彼女はにんまり笑うと、こちらへトコトコやってきて、僕の顔を下から覗いた。そして悪戯《いたずら》っぽい笑みを浮かべて、

「今思っていましたね？　この女は一体何者なんだ？　魔法使い？　それとも呪術師？　あの不思議な力はなんなんだ？　って」

ち、近い。近すぎる。幸せだけど照れくさい。彼女は時々こんなふうに距離感がバグっている。

「どうして分かったんですか？　僕の気持ちが……」

「今まで採用した人たちも、みんなそう思っていたからです。ちなみに、野々村《ののむら》さんの前に来た人なんて、バイト初日にあれを見て『気持ち悪っ！　お前は魔女かよ！』って逃げてしまいましたからね。あーあ、野々村さんも同じでしたか。悲しいです」

しゅんとする彼女に、僕はあわあわと慌てながら、

「ち、違います！　天地神明に誓って、気持ち悪いだなんて思っていません！」

「冗談です。今日はエープリルフールですからね。野々村さんは優しくて純粋ですよ。それが分かったから採用させていただいたんです」

優しくて純粋？　突然のお褒めの言葉に僕は相好《そうごう》を崩した。

だけど不思議だ。たった五分の面接で、どうしてそこまで分かったんだろう？

「それに」と、風架さんはふわりと笑った。

「野々村さんなら、このファンタジーを信じられると思ったんです」

うっ……と、罪悪感で斜め上の方を見た。

「あれれ？　まさか、まだ信じられずにいるんですか？」

「す、すみません。あまりにも想像を超えたファンタジーだったもので」

「そんなにすごいファンタジーですかねぇ？」

「はい。すごすぎるファンタジーです。だって――」と箒《ほうき》の柄をギュッと握った。

「風の記憶が読めるだなんて……」

そう、比喩でもなく、誇張でもなく、大袈裟《おおげさ》でもなく、風架さんは〝風の記憶〟を読めるのだ。

風の中にある、人々の想い出の数々を。

「ごめんくださーい」

入口の方で若い女性の声がしたので、僕らは顔を見合わせた。

ガラス雑貨店のお客さんだろうか？

それとも、風読みの依頼だろうか？

店先に立てかけてある欅《けやき》の看板を『いい風吹いてます（営業中）』から『只今《ただいま》、無風です（お休み中）』にひっくり返した。風読みの依頼者が来たときの当店のルールだ。その人のプライバシーに踏み込むわけだし、身の上話の途中で他のお客さんが入ってきたら申し訳ない。風架さんなりの優しい配慮だ――とはいえ、こんな急な坂の上だから雑貨店のお客さんはあんまり来ない――。

この日の依頼者は、倉光若葉《くらみつわかば》さんという女性だった。

まさか女子高生が来るなんて……。

僕はちょっとだけ驚いていた。

濃紺のブレザーに黒と赤のチェックのスカート。リボンを緩めた感じで結んでいるけど、制服姿がなんとも眩《まぶ》しい。すらっとしていて背が高く、目鼻立ちの整ったすごく綺麗な女の子だ。両耳には桜のピアス。髪の毛先は桜色だ。桜が好きなのだろうか？　彼女はこの店の独特な雰囲気に飲まれているのか、かなり緊張しているようだった。辺りの様子を注意深く窺《うかが》っている。

「その制服、横須賀中央学園ですか？」

レジカウンターを挟んで対座する風架さんが、その緊張をほぐすように優しく笑いかけた。

「うん、まぁ……」

「あれ？　でも今って春休みですよね？」

「補習。わたしバカだから。もしかして高校生ってダメだった？　年齢制限あったりする？」

「まさか！　これはただの世間話です。何年生ですか？」

「よかった。次、三年。来週から」

「じゃあ、まだ十七歳？」

「もうすぐ十八になるけどね。四月十日に」

「それはそれは、おめでとうございます」

「おめでたいかなぁ。十八歳っていえば、もう成人でしょ？　急に大人って言われても困るもん。そもそも大人になるって、どんなことだか分からないし」

「ふぅむ……。確かに、人はなにをもって大人なんでしょうね」と風架さんはちょっと唸《うな》って、難しい顔で考えている。だけどすぐに「でもいいなぁ〜、若いなぁ〜、青春だなぁ〜。高校時代が懐かしいです。卒業してもう六年かぁ」と明るい声に戻していた。

風架さんは二月九日生まれだから、今二十四歳か。僕の二つ年上だ。なるほど、なるほど……と、奥のキッチンで温かい紅茶を淹《い》れながら、僕はそんなことを思っていた。

「さて、そろそろ本題に移りましょうか」と風架さんの声が引き締まった。「改めまして『風読堂』の店主の級長戸辺《しなとべ》風架と申します。よろしくお願いします」

「く、倉光若葉です。よろしく……」

「若葉さんは、この店のことをどこでお聞きに？」

確かに気になるところだ。ここでの体験はネットに書き込んではならない。それが契約時の約束だ。ＳＮＳに情報が流れたら依頼は殺到するだろう。マスコミだって取材に来る。心ない人たちから「トリックで人を騙《だま》すなんて最低だ！」って叩かれて炎上するに違いない。それに、風架さんの力を悪用しようとする連中だって……。だから依頼者のほとんどは以前のお客さんからの紹介だ。若葉ちゃんの場合、塾の先生からこっそり教えてもらったようだった。

僕はドイツの歴史ある陶磁器ブランド『シューマンババリア』の花柄のティーカップにアールグレイを注ぐと、店舗へ戻って、二人の前に静かに置いた。

「もうご存じかもしれませんが、『風読堂』ではガラス雑貨の販売の他に〝風読み〟という特別な依頼を承っています。あ、前提としてネットへの書き込みは――」

「あのさぁ」と若葉ちゃんが遮った。「その風読みってガチなの？」

「ガチ？」と風架さんは目をパチパチさせた。

若葉ちゃんは咳払《せきばら》いをひとつして、

「過去のどんな出来事でも映像として見られるって……」

「ええ、本当です」と風架さんは凛《りん》とした表情で頷いた。窓から迷い込んだ小さな風が僕らの髪をそっと揺らすと、彼女はゆっくりとした語調でこう続けた。

「風は生きているんです」

その言葉に、若葉ちゃんの細い眉がぴくりと動いた。

「風はわたしたちのことを、この世界の出来事を、すべて見つめて記憶しています。今のこの会話も、若葉さんの『そんなの信じられない』ってその顔も、全部しっかり覚えてくれているんです。わたしには、その風の記憶を読み取る力があります。風を集めて、閉じこめて、再生することができるんです。それが風読みです」

若葉ちゃんは桜色の毛先を揺らして大袈裟なくらい頭を振った。

「ファンタジーすぎて信じられないや……」

「そうだと思います。皆さん、だいたい同じ反応ですから。ね？　野々村さん」

こちらを見てニコリ。未だに信じられない僕をからかっているんだ。

「では、百聞は一見にしかずです。実際にご覧に入れましょう！」

そう言うと、風架さんはレジカウンターの下から小さな瓶を取り出した。なんの変哲もない瓶で、口にはコルク栓がついている。ラムネのような緑がかった青色は、新橋色《しんばしいろ》というらしい。中身は空っぽ。しかし、よくよく目を凝らすと、キラキラした塵のようなものが浮遊しているのが分かる。

風架さんはその瓶を手に立ち上がり、真ん中の広いスペースへと足を向けた。そして「心の準備はよろしいですか？」と念を押した。若葉ちゃんは大きく息を呑《の》み込んで、それからおずおず頷いた。それを合図に、栓は抜かれた。

その刹那、サイダーの泡のように風が瓶から一気に吹き出した。

円を描く疾風は、風架さんのベレー帽を飛ばし、若葉ちゃんの髪を巻き上げ、カウンターの上の書類をはためかせながら店内を駆け回る。ガラス細工がカタカタと音を立てる。それでも風は優しくて、敵意は一切感じない。ガラス細工が倒れることもなかった。

呆然《ぼうぜん》とする若葉ちゃん。大きな瞳だけが風の行方を追っている。

やがて風は、静かに止《や》んだ。

そのあとには光の粒子たちが残されて、ふわり、ふわり、と宙を漂っている。

風架さんが小瓶をおもむろに床の上に置くと、光は呼ばれたようにそこへと集まってきた。

そして僕らの目線の高さで、少しずつ、はっきりと、ひとつの映像を描いていった。

それは、空をゆく鳥の目から見たような映像だ。青い空と白い雲、遠くで波の音も聞こえる。眼下には海辺の公園。横須賀の平成町《へいせいちょう》にある、うみかぜ公園だ。園内の青々とした芝生の坂道を段ボールで滑る男の姿がある。ドヤ顔で滑っているけど、バランスを崩して斜面をごろごろ転がってゆく間抜けな男——そう、この僕だ。

「今ご覧になっているのが風の記憶です」と風架さんが言った。「半信半疑のお客さんにサンプルとしてお見せしているんです。ちなみに、これは先週うみかぜ公園で集めた風です。野々村さんにご協力いただいて段ボールで滑ってもらったんです」

若葉ちゃんは恐る恐る手を伸ばして宙に浮く映像に触れた。しかし光の粒子はふわっと散らばり、映像は崩れてしまう。だけどまたすぐに集まった。プロジェクターの投影ではこうはならない。

これが風架さんのファンタジー、風読みだ。

やがて三十秒ほどで映像が消えると、若葉ちゃんは「すご……」と声を漏らした。

「すごい……！　チョーすごい！　魔法みたい！」

風架さんは席に戻って、紅茶を飲んで羽根のように柔らかく微笑んだ。

「お姉さん——じゃなくて、風架さん！　この映像って、どのくらいの時間見られるの!?」

「それは瓶の大きさによって変わります」

そう言うと、背後の棚から大、中、小の瓶を取ってカウンターの上に並べた。

「集める風の量で再生時間は決まるんです。大きな瓶なら三分程度。中くらいなら一分間。小さい瓶なら今と同じで三十秒です。料金はそれぞれ十万円、五万円、三万円となります」

「三分間で十万円!?」

「ちなみに、学割もありますよ。高校生なら半額で承らせていただきます」

「へぇ、良心的なんだ。ん？　でも待って。それでも三分で五万円か。やっぱ高いね……」

「どうなさいます？　お若い方にとっては高額ですし、くれぐれも無理はしないでくださいね？」

「ううん、払うよ。風読み、お願いします」

「本当に大丈夫ですか？」

「大丈夫！　お金なら、またバイト頑張って稼げばいいしね！」

正直、僕も最初に値段を聞いたときは「高い！」って思った。でも冷静に考えれば、過去のどんな出来事だって見ることができるんだ。自分が忘れてしまったことだって風は覚えてくれている。しかも自分以外の人の想い出まで見られるとなれば、三分間で十万円でも決して高くはない。とはいえ、風架さんは犯罪には手を貸さない。依頼が少しでも怪しかったり、誰かのプライバシーが著しく侵害されるようなことには協力しないポリシーだ。この値段設定だって、あえて高額にすることでそれ相応の覚悟を持った人にのみ風読みを提供したいという想いが込められているのだ。

「ねぇ、風架さん。集めてもらう風の記憶って、かなり昔のことでも大丈夫？　風って消えたら、その記憶も消えちゃうの？」

「いいえ、風は決して消えたりしません。記憶も残り続けます」

「え？　でも風って止むじゃん。無風の日だって全然あるし」

「風には様々な種類があるんです。一瞬で吹き過ぎてゆく風もあれば、気づかぬくらい静かに流れる風もある。そして、世界中の風はすべてひとつに繫《つな》がっているんです」

「繫がっている？」

「はい。風は別の風とぶつかって、また新しい風に生まれ変わります。そのとき、記憶も引き継がれます。そうやって風の記憶はバトンのように受け継がれてゆくんです」

要するに、風はどんどん合体しながら、記憶をどんどん蓄積してゆく。そうやって世界中をぐるぐる回っている……ってことだと、僕は勝手にそう解釈している。

「じゃあ、百年前のことでも、江戸時代のことでも、それよりずーっと昔のことでも映像として見られるってこと？　それってすごくない？　本能寺の変の真相とか、坂本龍馬暗殺の犯人とか、風の記憶で分かるってことだよね？　ノーベル賞ものじゃん」

「確かに歴史の真相も見ようと思えば見られます。でもあまり多くの方に風読みのことを知られたくはないんです。余計な混乱を招くだけですからね。それに大昔のこととなると、わたしの力が追いつきません。古い記憶を探し出すのって、ものすごく大変なんです」

「ちなみに、何年前まで遡れるの？」

「そうですねぇ、だいたい五十年くらい前までなら」

「なら平気だ！　今回お願いしたいのは二十年前までだから」

「二十年前？　ということは、集めてほしい想い出は、若葉さんのではなく？」

「パパとママのなの！　二人が結婚してから今日までの想い出を集めてほしくて！」

若葉ちゃんからの依頼は、ご両親へのサプライズだった。

「来週、パパとママの結婚記念日があるの。しかも今年で二十周年。その日に、これまでの夫婦の歴史を見せてあげたいんだ」と若葉ちゃんは八重歯を見せて少女らしい笑みを浮かべた。

風の記憶を突然見せて二人をびっくりさせたいらしい。最近の想い出からはじまって、だんだん過去へと遡り、最後はプロポーズの場面で終わる。それが希望の構成だった。

「でも、どうして時系列を逆さまに？」と風架さんが不思議そうに訊ねた。

「だって、さっきみたいなファンタジーが急に起こったら、めっちゃびっくりするでしょ？　だから大事な想い出は最後にしようと思って。プロポーズの場面を見せて、結婚当初のピュアな気持ちを思い出してほしいんだ。初心忘るべからずってやつね」

にこやかに笑ったかと思ったら、彼女はちょっとだけ寂しそうな顔をした。

「最近のパパとママ、なんだかぎくしゃくしてるんだよね。夜中にめっちゃケンカしててさ。前はすごく仲良しだったのに……。だから仲直りさせたくて」

見た目は派手で、口調はちょっと生意気だけど、両親想いの良い子なんだな……と僕は思った。

「当日の作戦はこうね。うちの庭に大きな桜の木があって、その木の下でお花見をするのが恒例なの。二人の結婚記念日と、わたしの誕生日祝いも兼ねてね。そこでわたしが『はいはーい！　二人にプレゼントがありまーす！』って風の記憶を見せてあげるの。楽しそうでしょ。あ、そうだ、風架さんたちもおいでよ！　四月十二日の土曜日だから！」

「でも、その日ってお店ですよね？」と僕は心配になって風架さんを見た。

「ええ。だけど、せっかくなので臨時休業にしましょう」

「いいの？」と若葉ちゃんは遠慮がちに上目遣いをした。

「はい。悲しいことに、うちにはあんまりお客さんが来ないので」

風架さんが苦い顔をすると、若葉ちゃんは「すっごい坂の上だもんね」と、くつくつと、だけど、すごく嬉しそうに笑っていた。

それから集める想い出の内容をヒアリングして、瓶のサイズを相談して決めた。彼女は風の記憶を三分間閉じ込められる大きな瓶を選んだ。空の色をとかしたような、可愛らしい丸形の瓶だ。

必要事項を確認して、契約書にサインをもらうと、日はとっぷりと暮れていた。夜道を一人で歩かせるのは心配だということで、風架さんと二人で駅まで送ることにした。

今夜は、爽やかな風が吹く優しい夜だった。

横須賀中央駅まで続くメインストリートは店舗や街灯の灯りに照らされ、水色のタイルが艶《あで》やかに光っている。その道を歩きながら、僕は「どうして風の記憶を？」と若葉ちゃんに質問してみた。

「値段だって高いのに。家族動画を編集して、自分で作ってもよかったんじゃないの？」

「お兄さんってお店側の人だよね？　高いとかって禁句じゃないの？」

確かに……。風架さんがじろっとこちらを睨《にら》んでいる。

僕は「すみません」と後ろ髪を撫《な》でた。

「頼りないアシスタントさんね。もっとしっかりしなくっちゃ」と若葉ちゃんも呆れて笑っていた。

「もちろんお兄さんが言うとおり、その案も考えたよ。でもうちのパパとママ、動画にちっとも映ってないのよ」

「映ってない？　どうして？」

「わたしって一人娘だから小さな頃から溺愛されてて、誕生日とか、入学式とか、ことあるごとに『生まれてきてくれて、ありがとう』って言われてきたの。ちょっとキショいでしょ。そんなんだから、パパとママはどこへ行ってもわたしばっかり撮っちゃうの」

「なるほど。大事に育てられてきたんだね」

「まあね。でも、そのくせわたしはパパとママになんにも返せてないんだ。今までの感謝とかそういうのをなんにも。それに、ママの夢も叶えられなかったし……」

「お母さんの夢？」と僕の隣で風架さんが首を傾《かし》げた。

「うちのママって勉強しろとかちっとも言わないタイプなんだけど、高校受験のときだけは、なんでか分からないけど『横須賀清祥《せいしょう》女子に入ってほしい』って言ってきたの。わたしからしたら超ハイレベルで絶対無理って言ったんだけどさ。それでも『若葉が清祥女子に入るのがママの夢なの！』ってしつこくて。だからわたしなりに頑張ってみたんだけど、結局全然ダメだったんだ」

苦い想い出を噛《か》みしめる横顔が痛々しい。それでも、彼女はすぐに笑って、

「だから決めたの。今回のサプライズでちゃんと親孝行しようって！」

ちょっと恥ずかしそうだけど、とっても愛らしい笑顔だった。

「あ、もうここで大丈夫。送ってくれてありがとね」

若葉ちゃんは僕らにぺこりと頭を下げた。

「じゃあよろしくね。風読みの風架さん」と手を振って、駅へと続く階段を上ってゆく。その姿を見送りながら、風架さんは「素敵な子ですね」と目を細めて微笑んでいた。

親孝行か。あんなに若いのに、親への感謝を行動として表そうとしているなんて偉いなぁ。それに引き換え僕ときたら……と、そんなことを考えていると、

「さて！」と風架さんが手を叩いた。

優しい夜風が彼女を素敵に彩っている。

その風の中、風架さんは爽やかに言った。

「それでは、風を集めに行きましょう！」

あくる日、水曜の定休日を利用して、朝から風の記憶を集めることにした。

ニート時代は昼夜逆転の日々を過ごしていたから、早起きはまだ辛い。だけど今日も風架さんに逢える……いや、違う。若葉ちゃんのサプライズ成功のため、僕は気合いでベッドから抜け出した。

「――おはようございます！」

風架さんは横須賀中央の駅前で僕のことを待っていた。オーバーサイズの白のブラウスに薄黄色のパンツ、ベージュのベレー帽といったワントーンコーデだ。相変わらずお洒落で可愛らしい。

ベスパを路肩に停めて軽く手を上げると、風架さんも手を振り返してくれた。

なんだか付き合いたてのカップルみたいだ……って、いかんいかん。なにを考えてるんだ、僕は。これから大事な風読みなのに。なんて単純な男なんだ。

風架さんは僕のところへ駆けてきて、レザーのショルダーバッグの中から例の瓶を取り出した。中には二本の髪の毛が入っている。短い髪は若葉ちゃんのお父さん・倉光和弥《かずや》さんのもの。長い髪はお母さんの杏奈《あんな》さんのものだ。今朝、若葉ちゃんに頼んでヘアブラシから拝借してもらったのだ。

風の中には様々な記憶がある。それこそ、地球誕生から今日までの膨大な記憶が詰まっている。その中から特定の人物の想い出だけを集めるとなると、その人を示す〝目印〟が必要になる。多くの場合は髪や爪を使うのだが、それ以外でも、普段から身につけている物――ピアスや時計など――でも風の目印にはなるそうだ。ただ、身体《からだ》の一部の方がより強い力を発揮するらしい。

「それじゃあ、行きましょうか」とジェットタイプのヘルメットを彼女に渡した。風架さんはそれを被ってシールドを下ろすと、僕の後ろに勢いよく跨がった。いつもドキドキする瞬間だ。

「じゅ、準備はいいですか!?」と照れ隠しで声を張ったら、情けなく裏返ってしまった。

「はい！　準備オッケーです！」

今日の風はとても弱い。そんなときはバイクを走らせ、こちらから風を迎えにゆく。

そう、このときのために中型免許以上が必要なのだ。風架さんを乗せて風を集めにゆくために。

「じゃあ、しっかり摑まってくださいね！」

「ゴーゴー！」と彼女ははしゃぐように声を上げた。

ゴーグルを装着すると、僕はバイクのスロットルを思い切り回した。


同じ横須賀市内の久里浜《くりはま》に出て、そこから更に三浦《みうら》海岸方面へと進む。東京湾フェリーの乗り場を過ぎて、火力発電所の横の坂を上り、小さなトンネルに入った。遠くの出口が白く光っている。ひんやりとした風を受けながら、僕らはその光に飛び込んだ。トンネルの向こうは下り坂だ。緩やかなカーブの先に美しい青を纏った海原が見えてきた。

海岸線に出ると、途端に景色が開けて三浦半島の端の方までよく見える。ブルーの絨毯《じゅうたん》を広げたような凪《な》いだ海はどこまでも静かで、穏やかで、その青色を浴びた空には雲の欠片《かけら》すら見当たらない。長い長い海沿いの一本道には、僕らを乗せたベスパ以外に車両は一台も走っていなかった。

この道は若葉ちゃんの大好きな道だ。休日に家族でよくドライブをしているらしい。

「風を集めます！」

風架さんが叫ぶと、それを合図に僕は更にスピードを出した。

身体にぶつかる風の勢いが増してゆく。

エンジンの音色も変わってゆく。

風架さんは空に向かって高く高く手を伸ばし、進行方向へ瓶の口を向けた。

そして今日も魔法のような時間がはじまる。

不思議だな……って僕はいつも思うんだ。

彼女が風を集めているとき、ほんの少しだけ風の姿が見える気がする。風架さんが僕の肩を摑んでいるから、その手を通じて彼女の魔法が伝わってくるのかもしれないな。

風の色はひとつじゃない。天気や場所や時間によっても全然違う。爽やかなレモン色の風もあれば清々しいコバルトブルーの風もある。表情だってそれぞれだ。笑ってる風、怒ってる風、泣いてる風、色々だ。この日の風は、春らしい、桜のような色をしていた。

風の姿がこの目に見えると、世界はいつも以上に美しくなる。上手《うま》く言葉にできないけれど、すべての色が何倍も、何十倍にも、輝いて見えるんだ。

そして僕は思う。

もしかしたら、これが本当の世界の色かもしれないな……って。

風架さんが見ているこの世界の色なんだ……って。

バックミラーを覗くと、瓶が太陽の光を受けて燦然《さんぜん》と輝いている。

手を伸ばす風架さんの笑顔も虹色に輝いている。

僕も思わず笑顔になった。

白銀の太陽、灰色の道路、オレンジ色のセンターライン、どこまでも続く海と空が描き出す爽やかな天色。その中を桜色の風がシルクの帯のようにいくつも悠然と泳いでいる。揺らめきながら、煌《きら》めきながら、楽しそうに光の波を描いている。綺麗だ。本当に綺麗だ。

僕らが思ってるよりずっと、ずっとずっと、この世界はこんなにも綺麗なんだ。

まるで子供の描いた絵のように、無邪気な色した純粋な世界だ。

僕と風架さんを乗せたベスパが海岸線を走ってゆく。

どこまでも、風を集めて、風になるようにして。


それから僕らは、若葉ちゃんが以前住んでいた街の風を集めた。通っていた幼稚園、小学校、休日に家族でよく訪れていたという公園やレストランにも足を運んだ。

そして、現在の住まいがある三浦海岸へと向かった。

「――質問してもいいですか？」

その道中、『通研通り』という道の端でひと休みすることにした。ここは横須賀でも有名な桜並木で、緩やかな坂道に沿って何百本もの満開の桜が誇らしげに笑っている。

ベスパを通行の邪魔にならない場所に停めると、シートに腰を下ろして、近くのコーヒーショップで買ってきたサンドウィッチを並んで齧った。風架さんはあまり食欲がないようだ。さっきからちっとも口をつけていない。

「なにか気になることでもありましたか？」

「え？　いえ、なにも。あ、質問でしたね。どうぞ」

どうしたんだろう？　彼女の様子を怪訝《けげん》に思った。

「風を集めているとき、風架さんにもその風の記憶は見えているんですか？」

「はい、頭の中に浮かんでいますよ」

「大変じゃないんですか？　大勢の人の想い出がわーっと浮かんできたら」

「それは大丈夫です。瓶の中の風の目印に反応して、その人の想い出が色濃く浮かんでくるんです。今回で言えば、若葉さんのお父さんとお母さんの想い出が」

「そうなんですか……。風読みの力はいつから？」

「目覚めたのは小学生のときです。わたしは、生まれたときからお母さんと別々に暮らしているんです。母がどこにいるかも分かりません。顔だって分からないんです。だからよく母のことを想っていました。どんな顔をしてるのかなぁとか、今どこにいるんだろうって。あの日も学校のあと、近所の公園でお母さんのことを考えていました。そしたら、ふっと頭の中で映像が見えたんです」

「お母さんの姿が？」

「いいえ。さっきまで公園にいた人たちの姿です。びっくりしました。でも直感的に思ったんです。これはきっと風の記憶だって。お母さんに逢いたいって願うわたしに、風がくれた特別な魔法なんだって。それからは風が大好きになりました」

　風架さんは風に向かって微笑みかけた。

「それに、風に触れるたびに思うんです」

「なにをですか？」

「もしかしたら――」

　風の歌が辺りに響いた。それでも、風架さんの声は僕の耳にはっきり届いた。

「素敵な考え方ですね」と僕は目を細めて微笑んだ。

風架さんも右の頬に愛らしいえくぼを作った。

「それで、お母さんのことは見つけられたんですか？」

「色々と手は尽くしたのですが……。あ、けど、過去に一度だけ母から手紙が届いたんです。父親経由で。それが唯一のお母さんとの繋がりなんです」

「その手紙を瓶の中に入れて風の記憶を探してみたらどうですか？」

風架さんは弱々しく首を振った。悲しそうな横顔だ。きっとダメだったんだろう。

「……じゃあ、いつか見つけましょう」

「え？」

「手伝います。それで一緒に逢いに行きましょう。風架さんのお母さんに」

「野々村さん……」

「北海道でも、沖縄でも、どこへだって連れて行きます。僕のこのベスパで」

ベスパのスピードメーターの辺りをポンと撫でて僕は笑った。

彼女に元気を出してほしい。笑ってほしい。その気持ちで精一杯笑いかけた。

風架さんはシャボン玉のような柔らかな微笑みを見せてくれた。そして、

「飛行機で行きます」

「飛行機？」

「北海道や沖縄なら、バイクで行くのは大変ですからね」

「た、確かに……あ、いや、そういう意味じゃなくて……なにが言いたいかというと、その……」

どんな困難があっても力を合わせてお母さんを見つけましょうって、言いたかったんだけどな。

「冗談です。やっぱり野々村さんは優しくて純粋ですね」

「そのことなんですけど、前にも言ってましたよね？　『野々村さんは優しくて純粋ですよ。それが分かったから採用させていただいたんです』って。ずっと気になってたんです。あの、失礼かもしれないんですけど……凪架さんは……その……もしかして……僕のこと……」

意を決して彼女に訊ねた。

「僕のこと、凪の記憶で調べましたか!?」

「バレました？」と凪架さんは子供のようにペロッと舌を出した。

「やっぱり！　おかしいと思ってたんです！　面接はたったの五分で終わったのに、どうして採用してくれたんだろうって。ち、ちなみに、どんな映像を!?」

部屋でダラダラしてる姿とか？　それとも水槽の前でポテチを食べてる姿とか？　いやいや、もっとヤバい姿だったら……。冷や汗が止まらなくなった。

「もちろんお部屋での様子などは見ていませんよ。プライバシーに関わりますからね。ただ、面接にいらっしゃる数日前のお母さんとのやりとりを」

「お母さん？　ま、まさか……」

「わたし、二十代の男性がお母さんとゆびきりしてる姿って初めて見ました！」

「…………」

「仲が良いんだなぁ〜って感心しました。それに野々村さんが言ったあのセリフには痺《しび》れました。『僕ならできる！　絶対できる！　頑張るよ、お母さんのために！』って」

「や、やめてください……」

「照れることないです。ああいうセリフって大人になると恥ずかしくて言えないですもん。それをまっすぐ目を見て伝えるなんて、とっても立派です。正直、面接にいらしたときは、失礼ですが、職歴のほとんどない一年半も無職でニートの男性ということに、若干？　結構？　いえいえ、かなぁ〜り抵抗があったんですけど、あの風の記憶を見て、この人なら！　って思えたんです」

からかってる？　いや、風架さんは本気で感激しているようだ。というか、あのセリフはお母さんのご機嫌を取るためのリップサービスだったんだけどな……。まさか見られていただなんて恥ずかしい。恥ずかしすぎて、穴があったら入りたい。そして、その穴の中で朽ち果ててしまいたい。

「あと、もうひとつ」

「もういいです！　そろそろ行きましょう！　時間がもったいないですからね！」

僕はサンドウィッチを口に詰め込んで、そそくさとヘルメットを被った。


すべての風を集め終わったのは夕方だった。

風架さんは一晩休んで、明日から風の記憶の編集作業に入る。今日集めた風の中から余計な記憶を消去して整理する作業だ。でも動画編集のように細かく切ったり、貼ったり、繋げたりするようなことはできないようで、あくまで大雑把に取捨選択して、順番を整理するだけのものらしい。この作業にはかなりの力がいるみたいで、これからおおよそ二日間、彼女は部屋から一切出てこなくなる。そして部屋に入る前、僕に必ずこんな忠告をする。

「風の記憶を整理しているときは、ぜぇっっったいに部屋は覗かないでくださいね！」って。

なんだか『鶴の恩返し』のおじいさんになった気分だ。

でも、どうして覗かれたくないんだろう？　いつも気になっていた。

風の記憶の整理がはじまって五日目の朝を迎えた――。

僕はいつものように朝十時に出勤して、庭の草花に水をやり、モップで床を磨いていた。しかしどうにも手につかない。大丈夫かなぁ。もう五日目なのに、まだ出てこないだなんて……。

ちょっとだけ声をかけてみようかな。恐る恐る階段を上った。

二階へ行くのは初めてだ。辺りがフローラルな空気になった気がするのは、風架さんのプライベートスペースに足を踏み入れたからだろう。恥ずかしいほど呼吸が荒くなった。

彼女の部屋の前まで辿り着くと、古い木の扉の前で深呼吸をひとつ。それからノックを二回した。

「風架さん？　大丈夫ですか？」

ん？　反応がないぞ？　どうする？　ドアを開けてみるか？　中の様子も気になるし……って、ダメだ！　絶対に開けないでって言われたじゃないか！　でもでもでもでも、中で倒れていたらどうするんだ!?　そうだよ、これは決して興味本位などではない！　緊急事態だ！　というわけで、僕はドアノブに手を――、

「なにしてるんですか？」

その声にドキリとして、ギギギ……と壊れたブリキのおもちゃのように振り返った。

風架さんが汚物でも見るような目で僕のことを見ている。

「まさか、中を覗こうと？」

「違います！　風架さんが心配で！　でもドアを開けようとはしていません！」

「へぇ」

冷たい視線に胃がぎゅうっと縮んだ。のぞきの現行犯逮捕ってこんな気分なんだな。

「何日も出てこないから緊急事態だって思ったんです！　本当です！　もし中で倒れていたら大変だなって！　本当です！　だから外から声をかけただけなんです！　本当です！」

「本当です」と連呼することで怪しさが増している気がするけど、引き下がることはもうできない。僕は必死に、懸命に、死ぬ気で弁明した。すると、風架さんは「分かりました。そこまで仰《おつしや》るなら信じましょう」と川のせせらぎのような声で言ってくれた。よかった、許してくれたみたいだ。

「でも再三お伝えしているように、風の記憶を整理しているときは、なにがあっても、絶対に、決して中は覗かないでくださいね。少しでもドアを開けたら――」

「開けたら……？」

「あなたの人生で一番恥ずかしい瞬間を風の中からかき集めて、休日の横浜駅のド真ん中で再生して差し上げますから」

ほ、本気だ。この人は本気でやる気だ。にっこり笑っているけど、目が完全に据わっている。

「……あのぉ、言える範囲で結構ですので、理由を教えていただけませんか？　どうして部屋を覗かれたくないんですか？」

空腹の豹《ひよう》に触れるみたいに恐る恐る訊ねてみると、風架さんの顔が途端に真っ赤になった。

「どうしました？」

「いえ……」と、口をもごもごさせている。

なんだろう？　なんだかすごく恥ずかしそうだ。

「そ、そうですね。万一のことがあると困るので、お伝えしておいた方がいいですよね」

声の調子を整えるように軽く咳払いをすると、彼女は大きく深呼吸をした。そして、

「裸なんです……」

「はだか？」

「風の記憶を整理するときは、できる限り他の風が混ざらないようにしなくてはいけないんです。でも衣服に残った微量の風から別の人の想い出が流れ込むことがありまして。だから、その……色々な方法を試した結果、裸がベストという結論に至ったんです……」

そうなんだ。風架さんは風の記憶を整理しているとき、裸なのか……。

「今なんか想像してます？」

「え？」

「顔がニヤけてますけど」

首がもげるほど頭を激しく左右に振ったが、あとの祭りだった。風架さんは軽蔑を通り越して侮蔑するような目で僕のことを見ると、「気持ち悪い……」とぼそりと小さく呟《つぶや》いた。思わず口から漏れてしまったような声だ。そして、逃げるように階段を下りて行ってしまった。

「違うんです！　誤解なんです！　本当です！」

嫌われた……。あの桜並木では良い感じだったのに。たった一瞬で信頼が地に落ちてしまった。

そりゃそうだ。のぞきにマザコン、無職でニートの変態野郎。クズ人間の満貫《マンガン》だ。こんなことなら二階になんて来るんじゃなかったよ。まさか後ろから現れるだなんて……あれ？　ということは、風架さんはさっきまで出かけていたってこと？　こんな朝早くに一体どこへ？

四月十二日――。若葉ちゃんのサプライズ当日がやってきた。

大寝坊した僕は大慌てで身支度をして、三浦海岸方面へとバイクを走らせていた。道中、随分と散ってしまった桜が目に留まった。今週末で見納めだろう。なんとか間に合ってよかった。

ちなみに、風架さんとは現地集合の約束だ。「お土産を買っていくので各々で参りましょう」と笑っていたけど、僕を避けているに違いない。例ののぞき事件以降、風架さんはやけに冷たかった。まぁ、僕の自業自得なんだけど……。

若葉ちゃんの家は――風を集めているときにも見たけど――驚くくらいの豪邸だ。派手さはないけどシックで落ち着いていて、築浅だから漆喰《しっくい》の外壁も美しく映えて見える。相当なお金持ちだ。

「野々村さん」と風架さんの声がしたので振り返ると、僕はまたまた驚いた。

お招きいただいたこともあってか、今日の風架さんはことさらに美しかった。淡い桜色のノスタルジックなワンピースがよく似合っている。ちなみに、今日はグレーのベレー帽だ。

「お待たせしました」と声をかけてくれたところを見ると機嫌が戻ったのかもしれないぞ。だから「ワンピース、よくお似合いですね！」と勇気を出して褒めてみたけど、風架さんは小さく微笑んだだけで、なにも言わずに玄関の方へ行ってしまった。やっぱりまだ嫌われているみたいだ……。

「いらっしゃい！」

出迎えてくれた若葉ちゃんは、ラルフローレンの白いセーターにジーンズ姿だった。制服のとき

よりも大人びて見える。でも風架さんがお土産の『鎌倉ル・モンド』のチーズケーキを渡すと、

「これ好き！」と子供のように喜んでいた。

外観もさることながら邸宅内も立派だった。玄関から続く長い廊下の壁には高そうな絵画が並び、無垢材の床はよく磨かれて艶やかに光っている。お借りしたスリッパも抜群の履き心地だ。

「すごい家だね。お父さんってなにしてる人なの？」と緊張しながら訊ねてみると、若葉ちゃんは
「一応ヨット関連の会社の社長をやってるよ」とさらりと言った。やっぱり社長さんだったのか。

「ねぇ、風架さん。パパとママの想い出は無事に集まった？」

「ええ」と彼女は短く言った。

「楽しみ！　二人とも絶対びっくりするよね！　目で合図するから、そしたら瓶を出してね」

リビングに通されると、若葉ちゃんのご両親が僕らのことを歓迎してくれた。

「ようこそいらっしゃいました」と言ったのは、お父さんの和弥さんだ。「いつも若葉がお世話になってます」と驚くくらい頭を下げてくれている。社長さんなのになんて腰の低い人なんだろう。

「もぉ、あなた。そんなにヘコヘコしたら、お二人とも困っちゃうでしょ？」

そう言って笑ったのは、お母さんの杏奈さんだ。上品なミントグリーンのカーディガンの上にエプロンをつけて、キッチンでお弁当の支度をしている。和弥さんは「お見苦しい頭を見せて申し訳ありませんでしたね！　あはは！」と髪がほとんどなくなった頭をペチンと叩いて笑っていた。

「やめてよパパ！　恥ずかしいから！」

若葉ちゃんは大慌てでお父さんのオックスフォード・シャツを引っ張った。

「パパってば、学校の友達が来てもこれやるの。ホント最低」

彼女が片頬を膨らませると、お父さんもお母さんも日だまりを見つめるように優しく笑った。

ちょっと意外だなって、僕は思っていた。若葉ちゃんは背が高くて目鼻立ちもはっきりした美人なのに、ご両親はすごく地味だ。和弥さんは背が低くて、ずんぐりむっくりしているし、杏奈さんも一重まぶたの和風な顔立ち。まぁ、今どきの子ってメイクでいくらでも盛れるからな。

「本日はお招きくださいまして、ありがとうございます。横須賀の緑が丘で『風読堂』というガラス雑貨店を営んでいる級長戸辺風架と申します。こちらは従業員の野々村帆高《ほだか》さんです」

僕は「ど、どうも」と、ぎこちなくお辞儀をした。ホームパーティーなんて初めての経験だから緊張で石のように硬くなっていた。愛想笑いを浮かべずにはいられなかった。

「若葉から聞いていますよ。行きつけのお店で、仲良くさせてもらってるって」

若葉ちゃんは僕らにウィンクをした。風読みのことは内緒のようだ。

「さぁ、庭に出て食事にしましょう。晴れてよかった」

「ね！　桜もギリギリセーフだったし！」

「パパの髪の毛のように散らないでくれぇ〜って、桜に頼んだんだよ」

「また言ってる。引くんだけど」

「ほら若葉、自虐大好きおじさんのことは放っておいて、お弁当を運ぶの手伝って」と杏奈さんも呆れている。若葉ちゃんは「はーい」とお父さんを置き去りにしてキッチンの方へ向かった。

「いつもこんな感じでして。すみませんね」と和弥さんは太い眉毛をハの字にして笑っていた。

以前、若葉ちゃんはお店に来たとき「最近のパパとママ、なんだかぎくしゃくしてるんだよね」って言っていたけど、そんなことはちっともない。ご夫婦はうんと仲が良さそうだ。

僕たちは庭に出た。聞けば、この庭をデザインしたのは杏奈さんらしい。ガーデニングが趣味のようで「暇を持て余してはじめたんです」と笑っていたが、その腕前は本格的なものだった。リビングの窓から一歩外に出ると曲がりくねったレンガの小径《こみち》が続いていて、その道に沿うように色とりどりの花々が出迎えてくれる。北欧の草原をイメージしたらしい。隅には大きな桜の木。家が建つより前からここにあったようで、この桜が決め手となって家を建てたのだと和弥さんは教えてくれた。洋風の庭にはいささか不釣り合いだけど、確かに毎年お花見がしたくなる立派なソメイヨシノだ。その木の傍には木製のテーブルがある。そこに赤いチェックのクロスを敷いて、杏奈さんが作ってくれたお弁当を楽しんだ。特にキュウリとハムとチーズのサンドウィッチは絶品で、風架さんも僕も「おいしい！」と声を揃えたほどだった。パンはしっとりしていて、手作りのマスタードも上品だ。「ぜひ作り方を教えてください！」と風架さんは目を爛々と輝かせていた。

「それにしても、級長戸辺さんはすごいですね。こんなお若いのに自分のお店を持っていらして」

和弥さんが白ワインを楽しみながら言うと、風架さんは謙遜して頭を振った。

「生活していくだけで精一杯です。お店の建物は級長戸辺家が代々持っていたものを生前贈与で受け取ったので、家賃がかかっていないのがせめてもの救いなんです」

へぇ、『風読堂』の建物って、風架さんの実家の持ち物だったんだ。

「でも従業員の方もいらっしゃって立派です。野々村さんはなかなかのイケメンですしね」

「いやぁ、そんな……」と僕は恥ずかしくなって頭を掻《か》いた。すると風架さんがすかさず「中身は多少難アリですけどね」と言って笑った。まだ怒っているんですね……。

「お父様こそ、ご商売で成功しておられるようですし、ぜひその心得を教えて頂きたいです」

「心得なんてありませんよ。ただ運が良かっただけです。元々はヨットの艤装《ぎそう》——船の装備全般を取り付けることですね。それを行う、こーんな小さな会社だったんですよ」

和弥さんは人差し指と親指を近づけて顔の前に持ってきた。

「学生時代はヨット部に在籍していましてね。その仲間たちと起業したんです。でもヨット人口は少ないので、初めはちっとも儲《もう》からなくて。長い間、妻には苦労をかけました」

「わたしにもね」若葉ちゃんが割って入った。「前の家、すんごいおんぼろでネズミも出たの」

「マリンスポーツにも事業を拡大して、十年前からは外国人向けのツアーなんかもはじめましてね。それが功を奏したんです。この家だって建てたのは最近です。それまでは家計も業績も火の車でしたから。何度も逃げ出したいって思ったけど、堪《こら》えてきた甲斐《かい》がありました」

順風満帆ってわけじゃなかったんだな。逃げ出さずに頑張ってきた結果が今なんだ。あらゆるものから逃げてきた僕にとっては耳の痛い話だった。

それからしばらく他愛ない会話に花を咲かせた。和弥さんが趣味のサップサーフィンで波にさらわれかけた話とか、家族旅行で出かけたバリ島で猿にパスポートを奪われた話とか。若葉ちゃんがどうしてこんなに良い子に育ったのか、和弥さんと杏奈さんを見ていると分かる気がするな。

そして、いよいよサプライズのときがやってきた。

若葉ちゃんは、おもむろに風架さんに目配せをすると、おっほんと咳払いをひとつした。

「実は今日、パパとママにプレゼントがあるの！」

「プレゼント？　なんだろう」と和弥さんは小首を傾げた。

風架さんから空色の瓶を渡された若葉ちゃんは、少し緊張した面持ちで、

「この瓶の中には、二人の想い出が詰まってるの」

「想い出？」

「風ってね、わたしたちのことをいつも見つめているんだって。それで全部記憶しているの。風架さんってすごくて、その風の記憶を集めて、閉じこめて、見せる力があるんだよ」

ご両親は黙っている。もしかしたら困惑しているのかもしれないな。突然こんなファンタジーを説明されても困ってしまうだろう。若葉ちゃんのように若くて頭が柔軟ならまだしも、お二人とも四十代半ばだ。簡単には理解できないのかもしれない。

しかし和弥さんは「それは楽しみだな」と意外なほどあっさり受け入れていた。

「今からびっくりするようなことが起こるけど、ちゃんと見ててね。準備はいい？」

若葉ちゃんの言葉に、和弥さんは強く顎を引いて頷いた。杏奈さんは緊張しているようだ。

コルク栓が引き抜かれた。その瞬間、陣風が吹き出して桜の花びらを空へと舞い上がらせた。ゆらゆらと桜吹雪が降り落ちる中、記憶の欠片たちがテーブルに置いた瓶の上に集まってきた。

そして、ひとつの映像が映し出された。

それは、若葉ちゃんが高校に入学する朝の想い出だ。

この桜の木の下で家族写真を撮っている。カシャリと音を立ててカメラが三人の笑顔を切り取る。

杏奈さんが「高校入学おめでとう」と笑いかけたが、若葉ちゃんは元気がない。申し訳なさそうに俯《うつむ》いて「ごめんなさい。清祥女子に入れなくて」と謝った。杏奈さんは頭を振って、

「ママの方こそごめん。あなたの気持ちを考えずに押しつけちゃったね」

そして、笑顔で伝えた。

「若葉、生まれてきてくれてありがとう……」

「もぉ、それいつもいつもウザいから」

恥ずかしそうな若葉ちゃん。それでも、うんと素敵な笑顔だった。

場面が変わった。

ご家族がこの家に引っ越してきた日のことだ。

若葉ちゃんは「すごーい！」と靴を脱ぐのも忘れてしまいそうなほどはしゃぎながら、家の中へと入ってゆく。そんな娘の背中を見つめる和弥さんと杏奈さん。すごくすごく幸せそうだ。

「ありがとう、あなた」

「なにがだい？」

「若葉とわたしのために今日まで一生懸命頑張ってくれて」

これまでの努力が報われた瞬間だ。

和弥さんは少し涙ぐみ、その幸福を心で嚙みしめていた。

また場面が変わった。

クリスマスのお祝いだ。海辺のレストランでプレゼントをもらう中学生の若葉ちゃん。ずっとほしかったスマートフォンを贈られて大喜びだ。そして、杏奈さんはまた伝えた。

「若葉、生まれてきてくれてありがとう……」と。

家族の幸せな日々が映像として流れてゆく。薄紅色の花びらたちに包まれてそれを見つめる若葉ちゃんの目には、温かな懐かしさが滲《にじ》んでいる。でも、ご両親は違った。どこか険しい顔をしている。

どうしたんだろう？　僕は気になって二人のことを見ていた。

映像は続いてゆく。小学生の若葉ちゃんが二人のために食事を作ってあげた日のことや、海岸線を古い車でドライブした日のこと、幼い若葉ちゃんが眠れなくて泣いてしまった夜の想い出などがフィルム映画のように次々流れてゆく。誕生日、入学式、卒園式。そのたびに杏奈さんは伝えていた。

「若葉、生まれてきてくれてありがとう……」と。

そしてまた場面が変わった。

春の陽射《ひざ》しが降り注ぐ小さな公園。満開の桜の下で若き日の和弥さんと杏奈さんが座っている。彼女の腕には一歳くらいの若葉ちゃん。スヤスヤと安心して眠っている。

「若葉、寝ちゃったね」

「可愛い寝顔だなぁ」と和弥さんがほっぺを指でつつくと、「だめよ、起きちゃうでしょ」と杏奈さんは笑って怒った。でも、その笑みは風にあっさりさらわれていった。

「いつにするつもり？」

和弥さんの顔からも笑みが消えた。

「そうだな。若葉が成人したときかな」

「……この子、きっと傷つくわね」

杏奈さんは切ない眼差《まなざ》しを我が子に向けた。そして、

「若葉には、本当のお父さんとお母さんが別にいるのよって言ったら……」

映像はそこで終わった。空っぽの瓶が午後の陽射しを浴びて輝いている。その反射を受けた若葉ちゃんの顔は青白く凍りついていた。呆然と、言葉なく、映像が浮かんでいた辺りを見つめている。

「どういうこと……？」

ぼそっと呟くと、大きなその目をご両親へ向けた。

「本当のお父さんとお母さんって、なに……」

杏奈さんは俯いている。和弥さんも苦しそうな表情をしていた。

「わたしはパパとママの子供じゃないの？」

若葉ちゃんの声は、真冬の風に吹かれているときのように震えている。

「答えて」

しかしご両親はなにも言ってくれない。彼女は火がついたように苛立《いらだ》って、

「ねえ、答えて!!」

悲鳴のような声だった。和弥さんは覚悟を決めたのだろう。娘の瞳をまっすぐ見つめた。

「ああ、そうだ。若葉はパパとママの本当の子供じゃないんだ」

若葉ちゃんの頬に一筋の涙が伝った。

「じゃあ、誰の？」

ぽとり……ぽとり……と顎先から落ちた雫《しずく》がテーブルクロスに涙だまりを作ってゆく。

「わたしは誰の子供なの？」

「若葉の本当のお父さんは、津村若樹《つむらなおき》っていってね、パパのヨット部時代の親友だったんだ。今の会社を興した仲間の一人で、ヨットの腕前はパパとは比べものにならなかったよ。背が高くて、イ

ケメンで、とにかく優しい奴だった。パパとは真逆のタイプだな。パパは当時からずんぐりむっくりでお腹も出ていたから、女の子にはモテなかったもんな。あ、今はパパの話はいいか。ははは」

和弥さんはワザと明るく振る舞っている。空笑いが緑の庭に悲しく響いた。

「若葉の本当のお母さんは、菜緒子《なおこ》さんっていってね。ママの高校時代の同級生だった。パパとママを出逢わせてくれたのも、菜緒子さんだったたんだよ」

和弥さんは隣にいる奥さんの背中を優しくさすった。

「パパとママには子供ができなくてね。だから津村たちの間に若葉が生まれたときは本当に嬉しかった。自分たちの子供みたいに思って毎週のように会いに行ったよ。津村も菜緒子さんも、若葉のことを……すごく……すごく可愛がっていたな……」

涙で喉を詰まらせながら、和弥さんは一生懸命に声を絞り出している。

「でもね、若葉が生まれて半年も経たないうちに二人は事故で死んでしまった。一緒の車に乗っていた若葉だけが助かってね。お医者さんは奇跡だって言っていたよ。だけどパパは違うと思った。きっと菜緒子さんが守ってくれたんだ。事故の瞬間、若葉のことを抱きしめて」

和弥さんの言葉に、杏奈さんは口元を押さえて泣き出した。

「だから若葉がこうして元気でいられるのは、菜緒子さんのおかげなんだよ」

若葉ちゃんはなにも言わない。その背中が震えている。涙が止めどなく溢れている。

「事故のあと、若葉を誰が引き取るかで親族間で揉《も》めごとになってね。津村も菜緒子さんも親戚との縁が薄くてなかなか決まらなかったんだ。だからパパとママは話し合って決めたんだ。津村たちができなかったことを、してあげたかったことを、代わりに僕らがしてあげようって」

和弥さんは頭上で咲き誇る桜を見上げた。

「このお花見も二人の希望だった。誕生日が来るたびに、桜の木の下で若葉を祝ってあげたいって言っていたからね。だから立派な桜があるこの場所に家を建てたんだ」

そして若葉ちゃんに向き直ると、

「ごめんな、若葉。今日までずっと黙っていて」

しかし反応はない。心配になった和弥さんが彼女の名前を呼んだ。すると、

「……分かった」

と、ようやく口を開いた。そして、涙で濡《ぬ》れた瞳を風架さんに向けて、

「ねぇ、風架さん……わたし分かっちゃったよ……。これ、逆サプライズでしょ？」

若葉ちゃんは泣きながら、それでも必死に笑顔を作った。

「わたしのことびっくりさせようと思って嘘の映像を流したんでしょ？　最初からパパとママと裏で計画してたんだよね？　そうなんでしょ？」

しかし風架さんは「本当のことです」と毅然《きぜん》と言った。残酷なまでにまっすぐな声で。

若葉ちゃんは信じたくないと言いたげに何度も何度も頭を振っている。

「嘘だよ……絶対嘘……ねぇ、ママ？　そんなの嘘だよね？」

縋《すが》るような声色だ。その声と涙が辛くて、杏奈さんは嗚咽《おえつ》を漏らした。そして「ごめんなさい」と謝った。それが答えだった。若葉ちゃんは整った顔をくしゃくしゃにして泣いた。

「ごめんね、若葉……本当にごめんね……」

「…………」

「でもね、ママもパパも、あなたのこと――」

「もういい！」

そして、ご両親をきつく睨んで、

「もう聞きたくない！」

そう叫んで家の中へと逃げてしまった。

杏奈さんは両手で顔を覆って本格的に泣き出した。和弥さんがその肩を抱いている。そんな二人を見つめる風架さん。僕はといえば、どうしたらいいか分からず、俯くことしかできずにいた。

悲しい庭には、桜の雨がいつまでも降り続けていた。


僕らは倉光家をあとにすると、三浦海岸まで無言で歩いた。

風が静かな夕方だった。ウィンドサーフィンに興じる人々も波に乗れずにオレンジ色の水面を漂っている。黄金色に光る波。とっても寂しい海だと思った。

僕はベスパを押す手を止めた。

「風架さん……」

少し前を歩いていた彼女が振り返った。

「あなたは知っていたんじゃありませんか？　若葉ちゃんが二人の子供じゃないってことを。風の記憶を集めているときの風架さんは、なんだかとても思い詰めていたから」

風架さんは無言だ。その表情からは心中を窺い知ることはできない。

僕はじれったくなって「どうなんですか？」と語気を強めた。

ややあって、彼女は「ええ」と頷いた。

「知っていました。風の記憶で見ていましたから」

「なら、どうして整理するときに消さなかったんですか!?　若葉ちゃんに知られないようにできたはずでしょ!?」

「できました。でも本当のことを知らせるべきだと思ったんです」

「そんなのおかしいです！　若葉ちゃんはあんなに泣いていたんですよ!?」

僕はハンドルを握る手に力を込めると、

「風架さんには心がないんですか!?　あの涙を見てなにも感じないんですか!?　だったらあなたはおかしいです！　その奇妙な力を使って人の心を弄んでいる最低な人間です！」

風架さんは唇を噛んでいた。それでも、凜とした眼差しで、

「どう思われても構いません」

そんな言い方……。素敵な人だと思っていたのに。

失望が胸をえぐると、背中を丸めて弱々しく吐き捨てた。

「……僕は、こんな残酷なファンタジーは信じたくありません」

ベスパを押して彼女の横を通り過ぎた。決して振り返らなかった。

風架さんが今どんな顔をしているのか、僕は知ろうともしなかった。

やっちまったぁ〜〜〜……。

それから三日間、僕は自己嫌悪という名の生き地獄の中でもがき苦しんだ。

なにを偉そうに説教しているんだ、僕は。お前のやってることは正論パンチで有名人を叩いているゴミクズと一緒だぞ。のぞきにマザコン、無職でニートの変態クレーマー。クズ人間の跳満《ハネマン》だ。

今思い出しただけでも最低すぎて消えたくなる……。でもな、どうして風架さんはあの映像をカットしなかったんだ？　それに構成も変だった。元々はご両親のプロポーズの場面で終わるはずだったのに、風の記憶は若葉ちゃんの出生の秘密が分かったところで終わっていた。ということは、風架さんは意図的にあの映像を最後に持ってきたってこと？　でもその理由を訊《き》くことはできない。

僕はもう三日もバイトをサボっているのだから。今さら合わす顔なんてないよなぁ……。

昼下がりの居間で水槽を眺めながら、ため息を漏らした。これじゃあ、昔の自分に逆戻りだ。

「あら、ほっくん、今日も仕事じゃなかったの？」

ピラティス教室から帰ってきたお母さんがマットを小脇に抱えたまま声をかけてきた。

「うん、まぁ……」と言葉を濁して誤魔化した。「ん？　なんで笑ってるの？」

母はなぜだかすごーくニコニコしている。

「ほっくんが働いてくれて、お母さん、嬉しいのよ」

そう言って、魚の餌を仏壇の抽斗《ひきだし》から出していた。

「そういう恥ずかしいこと面と向かって言わないでよ。それに仏壇に魚の餌しまうのやめなって」

また無職に戻りつつあることは口が裂けても言えない。だからつい口調がぶっきら棒になってしまった。ダメだな、僕は。若葉ちゃんを見習わなくちゃ。少しは日々の感謝を伝えないと。

「あのさ、お母さん。なんていうか、その……いつも――」

「お給料入った？」

「は？」

「アルバイトの初任給。そろそろでしょ？　お母さん、それがなにより嬉しいのよ」

「なんで嬉しいのさ？」

「なに買ってもらおうかなぁ～って思って」

「ちょちょちょちょ、ちょっと待ってよ。そんな約束したっけ？」

「してないわよ。でもお母さんにも還元してね。クルーズ船の豪華ディナーに連れてってほしいの」

「クルーズ船？　豪華ディナー？」と僕は眉をひそめた。

母は仏壇の抽斗から折り畳んだチラシを出してこちらに見せてきた。

「ダイヤモンド・ジュエリー号でゆく夢のような三時間の旅！　お一人様、二万五千円！」

「一人、二万五千円!?　高いよ！　嫌だよ！　絶対に嫌だ！　一年半ぶりの給料なんだから自分のために使うって！　ほしいものが色々あるんだよ！　服とか、マンガとか、ゲームとか！」

「もぉ～、せっかくなんだから、もっと価値ある使い方をしなさいよ」

「価値ある使い方？　クルーズ船の豪華ディナーなんて、メシ食って、胃の中で消化したらもうそれで終わりじゃん。その方が何十倍ももったいないよ」

「ほっくんって、ほーんとロマンのない子ねぇ。お金も、時間も、人生も、それにあなたのその心も、時には誰かのために使いなさい」

母は、僕の胸の辺りを指さした。

「そのときにその人がくれる笑顔は、お金じゃ買えないかけがえのない価値があるんだから」

その人がくれる笑顔か……。ふと、若葉ちゃんのあの日の声が蘇《よみがえ》った。

——だから決めたの。今回のサプライズで親孝行しようって！

あの子は、ご両親の笑顔のためにお金を、ううん、心を使おうとしていたんだな。だけど……。

水槽内の桜の木のオブジェに目をやった。その桜に、若葉ちゃんの涙が重なって見えた。

だけど、彼女は泣いていた。あんなにも悲しい事実を知って。あんなにも辛そうな顔で。

なぁ、野々村帆高……。お前はそんな若葉ちゃんを放っておくつもりか？　なにもせずに知らん顔するつもりなのか？　昔みたいにまた逃げ出すのか？　自分から、仕事から、陸上から、それに、あの約束からも逃げ出したように、今度は風架さんと若葉ちゃんから逃げるつもりなのか？

奥歯をぐっと噛みしめた。そんなのダメだ。絶対にダメだ。

悔しいけど、あの日、引き出し屋が言っていた言葉のとおりだ。

ここから一歩、勇気を出して踏み出さないと……。

「ちょっと出かけてくるよ」と僕は立ち上がった。

「どこ行くの？　クルーズ船のチケットの予約？」

「違うよ。大事な用事があるんだ」

僕の真剣な顔を見て、母は目尻に皺を寄せて笑った。そして背中を押すようにして、

「いってらっしゃい」


夕方より少し前、再び若葉ちゃんの自宅にやってきた僕は、少し緊張しながらインターフォンの

ボタンを押した。すると、間髪容《い》れずに和弥さんが飛び出してきた。ずいぶん慌てた様子だ。嫌な予感がして「なにかあったんですか？」と食いつくようにして訊ねた。すると、

「若葉の奴、昨日学校へ行ったきり帰って来なくて……」

「家出したってことですか？　連絡は？　ＬＩＮＥとか電話は!?」

「それが、ちっとも出なくて。思い当たる節はすべて捜したんです。警察にも相談しました。それに、級長戸辺さんにも。でも連絡はないそうで……」

風架さんも若葉ちゃんの失踪を知っているのか。

「お花見のあと、若葉ちゃんはどんな様子だったんですか？」

和弥さんの話によれば、彼女は部屋に閉じこもったきり出てこなくなったそうだ。杏奈さんは心配してドアの前につきっきりだったらしい。だけど声をかけても反応はなく、食事を摂《と》ろうともしなかった。部屋のドアが開いたのは日曜の夜のことだった。目を真っ赤に腫らした若葉ちゃんは弱々しい声で杏奈さんに、教えてほしいことがあるの……と言った。

「高校受験のとき、ママ言ったよね。清祥女子に入ってほしいって。あれ、どうしてなの？　ずっと気になってたの。ママは一度だって勉強しろなんて言わなかったのに、どうしてあのときだけはしつこく言ってきたんだろうって」

杏奈さんは誤魔化すようにして笑った。

「つい欲が出ちゃったのよ。ちょっとでも良い学校へ行ってほしいなぁって」

若葉ちゃんはそこに嘘があることを見抜いた。迫るような語勢で、

「わたしの本当のお母さんとママって、高校の同級生だったんだよね？　それが理由？」

杏奈さんは一瞬たじろいだ。しかし観念して本心を伝えた。

「……そうよ。清祥女子はママと菜緒子が出逢った場所なの。ママは小さい頃から気が弱くて、友達もいなくて、ずっと独りぼっちだったの。でもね、そんなママに菜緒子はうんと優しくしてくれた。友達になってくれた。それが嬉しかったの。パパと出逢えたのも菜緒子のおかげだった。それに、若葉とも……。あの学校はママの人生がはじまった場所なの。だから、あなたにもきっと素敵な出逢いがあるって思った。それと――」

杏奈さんは目に涙を溜《た》めてこう続けた。

「昔、菜緒子と話したことがあったの。いつかわたしたちにお互い女の子が生まれたら、あの学校に入れたいねって。その夢を叶えたかったの。菜緒子とわたしの娘である、あなたのことを……」

「………」

「でもそんなのママのワガママだったね。ごめんね。若葉の人生なのに」

「……わたしこそ、ごめん」

杏奈さんの表情が強《こわ》ばった。

「わたしがもっと頭が良かったら……」

若葉ちゃんはこぶしをぎゅっと握りしめ、

「もっと一生懸命勉強してたら……必死に塾に通ってたら……今だってそうだよ。補習を受けるようなバカじゃなかったら……ママの夢を叶えられたはずなのに……」

涙が頬を静かに伝った。

「本当のお母さんだって、天国で喜んでくれたはずなのに……」

杏奈さんは「違う」と狼狽《うろた》えるようにして呟いた。

でも若葉ちゃんの耳には届いていない。彼女は悔しげに奥歯を噛んで泣いた。

「こんなバカな娘でごめんなさい……」

「違うわ。若葉はなにも悪くない」

杏奈さんは娘を抱きしめようとした。しかしその手は弾かれた。若葉ちゃんは再び部屋へと逃げ込んでしまった。そして翌日、学校へ行ったまま帰らなくなったのだった。

僕は、その話を倉光家のリビングで聞いていた。

夕陽射す庭の奥ではソメイヨシノがオレンジ色に染まっている。ここ数日の強風のせいで花びらはすっかり散ってしまっていた。その姿が寂しげで、ますます胸が痛くなった。

「すみませんでした」と僕はご両親に謝った。

「あのとき、若葉ちゃんにあんな映像を見せなければ……」

「それは違います。頼んだのは我々なんです」

「どういうことですか？」

「お花見の数日前、朝早くに級長戸辺さんが訪ねてきたんです。そこで若葉がしようとしているサプライズのことを聞きました。風の記憶のこともすべて」

風架さんが？　そうか、あの日か……。僕が部屋を覗こうとした日の朝だ。

「級長戸辺さんは私たちにあの瓶を見せて、風読みのことを教えてくださいました。そして仰いました。この中には、若葉の出生の秘密が入っている……と。もちろん意図的に省くこともできる。でもそれは本当の意味での夫婦の想い出ではない。そう思っていたようです。だって僕らにとっての一番の想い出は、他でもない、若葉と出逢ったことなんだから……。そして、それを省くことは、若葉に対しても不誠実ではないかと迷われていました。だから私から頼んだんです。凪の記憶の映像は、若葉の秘密が分かる場面で終わらせてほしいと」

「そうだったんですか……。でも、それでよかったんですか？」

「実はここ最近、若葉に本当のことをいつ話すかで妻と揉めていたんです。先日見た映像にもありましたが、元々は成人したら話そうと思っていました。でも成人年齢が十八歳に引き下げられて、突然その日がやってきた。私は十八歳の誕生日に話すべきだと妻に言いました。でも杏奈は……」

　僕と対座している和弥さんは、隣の杏奈さんのことを見た。

「妻は、あの子が二十歳になるまで待ちたいと言いました。ご存じのとおり若葉にはまだ幼いところがあります。それにああ見えて繊細です。だから今のあの子では受け止めきれない、そう思ったようです。話し合いは平行線で、夜な夜な若葉に隠れてケンカをするようにもなりました」

　若葉ちゃんは言っていた。最近のパパとママ、なんだかぎくしゃくしてるんだよね。夜中にめっちゃケンカしててさ……って。夫婦仲が悪くなったわけじゃなかったんだ。お父さんとお母さんは若葉ちゃんのことで言い争いをしていたんだ。毎晩のように彼女のことを考えていたんだ。

　和弥さんは「でも」と、やりきれない表情でため息を漏らした。

「今となってはなにが正しかったのかは分かりません。結局、私たちはあの子を傷つけてしまった。どこにいるのかも分からず、ただこうしてなにもせずにいるだなんて……。父親失格です」

　こんなにもお互いがお互いを想い合っている家族なのに。それなのに……。

「あの……！」

意を決して顔を上げ、僕はご両親に宣言した。

「若葉ちゃんは僕が必ず見つけます。任せていただけませんか？」


「──すみませんでした!!」

その夜、再び『風読堂』のドアを開けた僕は、風架さんの前で頭を下げた。

「若葉ちゃんのご両親に相談していたことを聞きました！　風架さんも悩んでいたのに、なにも知らずにあんな酷いことを言って本当にすみませんでした！」

「酷いこと？」

風架さんは書斎でズズとコーヒーを啜《すす》ると、僕のことをじとっと睨んだ。

「具体的にはどういった？」

「いや、あの……若葉ちゃんに対して、あれはちょっと酷いんじゃないかなぁ的なことを……」

「おかしいですね。わたしの記憶では、もっと辛辣なことを言われたような気がするのですが？」

「そ、そうでしたっけ？」

「あら？　覚えていらっしゃらない？　では確かめてみましょうか」

彼女はそう言って、懐から小瓶を出した。まさか……。

栓を抜くと、たちまち風が飛び出してひとつの映像を作った。

あの海岸でのやりとりだ。風架さんは自分の想い出を風の中から集めていたんだ。

映像の中で僕は言っている。

「風架さんには心がないんですか!?　あの涙を見てなにも感じないんですか!?　だったらあなたは

おかしいです！　その奇妙な力を使って人の心を弄んでいる最低な人間です！」

目の前で黒歴史が再生されて焦った。「か、勘弁してください！」と慌てて手で振り払ったが、光は再び集まり映像を描いてしまう。

映像は更に続く。

風架さんは唇を噛んでいた。それでも凜とした眼差しで、

「どう思われても構いません」

僕は背中を丸めて弱々しく彼女に言った。

「……僕は、こんな残酷なファンタジーは信じたくありません」

ベスパを押して彼女の横を通り過ぎる。決して振り返らなかった。

一方の風架さんは悲しそうな表情だ。こんなにも切なげな彼女を見たのは初めてな気がする。夕陽が照らす瞳からは今にも涙がこぼれ落ちそうだ。そして風架さんは、暮風《ぼふう》に髪を揺らしながら、俯きながら、僕とは反対方向へと歩いていった。

あのときの風架さんの表情を知って、罪悪感で胸がことさらに痛くなった。

「すみませんでした。めちゃくちゃ酷いことを言ってしまいました……」

「反省しましたか？」

「はい。とても」

「仕方ないですね。では許しましょう」

「本当ですか!?」と嬉しくて顔を上げたが、ひとつの疑問が頭をもたげた。「あれ？　でもなんであのとき言ってくれなかったんですか？　あの映像を見せたのはご両親の意思なんだって」

彼女は「お伝えしましたよ」と悪戯っぽく笑った。

「『本当のことを知らせるべきだと思ったんです』って。頭に『ご両親と相談して』と、つけ忘れてしまいましたけどね」

「いやいやいやいや！　言葉足らずですって！　絶対ワザとですよね！　どうして!?」

「だって野々村さん、ハナからケンカ腰でつっかかってくるから。それでちょっとムカついて、懲らしめてやろうと思ったんです」

天使のような微笑みだ。この人は悪魔なのか？

「それに、あなたなら若葉さんのことを心配してご自宅を訪ねるような気がしたんです。そこで本当のことを知って後悔しちゃえって、意地悪をしてしまいました」

「じゃあ、僕が若葉ちゃんの家を訪ねなかったら……？」

「そのときは、完全にさようならでしたね！」

風架さんはまたまたにっこり微笑んだ。本気でそう思っていたんだろう。

よかった。あのとき一歩を踏み出して……。

「でも、風に教えてもらったとおりでした」

「え？」

「若葉ちゃんのことであんなふうに本気で怒れるなんて、野々村さんはやっぱり優しくて純粋だなあって思いました。わたしの方こそ、ごめんなさい」

許してくれたんだ。風架さんの笑顔は、そんな純粋な優しさに包まれていた。

「さて、野々村さん。これからどうするおつもりで？」

風架さんの声色が変わった。僕の気持ちを分かっているんだ。だからジャケットのポケットから封筒を出して彼女に向けた。ここに来る途中、コンビニATMで下ろした三万円が入っている。

「僕が依頼者になります。若葉ちゃんの居場所を風に訊いてほしいんです。風読み三十秒分の料金が入っています」

風架さんは封筒の中身を確認すると「でも……」と困り顔をした。

お金なんて受け取れない。そう言いたげな表情だ。

「いいんです。お金も、時間も、人生も、それにこの心も、時には誰かのために使わないと。そのときその人がくれる笑顔は、お金じゃ買えないかけがえのない価値がありますから」

キマった……。ありがとう、お母さん。きっと風架さんの僕への好感度は爆上がりのはずだ。

「足りません」

「はい？」

「人捜しの場合、一律で十万円をいただいているんです」

「じゅうまんえん？」

「はい。どこにいるか分からない人を捜すのって、すごく大変なんですよ」

そ、そうなの？　てことは、僕の給料ほとんど全部なくなっちゃうじゃん。

「どうなさいます？　やめときます？」と風架さんは意地悪な顔をした。

ここで引き下がったらめっちゃダサいぞ。くそぉ、こうなったらもうあとには引けない。

「いいえ！　捜してください！」

僕は瞳に決意を込めて風架さんのことを見た。

「もう決めたんです。若葉ちゃんのためにお金も心も使うって。だから――」

ポケットから小さく光るあるものを出した――桜のピアスだ。

若葉ちゃんが身につけていたものをご両親から借りてきたんだ。

「風読み、お願いします！」

風架さんはピアスを受け取り「かしこまりました」と頷いた。

それから僕らは『風読堂』の二階へと上がった。廊下の突き当たりの窓からベランダに出ると、屋根へと続く梯子《はしご》が見える。居場所が分からない人を捜索するときのコツは、とにかく風通しの良い場所から風に問いかけることらしい。僕らは、梯子を伝って屋根まで上った。

この建物は外観はモダンな洋風だけど、その裏側は和風住宅になっている。『風読堂』とレトロなフォントで書かれた看板の裏は瓦屋根になっていて、僕たちは今、そこに立っている。

高台に位置するこの場所からはオレンジ色に包まれた軍港がよく見える。屋根の上からだと尚更《なおさら》だ。街の灯りを浴びた水面は光の旗がはためいているかのように柔らかく揺れている。こんなにも高い場所からベースを見たのは初めてだ。

「でも、どうやって捜すんですか？　風の記憶って、その想い出がある場所に行かないと読み取れないんじゃなかったでしたっけ？」

「離れていても風の記憶を読むことはできます。ただ、アンテナの感度みたいに、遠ければ遠いほど様々な映像が混在してしまうんです。それに、今現在の若葉さんを捜すとなると、その記憶を持つ風を見つけなくてはならなくて……。それがものすごく大変なんです」

風は別の風とぶつかりながら、その記憶を引き継いでゆく。でも今起こっている出来事の記憶を持つ風は極めて少ない。だからこのピアスを目印に、風から風へと若葉ちゃんのことを訊ねていって、最新の彼女の記憶を持つ風を探し出さなければならないのだ。

「少し離れていてください」

僕が二、三歩、離れると、風架さんは桜のピアスを手のひらの上に載せて夜に向けた。息を吸い込み目を閉じる。その途端、空気がぴりっと引き締まった気がする。静寂《しじま》が辺りを包んでゆく。だんだんと、少しずつ、風架さんの周りの風が輝き出した。波間に揺れる夜光虫《やこうちゅう》のように、キラキラと、うねるように青く発光している。その光の風は、風架さんを起点に遠く遠くへと広がってゆく。人家を、街を、ベースを、海を包んでゆく。いや、もっとだ。もっともっと遠くの空の彼方《かなた》まで、植物の胞子が風に乗って飛んでゆくように広がっていった。風架さんの想いを受けた風が若葉ちゃんを捜しているんだ。僕はごくりと唾を飲み込んで、その美しい青藍色の夜を見つめて願った。

風よ、お願いだ……。

若葉ちゃんのことを見つけ出してくれ！

一方の風架さんは疲弊している。かざした手は辛そうに震えて、額には窓を彩る雨粒のような細かな汗が滲んでいる。呼吸は乱れ、時折苦しそうに顔を歪《ゆが》めていた。かなりの力を使っているんだ。

それから五分ほど経つと、光の風は弾《はじ》けてしまった。風架さんがその場にへたり込むと、僕は「大丈夫ですか!?」と彼女を支えた。長距離走のあとのように疲れ果てていた。

「若葉ちゃんは見つかりましたか？」

恐る恐る訊ねてみると、風架さんは呼吸を整え、輝く笑顔を僕に向けた。

「はい！　風が見つけてくれました！」

深夜――。風架さんと僕は、横浜のとあるお寺へとやってきた。こんな時間だから門扉は固く閉ざされている。僕らはベスパに跨がったまま両脇に仏像が安置された立派な八脚門を見上げていた。

「本当にこのお寺に若葉ちゃんがいるんですか？」

「あら？　もしかして疑ってます？」

「いえ、まさか」

怒られると思ったので慌てて否定した。

「大丈夫です。入ってゆくのが見えましたから。多分ご両親が眠っている場所なんだと思います」

「そういうことか……。でも、彼女はどうやってここを？」

「市役所に行く姿も見えたので、戸籍からご両親の足跡を辿ったのかもしれませんね」

風架さんはベスパからひょいっと降りると、門の前まで子供のように駆けていった。

「お寺の名前も見えてよかったです。それに、あれも！」

くるりと振り返り、僕の後ろを指さした。遠くでマリンタワーが輝いている。横浜のシンボルだ。

あのタワーを頼りにここまで辿り着けたのだ。

「では、忍び込んでみましょう」

「忍び込む!?」と思わず大声を出してしまった。

彼女は「しー」と人差し指を口の前で立てて、僕のことをじろりと睨んだ。

「不法侵入になっちゃいますよ！　警察を呼ばれたらどうするんですか!?　それに、こんな時間だし、もう中にはいないと思いますよ!?」

「ですから、しーです。まだいると思いますよ。ここに来る直前にも風に訊いてみましたから」

「こんな時間になにを？　お墓参りにしては遅すぎるでしょ？」

「目的はお墓参りではないと思います」

「え？」

「とにかく入ってみましょう。いなかったら、また風に訊いてみます。レッツゴーです」

風架さんは寺の裏手へさっさと行ってしまった。

「ま、待ってください！　どっかにバイクを置いてきますから！」

僕たちは裏門の土塀を乗り越えて中へと入った――風架さんは僕の背中を足場にしていた――。時刻は深夜二時を回っている。丑三《うしみ》つ時というやつだ。寺務所と思われる建物の前を横切って墓地へと向かう。夜の境内はひっそりしていて気味が悪い。僕は怪談の類いが大の苦手だから辺りを窺いながら、震えながら、ゆっくり歩いている。一方の風架さんはスキップでも踏むんじゃないかというくらい軽やかな足取りだ。さすがはゾンビ映画をニコニコしながら観ていただけのことはある。

墓地は広くて無個性だ。都会の建売住宅のような同じ形の和型墓石が整然と並んでいる。その間を僕らは息をひそめて進んでゆく――と、

「あ……！」

風架さんの言葉どおり、若葉ちゃんはここにいた。花崗《かこう》岩の墓石の脇に制服姿のまま座っている。僕の声に驚いたのか、彼女は慌てて立ち上がった。どうしてここに？　と言いたげな表情だ。

「あなたを捜しに来たんです。野々村さんからの依頼で」と風架さんが僕のことを見た。若葉ちゃんは意味が分からず目をしばたたかせている。照れくさかったけど、僕は事情を説明した。

「君のお父さんから家出のことを聞いたんだ。それで心配になってね……。ねぇ、若葉ちゃん。こんな時間にここでなにをしていたの？」

しかしなにも言ってくれない。顔を背けて、ただただ黙って墓石を見つめている。すると、

「ご両親の骨を持ち出そうとしていたんですよね？」

その心中を風架さんが代弁した。僕は「骨を!?」と驚いた。「どうしてそんなこと？」

どうやら図星だったようだ。若葉ちゃんは苦々しく笑った。

「この間のこと、ショックだったんだ。パパとママと血が繋がっていないってことが。それに、ママの夢を叶えられなかったことも……。学校に行っても、受験のとき、どうしてもっと頑張らなかったんだろうって、そればっかり考えちゃってさ。それで全部嫌になって逃げ出したの。学校からも、親からも、自分からも。でも――」

僕も以前はそうだった。陸上から、会社から、自分自身から逃げ出した。

でも、逃げた先で気づいたことがある。それは、

「自分からは逃げられなかったよ……」

そうだ。どこまで行っても自分という存在は否応《いやおう》なくついてきた。逃げることはできなかった。

僕は僕以外の人間にはなれないんだ。若葉ちゃんもそのことに気づいたんだろう。

「だったらとことん向き合おうって思ったの。自分の過去と、本当のお父さんとお母さんと。それで市役所で戸籍を取って、住んでた場所とか色々調べたの。そしたら、このお寺のことを思い出して」

若葉ちゃんは幼い頃、何度かここを訪れていたらしい。和弥さんたちがお墓参りに連れてきたのだろう。マリンタワーを望むお寺ということで、記憶の片隅に残っていたようだ。

「でも、どうして骨を？」

「……風読みですね？」と僕の質問には風架さんが答えた。

そうか。風読みの力を使って本当のお父さんとお母さんを知ろうとしたんだな。風の記憶を集めるためには目印が必要だ。でもご両親の残したものはなにもない。あるのは、ここに眠る骨だけだ。

若葉ちゃんはこくんと小さく頷いた。

「こっそり骨を盗み出そうと思って深夜になって戻ってきたの。でも土壇場で怖くなっちゃって。勝手に骨を掘り出すなんてヤバいよなぁって思って。だってほら、警察に捕まったら学校にもバレちゃうし、クラスの意地悪な奴らがＳＮＳで拡散するかもしれないし。そしたら絶対退学だし……」

そのとおりだ。骨を持ち出すなんて大問題だ。そんなことしたら――、

「そうですかねぇ？」

風架さんがあっけらかんと言ったので、僕らは「え？」と声を揃えた。

「そんなにヤバいことでしょうか？　ご両親の骨なんですから、若葉さんの自由にされたらいいんじゃないんですか？　お父さんとお母さんだって、他ならぬ若葉さんの望みなら嫌な顔なんてしないと思いますよ？　なので遠慮せずに、さくっと拝借したらどうですか？」

「ふ、風架さん、それ本気で言ってます？」と僕は狼狽えながら訊ねた。

「ええ、本気です」

「でも、そんなの不謹慎でしょ。モラル的にありえないです」

「モラル？　モラルとはなんでしょうか？」

「ですから、世の中の常識とかそういうことですよ」

「確かに世の中の常識から見たら、お墓を暴いて骨を持ち出すなんて不謹慎なことだと思いますよ。バレたら非難もされるでしょう。退学だって免れません。でもそれがなんだというんです？　そもそもこれは世の常識で測るような問題ではありません」

「じゃあ、なんの？」

「若葉さんの心の問題です」

「心……？」と若葉ちゃんは、はたと顔を上げた。

「ええ、心です。もしもあなたが本当に、心から、ご両親のことを知りたいと思うのであれば、世の中の常識なんてかなぐり捨てて骨を拝借するべきです。若葉さんはもう十八歳。大人です。大人なら、自分に言い訳をして、大切なものから目を背けて逃げるような生き方をしてはいけません」

かつて若葉ちゃんは言っていた。「そもそも大人になるって、どんなことだか分からないし」と。

風架さんは今、その答えを示しているんだ。そして、自身のお母さんのことも重ねているんだ。もし自分が同じ立場だったら、どんな手段を取ってでも絶対に知ろうとする。彼女の横顔は、そんな強い意志に包まれていた。それに風架さんが言った言葉は、僕のこれまでの生き方そのものでもあった。呆れるほど言い訳を繰り返して大切なものから逃げ続けてきた人生。その結果が今の僕だ。後悔と自己嫌悪しか残らなかった。若葉ちゃんには同じ轍《てつ》は踏んでほしくない。だったら――と、震える手をぐっと固めた。

「だったら、僕がお骨を掘り起こします……！」

若葉ちゃんは驚きのあまり目と口を丸くした。

「僕も若葉ちゃんと同じ歳の頃に大事なものから逃げ出したことがあるんだ。人間って弱くてさ、一度逃げたらきっとまたどこかで絶対逃げたくなるんだ。自分は運が悪いだけだとか、今日は調子が悪いんだって、自分にいっぱい言い訳をして。僕は今までそうやって逃げてきた。ううん、今も逃げ続けてる。でも――」

彼女の瞳をまっすぐ見つめた。

「君には逃げてほしくないんだ」

「お兄さん……」

「だから僕が共犯になる。君が世間や学校から一人で叩かれないように、僕も一緒に悪者になるよ」

僕は決意を胸に墓石に手を合わせると、慎重に香炉をどかした。その下の重い石盤を動かすと、そこに納骨室が現れた。両膝をついて覗き込むと、中は暗くて深かった。僕は腹ばいになってスマートフォンのライトで納骨室の中を照らした。骨壺《こつつぼ》がふたつ並んで置いてある。砂や埃で汚れた壺の表面には、若葉ちゃんのご両親の名前と亡くなった日付、それから享年が書いてあった。

もちろん罰当たりなことだって分かっている。でも臆さなかった。「若葉ちゃんのために力を貸してください」と心の中で強く祈って、スマートフォンを納骨室の底に置いて両手を伸ばした。骨壺を摑んで、丁寧に、落とさぬように、そおっと外へと引っ張り出すが、ベルトが引っかかって思うように動けなくなってしまった。大事な骨壺を落としそうだ――と、そのとき、若葉ちゃんが「わたしも手伝う！」と僕の足を引っ張ってくれた。

僕らは二つの骨壺を出すことに成功した。だけど若葉ちゃんはご両親の骨壺を前に逡巡《しゅんじゅん》しているようだった。蓋を開けることができずにいる。ここからは彼女の決心だ。僕は静かにその横顔を見守った。しばらくして、彼女はそっと手を伸ばした——が、止まってしまった。

「若葉さん……」と風架さんが小さな背中に声をかけた。

「あなたが今、一番望んでいることはなんですか?」

その問いに、若葉ちゃんは微かに肩を震わせた。なにを思っているんだろう。瞳が涙で滲んでいるのが、月明かりに照らされて分かる。しばらくして、彼女はゆっくりと顔を上げた。

その目にもう迷いはなかった。答えを見つけたようだ。そして、

「なにやってるんだ!?」

視界が目映《まばゆ》く光った。突然の怒声に驚いて目を向けると、住職とおぼしき作務衣《さむえ》を着た初老の男性が懐中電灯を手に大慌てで走ってきた。忍び込んだのがバレてしまったようだ。

ど、どうしよう。でも事情を話せば許してもらえるかもしれない。骨はまだギリギリ持ち出していないんだから。大丈夫ですよね、風架さん——と、見てみると、彼女は若葉ちゃんを連れてさっさと逃げてしまっていた。「ま、待ってください!」と僕は二人を追いかけた。

迷路のような墓地の中をひたすら走る。どうやら他のお坊さんも合流したようで、大勢になって僕らのことを捜している。このままでは捕まってしまう。大急ぎで墓石の陰に身を隠した。

「どうしましょう! このままじゃ警察に突き出されちゃいますよ!」

「落ち着いてください」

「でも!」

「お兄さん、うるさい!」と若葉ちゃんが小声で怒鳴った。すると、風架さんが、

「大丈夫です。わたしには必殺技がありますから」

「必殺技？」と僕と若葉ちゃんはまた声を揃えた。

「ええ。ずっと試してみたかったんですよね」

彼女は声を弾ませながら、鞄《かばん》の中から大きな瓶を取り出した。なんだかすごく楽しそうだ。

「いたぞ！」と背中に声がぶつかった。見つかってしまった。数人のお坊さんがこちらへ向かって走ってくる。万事休すだ。そのとき、風架さんが瓶の栓を抜いた。同時に激しい風が巻き起こった。

それから瓶を通路に置くと、そこにはなんと、大きくゾンビが映し出された。数体のゾンビがうなり声を上げて、お坊さんに向かってゆく。突然の化け物の出現に彼らは悲鳴を上げて逃げ惑っていた。

僕らも驚いたが、お坊さんたちも声を上げて尻餅をついていた。

そうか、これは風架さんが前に観ていたゾンビ映画の映像だ。風の記憶として封印していたのか。

だからあのときニコニコしていたんだな。この必殺技を思いついて……。

風架さんは僕のデニムジャケットを引っ張ると「行きましょう」と不敵に笑った。


お寺から逃げ出すことに成功した僕たちは山下公園までやってきた。

どうやら追っ手はないようだ。息も絶え絶えでベンチに座ると、辺りはもう明るくなっていた。

薄い雲に覆われた空は群青色に染まり、朝の予感がそこかしこに漂っている。波は柔らかく岸壁を洗い、海鳥の新鮮な声が遠くに聞こえる。さっきまでの大騒動が嘘のような爽やかな朝だった。

「ねぇ、風架さん」

ミネラルウォーターを飲み干した若葉ちゃんが、隣に座る風架さんに目を向けた。

「さっき質問したよね？　あなたが今、一番望んでいることはなんですか？　って。あの言葉を聞いたとき、最初に頭に浮かんだのは本当のお父さんとお母さんじゃなかったよ」

若葉ちゃんは眉尻を下げて笑った。

「パパとママの顔だった」

「若葉ちゃん……」と僕は呟いた。

「風読みの力でお父さんとお母さんのことを知れたらきっとすごく感動すると思う。パパが言ってたとおり、お父さんはイケメンで、ヨットも上手くて、優しくて、素敵な人だと思うんだ。お母さんだってそう。綺麗で、優しくて、わたしに似てる気がするの。二人に愛されていた姿を見たら、多分めっちゃ嬉しいと思う。泣いちゃうと思う。……でもね、そのあときっと思うんだ」

若葉ちゃんは涙の雫を一粒こぼした。

「それでもやっぱり、うちのパパとママが一番だなぁって……」

洟《はな》をぐすんと啜って涙を拭った。

「背が低くて、お腹も出てて、髪の毛だって少ない、ギャグもつまらないパパだけど。事あるごとに『生まれてきてくれて、ありがとう』ってしつこく言ってくるちょっと重たいママだけど。でもね……それでもね……わたしにとってはあの二人が、世界で一番素敵なパパとママなの」

太陽が顔を出して、若葉ちゃんの涙を七色に染める。

「初心忘るべからずだね。家出してそのことが分かったよ」

清々しくて爽やかな表情だ。僕も釣られて微笑んだ。

風架さんは彼女のすべてを肯定するように頷くと、ショルダーバッグから大きな瓶を取り出した。

「これをあなたに」

怪訝そうな若葉ちゃんの手の上に、桜色の瓶をそっと置く。そして、

「この中には、若葉さんの一番の望みが入っています」


若葉ちゃんを自宅まで送り届けると、ご両親は寝ずに僕らを待っていた。

彼女は申し訳なさそうに「ごめんなさい」と謝った。怒られると思ったのだろう。でもそんなことはなかった。お父さんもお母さんも咎《とが》めることなく、たったひと言、「お帰りなさい」と伝えてあげた。安堵《あんど》したのか、若葉ちゃんはまた少し泣いていた。

それから家族は庭に出た。

もうほとんど散ってしまった桜の下で、若葉ちゃんはご両親に向かって言った。

「わたしね、あのお花見の日からずっと考えてたの。家族ってなんなんだろう……って」

和弥さんも、杏奈さんも、その話を黙って聞いている。

「血が繋がってなかったら本当の家族じゃないのかなぁって、偽物なのかなぁって、そう思ったの。でも、血が繋がってても憎み合ってる家族もいるし、血が繋がってなくても仲良しの家族だっているでしょ。だったら家族ってなんなんだろう……って。でね、分かったような気がするの」

彼女は瓶を取り出して、大事そうに両手で包んで静かに見つめた。

「家族って、想い出なんだね」

若葉ちゃんは二人に向かって微笑んだ。

「うちにはいっぱい想い出があるよね。高校の入学式の朝のこととか、この家に引っ越してきたと

きのこと、クリスマスにプレゼントをくれたこと、ごはんを作ったことも、ドライブしたことも、眠れなかった夜のことも……いっぱい、いっぱい、想い出がある……だから――」

顎先から落ちた涙が瓶に弾けて薄紅色に輝いた。

「もうそれだけで、わたしたちは本当の家族だよね！」

和弥さんも、杏奈さんも、嬉しそうに笑った。

「想い出は、血よりもきっと濃いはずだよね」

二人は娘に頷きかけた。若葉ちゃんも嬉しそうだ。そして、

「だからもっと分けてほしい。わたしの知らないパパとママの想い出を」

彼女は瓶の蓋を開けた。暖かい風が溢れ出して辺りを包んだ。

その風が映像を浮かび上がらせる。風架さんが渡した風の記憶、それは――、
あの日のサプライズの続きだった。

そして、映像がはじまった。

仕事について熱心に語る若き日の和弥さん。それを聞きながら笑っている杏奈さん。

子供ができないことが分かり涙する杏奈さん。彼女を懸命に慰める和弥さん。

結婚式で胴上げされる新郎の和弥さん。そんな彼を微笑ましく見つめる新婦の杏奈さん。

二人のかけがえのない想い出がいくつも目の前を流れてゆく。

式の内容を決めるときに意見が食い違ってケンカしたこと。

婚姻届を手に、緊張しながら市役所へ向かった朝のこと。

小さなアパートで同棲《どうせい》生活をはじめたこと。

様々な想い出が過去へ向かって流れていった。

場面が変わった。

三浦海岸の砂浜に並んで座る二人の姿が映し出された。

和弥さんは緊張の面持ちで握りしめていた指輪のケースを開いた。プロポーズの瞬間だ。

「杏奈、僕と結婚してほしい」

杏奈さんは満開の笑みで「はい！」と快く頷いた。和弥さんは大喜びだ。彼女の手を取り、左手の薬指に指輪をはめてあげた。太陽がその指輪を輝かせる。春風が二人を祝福している。

指輪を幸せそうに見つめる杏奈さんが「わたし、夢があるの」と柔らかく呟いた。

「どんな夢？」

「いつか子供が生まれたら言ってあげたいの。入学式とか、卒業式とか、誕生日が来るたびに毎年言ってあげたいんだ。鬱陶しいなぁって言われちゃうくらい、何度も、何度でも」

杏奈さんは母性に満ちた声で言った。

「生まれてきてくれて、ありがとう……って」

和弥さんは大きなその手で杏奈さんの左手を包んだ。杏奈さんは微笑んで、

「それがわたしの一番の夢」

「じゃあ二人で叶えよう。ううん、違うね。いつか出逢う、僕らの子供と三人で」

「うん……！」

映像がふわりと消えると、杏奈さんが若葉ちゃんの前に立った。

そして、愛《いと》おしげに我が子を見つめた。

「若葉、前に言ってたね。ママの夢を叶えられなくてごめんなさいって」

「うん……」

「そんなことないよ」

杏奈さんは娘をそっと抱きしめた。

「あなたはたくさん叶えてくれたよ」

「ママ……」

「だって、こんなにたくさん言わせてくれたじゃない」

強く強く抱きしめた。もう離れないように。

「若葉、生まれてきてくれて、ありがとう……って」

その言葉が嬉しくて、若葉ちゃんは声を上げて涙した。

「これ以上の親孝行なんて他にないわ」

和弥さんもやってきて、若葉ちゃんの頭を撫でた。

「ありがとうな、若葉」

そして、心を込めて伝えた。

「パパとママの子供になってくれて」

「……わたしもだよ」

若葉ちゃんは涙の中で笑って言った。

「わたしのパパとママになってくれて、ありがとう……」

家族を見つめる風架さんが鞄の中から小さな瓶を出した。

「それは？」と僕が訊ねると、彼女は微笑み、こう言った。

「若葉さんへの誕生日プレゼントです」

コルク栓を開けると、その瞬間、鮮やかな風と共に、桜の姿が大きくそこに浮かび上がった。

満開の桜の記憶を瓶の中に閉じこめていたんだ。

もう散ってしまった庭の桜が再び輝くように色づいた。鮮やかで、華やかで、愛おしくなる桜色が家族を包んでいる。あの日のお花見のやり直しだ。

柔らかな花風が、桜の雨を庭に降らせる。

それを見つめる若葉ちゃん、和弥さん、杏奈さん。みんな笑顔だ。素敵な笑顔だ。

うんと幸せそうに笑っている。桜色の風の中で……。

その笑顔に触れて僕は思った。

こんな素敵なファンタジーなら信じてみてもいいかもしれない。

これからも、この仕事を続けていきたいな……って。


「風架さん、色々ありがとう」

倉光家をあとにする僕らを、若葉ちゃんが追いかけてきてくれた。

「それと、お兄さんも」

「僕も？」と自分のことを指さした。

「うん。わたしのこと、捜してくれてありがとう。共犯になってくれてありがとう。嬉しかった。

お兄さん――ううん、帆高さんが言ってくれた言葉、すごくすごく嬉しかったよ」

僕の方こそ嬉しかった。こんなふうに誰かに感謝されるなんて初めての経験だ。

勇気を出して踏み出してよかった。本当によかった。

「前に言ったことは訂正するよ。『頼りないアシスタントさんね。もっとしっかりしなくっちゃ』って。あれ、間違えてたよ。帆高さんはうーんと素敵なアシスタントさんだね」

そのとき僕は思ったんだ。今日まで生きててよかった……って。心からそう思った。

「ねぇ、風架さん。わたしの選択、間違えてなかったよね？　実はちょっとだけ本当のお父さんとお母さんに対して親不孝かなって思っててさ。ちゃんと知ってあげるべきだったかなぁって」

微かな後悔が滲んだ表情だ。割り切れない気持ちがまだ心の底にあるんだろう。

風架さんはそんな彼女に、はっきりと、透き通るような声で言ってあげた。

「あなたは間違えていません」

確信を持ったその声に、若葉ちゃんの頬には嬉しさの赤みが差した。

「でも、いつかご両親のことを知りたいと思ったら、そのときはまた『風読堂』にいらしてください。いつでもわたしと、帆高さんが、力になります」

初めて風架さんに名前を呼ばれた。認めてもらえたみたいで嬉しかった。

でも今はその喜びを胸にしまって頷いた。

そのときはまた使おう。僕の、僕たちの、この心を……。

「それに、きっと繋がっていますよ」

風架さんは静かに語った。

「わたしは、生まれたときからお母さんと別々に暮らしているんです。母がどこにいるかも分かりません。顔だって分からないんです。だから幼い頃はよくお母さんのことを想っていました。どんな顔をしてるのかなぁとか、今どこにいるんだろうって。でも結局、なにも分かりませんでした」

あの桜並木で話してくれた話だ。

「それでも、風が吹くたび思うんです」

僕らの間を柔らかな恵風が吹き過ぎていった。

「もしかしたらこの風は、どこかでお母さんに触れた風なのかもって……」

風架さんの髪の毛が、睫毛《まつげ》が、瞳を包む淡い涙が、春の風に揺れている。

「わたしとお母さんはこの風で繋がっている。そう信じています。若葉さんだってそうです。世界に風が吹く限り、わたしたちは繋がっています。過去も、未来も、みんなひとつに」

若葉ちゃんの瞳が潤いを帯びてゆく。

「風は決して消えませんから」

風架さんのその言葉に、彼女は空の色を映した涙をひとつこぼした。

この風は、過去の誰かを見つめた風だ。そして、明日の誰かに触れる風だ。そうやって人と人は風を通じて繋がっている。そう思うと、この世界は優しくて温かい。そんな気がした。

若葉ちゃんは涙をしまって爽やかに笑った。

お金では決して買えない、かけがえのない笑顔で。今までで一番の笑顔で。

そして、僕らにかけがえのない言葉をくれた。

「風架さんたちと出逢って、風のことが大好きになったよ！」

依頼は無事に終わったけど、僕にはまだやることがあった。若葉ちゃんの姿を見て、僕も心を使おうと思ったんだ。迷惑ばかりかけてきたお母さんに、せめてもの親孝行をしようって。でも若葉ちゃんを捜すために大金を使ってしまった。風架さんは従業員割引と言って少しだけ値引きしてくれたけど、クルーズ船の豪華ディナーなんて余裕はない。だから――。

お母さんがパートから帰ってくると、僕は意を決して居間のダイニングチェアから立ち上がった。

「あ、あのさ……今からクルーズ船の豪華ディナーをしようよ」

「ほんとに!?」とお母さんは目を輝かせた。

それから僕らはテーブルについた。卓上には横須賀のデパート『さいか屋』で買ってきたお惣菜《そうざい》。二千円の赤ワインだってある。これが今できる最大限の豪華ディナーだ。

「バイト代、ほとんど使っちゃってさ。これが限界なんだ」

「なにに使ったの？」

「……ゲーム買った」

「あなたって無駄遣いが大好きねぇ」と母は呆れていた。でも、すぐに目を細めて、

「だけどありがと。これはこれで最高のディナーよ」

お母さんは嬉しそうにワイングラスを傾けた。

「あ、そうだ、クルーズ船を忘れてた」

僕は恥ずかしくなって、そそくさと立ち上がり鞄にしまっておいた〝あるもの〟を出した。これも帰りに、さいか屋で買ってきたのだ。母に見せると「いいんじゃない？　可愛らしくて」と、顔をまん丸にして笑ってくれた。

お褒めの言葉を頂いたので、仏壇の方へと向かった。この時間、水槽の電気は消えている。だけど今日は特別に明かりを灯《とも》した。目映い光に照らされて熱帯魚たちは迷惑そうな顔をしている。

ごめんな、悪いけど今日だけは付き合ってくれよ。

心の中で呟いて、僕は水面に〝あるもの〟を浮かべた。

子供がお風呂で遊ぶような、そんな小さなおもちゃのヨットだ。

「……いつもありがとう」

背中で伝えた。耳に届かないくらい小さな声で。

もちろんお母さんは気づいていない。それでもいいやと、僕は思った。

ちゃんとした親孝行はまた今度だ。

頼りないヨットが水槽の上をぷかぷか泳いでゆく。

帆を立てて、一歩一歩、ゆっくりと。

僕たちは、その可愛らしいヨットを眺めながら、ささやかな夕食に舌鼓を打った。

こんなディナーも悪くない。そう思える優しい風が吹く春の夜だった。

第二話　青嵐

「エアコンが壊れました……」

　例年より早く梅雨明けした七月上旬の朝のこと。いつものように『風読堂』に出勤すると、風架《ふうか》さんが絶望的な表情を浮かべて僕に向かってそう言った。なにもかもが古いこの建物ではいつなにが壊れてもおかしくない。それにしても、夏の必須アイテムであるエアコンが壊れるだなんて……。

　気温は朝十時の時点で三十五度を超えている。今年一番の猛暑日だ。『風読堂』の店内は、生卵を置いておけば、ゆで卵になってしまいそうなほどの悪魔的な熱気に包まれていた。

「こ、故障……⁉　修理は⁉　電器屋さんには電話したんですか⁉」

「はい……。朝一番で問い合わせました。ですが、最短でも八月上旬とのことでした」

「八月上旬⁉　そんな先じゃ干からびて死んじゃいますって！」

「でも修理の依頼が殺到していて、すぐの対応は難しいみたいなんです」

「そんなぁ～……」

　僕がアンティークチェアにどすんと腰を下ろすと、風架さんは「ごめんなさい」と頭を下げた。

今日の風架さんは肩を出した白いワンピース姿だ。見た目こそ涼しげだけど、それでもかなり暑そうだ。ちなみに、夏でもベレー帽は健在で、この日はベージュのリネンベレー帽を被っていた。

「夏が来る前にエアコンがちゃんと動くかチェックしておけばよかったのに……」

恨みがましく呟くと、店内の空気がピキッと凍りつくのを肌で感じた。

し、しまった……と、恐る恐る顔を上げると、風架さんの美しい顔は苛立ちに包まれていた。

「帆高《ほだか》さんの仰るとおりですね」

「あ、いや、違くて……」

「わたしの至らなさによって、このような事態を招いてしまって本当に申し訳ございませんでした。夏の暑さが年々危機的なものになっていることは重々承知しているはずなのに、エアコンのチェックを怠り、従業員を熱中症の危険に晒《さら》してしまうなんて店主失格、愚の骨頂、愚か者の極みですね」

「違うんです……」

「ならば、こうしましょう。夏の間はどうぞアルバイトをお休みになって、ご自宅の涼しいお部屋でごゆるりとお過ごしください。アイスキャンディーでも舐《な》めながら、高校野球をご覧になるのはいかがでしょう。快適だと思いますよ？　帆高さんはお部屋で過ごすのがお好きですもんね。お店はわたしが一人で切り盛りするので、どうぞご心配なく」

怒ってる……。この夏、僕には大きな目標があるんだ。『風架さんに好きって伝える！』って目標が。でもこのままじゃ僕の夏がはじまる前に終わってしまう。この窮地、なんとかしなくては！

「いやいやいやいやいや！　誤解です！　風架さんを責めたわけじゃないんです！　誤解なんです！

自分自身への戒めを込めて言ったんです！　だから本当に誤解なんです！」

するとと彼女は、ふふふ……と笑って肩を上下させはじめた。

「ま、まさか、怒ってなかったんですか？」

風架さんはペロッと舌を出して愛らしく笑った。

「よかったぁ～～。本気で怒ったのかと思いましたよ」

「ごめんなさい。でも最初はそぉーとぉームカつきましたよ。わたしの確認不足が原因なのは分かっていますが、エアコンが壊れたあとに『こうしておけばよかったのに』なんて、そんなの誰だって言えるのになぁって。だから仕返ししてやろうと思ったんです」

彼女はにっこり微笑んだ。まだちょっと空気がピリついている気がするけど……。

「でも、エアコンが直るまでは、暑い日などは無理せずお休みにしましょうね」

そう言って、夏の女神様みたいに笑ってくれた。

よかった。いつもの風架さんだ。僕はほっと胸を撫で下ろし――、

「ごめんください」

お客さんのようだ。ちょっと小太りで丸顔の女性がドアのところに立っている。

「あの……わ、わたし……」

その人は、声を震わせ、僕らに言った。

「風読みのお願いをしに来ました！」

女性は、寿賀礼子《すがれいこ》さんといった。横須賀市内にお住まいで現在六十五歳。久里浜駅の近くで『幸《こう》』という小料理屋を営んでいる。風読みのことは友人から教えてもらったらしい。

風架さんが風読みの詳細や値段について説明している間、彼女はいくつもの花のイラストが描かれたハンカチでしきりに汗を拭っていた。かなり緊張しているみたいだ。それに、急坂を上ってきたから暑いのかもしれないな。

心配した風架さんが「大丈夫ですか？　エアコン壊れていてごめんなさい」とカウンター越しに謝ると、礼子さんは「すみません、汗っかきで」と苦笑いを浮かべて、また汗を拭っていた。

僕はデンマークのブランド『ボダム』のグラスに注いだアイス・シトラス・グリーンティーを二人の前にそっと置いた。そのお茶を一口飲んで、風架さんは「では、続けますね」と仕切り直した。

「お客様によっては半信半疑の方もいらっしゃいますので、風の記憶のサンプルもご覧いただけますが、いかがなさいますか？」

「大丈夫です。級長戸辺《しなとべ》さんを信じます」

「ありがとうございます。では、ご依頼内容をお伺いしていいでしょうか。今回はどういった？」

礼子さんはテーブルの上のハンカチをぎゅっと握りしめ、それからぽそりと呟いた。

「……捜してほしくて」

「捜す？　人をですか？」

「はい。どこにいるか分からない人なんです。その人の今の姿が見たくて。可能でしょうか？」

「可能ですよ。しかしながら、人捜しとなると別料金で一律十万円がかかります。その点はご了承ください。それに加えて、風の記憶を集める料金もかかって参りますので、かなりの高額になってしまいますが……よろしいですか？」

「構いません。どうしても捜してほしいんです」

思い詰めたような口ぶりだ。僕はそこにただならぬものを感じていた。風架さんもそうなのだろう。「ちなみに、どなたをお捜しすれば……？」と古い吊り橋《つばし》を渡るように恐る恐る訊ねていた。

しばしの沈黙。そして、礼子さんは顔を上げてこう言った。

「息子の臓器を持っている人です！」

僕らは揃って絶句した。

臓器を持ってる人？　それって、違法臓器売買の犯人を追え的なこと？

「し、失礼ですが、今〝臓器〟と仰いましたか？」

風架さんが口の端を引きつらせながら聞き返すと、「ご、ごめんなさい！」と礼子さんは額の汗をハンカチで何度も拭った。そして依頼の詳細を僕らに語った。

「わたし、十二年前に息子を事故で亡くしているんです。交通事故で脳死状態になってしまって。お医者様から息子は――幸太《こうた》は意識を取り戻すことはないと言われました。それで臓器提供の意思を確認されたんです。家族の承諾さえあれば臓器提供ができるようになっていたので、わたしたち夫婦にその意思があるのなら……って。頭では分かっていました。幸太はもう助からない。臓器提供はこの子の命を活《い》かす唯一の方法なんだって。でも、やっぱりどうしても思っちゃうんです。もしかしたら明日、奇跡が起こって幸太は目を覚ますかもしれないって」

瞳がじんわりと涙で包まれてゆくのが分かった。

「『おはよう、お母さん。ずっと寝てたからお腹減ったよ！』って笑いかけてくれるかもしれないって……。そんなことばかり考えて、なかなか決意できずにいました」

彼女はたまらずハンカチで目元を拭った。

「それでも、あの子が十三歳になる七月十三日の誕生日、わたしたちは臓器提供の承諾をしました。学校の先生が作文を届けてくれたんです。事故に遭う前の日に書いた作文です。そこにはこう書いてありました。『将来はお医者さんになって、たくさんの人を助けたい』って。それを読んで決意しました。この子はもうお医者さんになることはできない。それでもドナーになれば、その夢を叶えられる。幸太の心臓で、肺で、臓器で、たくさんの人を助けられるかもしれないって」

礼子さんは手元のハンカチをじっと見つめて「でも……」と弱々しく呟いた。

「人って弱い生き物ですね。あの子がいなくなってから、わたしは後悔しっぱなしです。今の医学だったら幸太は目を覚ましたんじゃないか……間違った選択をしたんじゃないか……。そうやって自分を責めてばかりでした。そんなことだから夫婦仲も悪くなって、夫に新しいパートナーができたことをきっかけに離婚したんです。それからわたしはずっと独りです」

礼子さんはおどけるように苦笑した。その笑顔を見て僕は胸が苦しくなった。

「横須賀って、七月十三日からがお盆って家が多いでしょ？　もう来週だから提灯《ちょうちん》の準備をしなきゃって思って、押し入れを開けたんです。そうしたら、サンクスレターが出てきたんですよ」

「サンクスレター？」と僕は首を傾げた。

「移植を受けた人がくれる感謝のお手紙です。とっても綺麗な字を書く子でね、『大切な心臓をくれてありがとう。今は元気になって毎日楽しく暮らしています』ってメッセージをくれたんです。その手紙を十二年ぶりに読んで思ったんです。この子はどんな大人になったのかなぁ……どこでなにをしてるのかなぁ……って。一度考えたら気になって気になってたまらなくなりました」

礼子さんは懇願するような眼差しを風架さんに向けた。

「ドナーの家族がレシピエント――移植を受けた人と交流することは許されません。お互いの名前も住所も知ることはできません。それは分かっています。でも、ひと目でいいんです。幸太の心臓を受け取った子が、どんな大人になっているのかを見たいんです。お願いします、級長戸辺さん。レシピエントの子を捜していただけませんか？」

僕は反省していた。ヤバい依頼じゃないかって一瞬でも疑った自分のことを心から恥じていた。

風架さんも同じなのかもしれないな。神妙な表情を浮かべている――けど、

「申し訳ございません」

僕は驚きのあまり「え？」と声を漏らした。

「受けていただけないんですか……!?」と礼子さんは思わず椅子から尻を浮かせた。その拍子にグラスに指が触れて倒してしまった。彼女は「す、すみません」と咄嗟《とっさ》にハンカチでカウンターを拭いていた。僕は「大丈夫ですよ。片付けますから」と礼子さんのことを制した。

「あと、そのハンカチもお預かりします。シミになったら大変なので洗っておきますね」

礼子さんはしばらく逡巡して「よろしくお願いします」とハンカチを僕に預けた。それからもう一度、風架さんのことを見て「級長戸辺さん……」と縋るような声音で言った。

「なんとか受けていただけないでしょうか？」

しかし風架さんは凜とした表情で答えた。

「恐れ入りますが、しばらく考えさせてください」

礼子さんが背中を丸めて店をあとにすると、僕は彼女のハンカチを丁寧に手洗いしてドライヤーで乾かした。いくつもの種類の花が描かれている可愛らしいハンカチだ。パンジー、桔梗《ききょう》、薔薇《ばら》に朝顔……あとは分からない。随分と古いようだ。四方の隅がかなり傷んでいる。

ハンカチを乾かし終えると、風架さんをチラッと見た。彼女はカウンター裏の書斎で映画を観ている。今日はアクション映画のようだ。ヒーローが手榴弾《しゅりゅうだん》を投げて敵のアジトを破壊している。

どうして依頼を受けてあげなかったんだろう？　普通だったら礼子さんの力になりたいって思うのが人情なんじゃないのかなぁ？　風架さんには心というものがないのだろうか……って、いかんいかん。前も同じことで失敗しただろ。僕は小さく咳払いして、

「あのぉ、風架さん？　さっきの依頼、どうするつもりですか？」

「まだ分かりません」と彼女は映画を観ながら気のない感じで返事をした。

「断るつもりですか？」

「それも分かりません」

「礼子さんも言ってましたけど、ドナーの家族がレシピエントでしたっけ？　移植を受けた人に接触するのは規則違反だと思いますよ。でもこっそり知るくらいならいいんじゃないんですか？」

風架さんは無言だ。映画に集中しているのか？　はたまた、僕の言葉を咀嚼《そしゃく》しているのか？

「風架さん？」と、もう一度声をかけると、

「復讐《ふくしゅう》しようとしていたら？」

「復讐？」と僕が目をパチパチさせると、風架さんは映画を一時停止させてこちらを見た。

「礼子さんは心の内でこんなことを思っているかもしれません。もしもあの日、臓器提供をしなければ、息子は今の医学で助かっていた。そうすれば夫と離婚することもなかっただろうし、家族三人、今も変わらず幸せに暮らしていたはずだ。ああ、そうだ。この孤独はレシピエントのせいなんだ。だったら相手の幸せを奪ってやろう……って」

「いやいや、考えすぎですって」

「果たしてそうでしょうか？　ドナーの家族がレシピエントと接触してはならない理由は様々あると思います。その中には、無用なトラブルを避けるためということもきっとあるでしょう。もしも風読みの力を使ってレシピエントの今の姿を見せたとして、礼子さんがその映像を手がかりに居場所を突き止めて押しかける可能性だってあります。そうなれば、相手方に迷惑がかかります」

「迷惑って……。礼子さんはそんな人じゃありませんよ。彼女は良い人です」

「良い人？　なぜそう言い切れるんですか？」

「だって最愛の息子さんを亡くしてるんですよ。大切な人を亡くす痛みを知っているのに、復讐なんてありえませんよ」

「根拠としては乏しいですね」

「どうしてそうやって疑いの目を持つんですか!?　依頼を受けてあげたらいいじゃないですか！それが人情ってものでしょ!?　あなたには心というものがないんですか！」

慌てて口を押さえた。またやってしまった……。

僕は「ごめんなさい」と頭を掻いて謝った。

風架さんは、はぁ……と、ため息をひとつして、

「わたしはあくまで可能性の話をしたまでです。もちろん彼女を悪人だなんて思いたくはありません。しかしながら、これは非常にデリケートな依頼です。だからこそ、あらゆる可能性を考慮して、慎重に慎重を重ねた上で、お受けするか否かの判断をするべきだって、そう思ったんです。それなのに、あなたという人は……」

「すみません」

「本当に反省してますか？」と風架さんは僕のことをじとっと睨んだ。

「はい。心から」と何度も何度も頷いた。

「よろしい。まぁでも、帆高さんのそういうところは嫌いじゃありませんけどね」

「え？」

「誰かのことを真《ま》っ直《す》ぐ想える優しいところです」

風架さんに褒められると面映ゆくなる。嬉しさと恥ずかしさで耳が熱くなった。

「では、礼子さんについて調べてみましょう」

「調べる？」

「風に訊ねてみるんです」

そう言って、風架さんは僕の手の中にあるハンカチを指さした。


夕方六時半に店を閉めると、僕らはベスパに乗って礼子さんが暮らす久里浜へと向かった。ここはかつて黒船が来航した街で、横須賀中央ほどは栄えていないが、山も海もイオンもあって住みやすいと聞いている。京急《けいきゅう》久里浜駅の駅ビルの向こうには大きな商店街が広がっていて、その外れには飲み屋街もある。そこに礼子さんが営む小料理屋『幸』はあるはずだ。

僕らは風の記憶を頼りにその場所へとやってきた。だけど、

「あれ……？」と風架さんがコンバースのスニーカーを履いたその足を止めた。

僕もベスパを押す手を止めて彼女の視線の先を追った。焼き肉屋とスナックの間にシャッターの閉じた小さな店舗がある。しかし看板は外されていた。

「ここのはずなんですけどねぇ……」と風架さんは人差し指で顎の先をくいっと押し上げながら呟いた。それからプードルを散歩させていた初老の男性に「あの！」と手を上げて歩み寄ると、

「ここに『幸』という小料理屋がありませんでしたか？」

「ああ、その店ならちょっと前に潰れちまったよ」と男性はぶっきら棒な口調で言った。

「潰れた？　いつの話ですか？」

「ひと月くらい前かな。長いこと休んでいたみたいだね」

久里浜は小さな街だ。こういった個人店は経営が大変なんだろうな……。

再びバイクに乗って海を目指した。平作川《ひらさくがわ》という三浦半島最長の河川の横を走る街道を行くと、その突き当たりには海が広がっている。礼子さんの家のすぐ近くだ。

ベスパを邪魔にならないところに停めると、ペリー公園の向かいの久里浜海岸へ出た。

日はだいぶ傾いて、空は柔らかな群青色を抱いている。夏らしい澄んだ夕空だ。その空の下、風架さんは浜辺に佇み、あのハンカチを風にかざしている。寄せては返す波音が彼女を包むと、それに呼応するように風の音色が優しく変わった。いつ見ても風に触れる風架さんは美しい。僕はしばらくの間、風と話す風架さんを見つめていた。

彼女が再び目を開けた。なぜだろう、少し切なげな表情をしている。

「礼子さんのこと、なにか見えましたか？」

「ええ……。息子さんを亡くされてから随分とご苦労をされたようですね。旦那さんと離婚して、お仕事も上手くいかず、それで――」

「級長戸辺さん？」

その声に振り返ると、買い物袋を提げた礼子さんが歩道のところに立っていた。笑顔で手を振る礼子さんに、僕らは小さく会釈をした。

「――狭いところでごめんなさいね。さぁさぁ、上がってください」

風架さんと僕は、礼子さんの家に招かれた。

夕食時にお邪魔するのは迷惑だろうと思って一度は断ったけれど、「いいんですよ。人がいてくれた方が楽しいですから」と半ば強引に連れて来られたのだ。

礼子さんの自宅は平屋の一軒家だ。築年数はかなり経っているようで、畳はささくれ立っていて、壁紙も黄ばんで所々が剝げている。台所と居間が続き間《つづきま》になっていて、閉じた襖《ふすま》の向こうは寝室だと思われる。古い箪笥《たんす》と小さなテレビ、それとちゃぶ台といった殺風景な部屋に僕らは通された。

「今、麦茶を淹れますね。気が利かなくてごめんなさいね。それに暑いでしょ？　エアコンが古いから、涼しくなるまで時間がかかっちゃうんですよ」

「お構いなく。当店のエアコンなんて壊れてますから」

風架さんは苦々しく笑った。僕もインディゴ染めのスキッパーシャツをパタパタさせながら、

「でも、こう暑いと夏が嫌いになりますよね」

「そうですか？　わたしは夏が大好きなんですよ」

「こんなに暑くてもですか？」

「もちろん。だってほら、夏はお盆があるから。それに幸太の誕生日も」

「ああ……。七月十三日でしたよね。ちょうど迎え盆の日ですね」

「そうなの。あの子が帰ってくると思うと、今から嬉しくて」

礼子さんは台所から麦茶を持ってきてくれた。昼間の緊張した様子とは打って変わって、すごくはしゃいでいる。もしかしたら、こんなふうに自宅に人がいることが嬉しいのかもしれないな。

「こちらが、幸太君ですか？」

風架さんが部屋の隅を見た。立派な唐木の仏壇に息子さんの遺影が飾ってある。控えめな笑みを浮かべた可愛らしい男の子だ。生きていれば今年で二十五歳か。僕らと同世代だ。

「おとなしい子でね、写真が大嫌いだったんです。カメラを向けるとすぐに顔を背けちゃうの。この写真は、そんな中でも一番可愛く撮れた一枚なんですよ」

息子さんのことを今も心から愛しているんだな。その口ぶりからも愛情の深さが伝わってくる。

礼子さんはスーパーで買ってきた袋の中から花火のセットを出して仏壇に供えた。ポップな袋の中に様々な種類の花火が入っている。小さな子供が見たら声を上げて喜びそうな代物だ。

「手持ち花火ですか？　懐かしい」と僕は尻を浮かせて顔を近づけた。

「この子、花火が大好きで、この時期になると決まって『お母さん、花火やろうよ！』ってわたしの腕を引いたんです。だから今でもつい買っちゃって。十三日の夜、そこの庭で一人でやるんです」

掃き出し窓の向こうには小さな庭がある。雑草は伸び放題で花々はこの暑さでしおれている。なんだかとても寂しい庭だな……と、僕は思った。

それから僕らは線香をあげて幸太君の位牌《いはい》に手を合わせた。

「これを――」

風架さんは礼子さんに向き直り、ちゃぶ台の上にハンカチを置く。

「少しでも早くお返しした方が良いと思いまして。宝物でしょうから」

「宝物？」と僕は小首を傾げた。

「もしかして、風読みの力で？」と礼子さんが訊ねた。

「すみません」と風架さんは慎《つつ》ましく頭を下げて謝った。

礼子さんは首を振り、怪訝な表情を浮かべる僕を見た。そして、愛おしそうにハンカチを撫でて、

「このハンカチ、幸太が母の日にくれた初めてのプレゼントなんです。お小遣いを貯めて買ったみたいなの。あの子、お花も大好きでね。『この花はパンジーなんだよ、これは桔梗だよ』って、ハンカチの柄を指して教えてくれたんです。それに、香りにすごく敏感で」

「香りに？」と風架さんが呟いた。

「鼻が良かったんでしょうね。匂いだけで花の種類をすぐに当てちゃうんです」

「それはすごいですね」と僕は目と口を丸くした。

「幸太が戻ってくるまでに庭の手入れをしたかったんですけどね。花壇のお花を植え替えたりして。でも気力がちっとも湧かなくて……。あ、ごめんなさいね。さっきから子供の話ばかりして」

そんなことないと僕らは揃って頭を振った。

「わざわざハンカチを届けてくださって、ありがとうございます」

「いえ……。お伝えしたいこともありましたので」

「伝えたいこと？」

「本日ご相談いただいた件についてです」

風架さんの言葉に、礼子さんは顔色を変えて背筋を伸ばした。

「ご依頼、承らせていただこうと思っています」

「本当ですか……？」

「ええ。見つけられる保証はありませんが、できる限りのことはさせていただくつもりです」

風架さんが口元を緩めると、礼子さんは喜びのあまり彼女の手をぎゅっと握った。

「ありがとうございます！　級長戸辺さん、本当にありがとう！」

相当嬉しかったのだろう。幸太君の遺影に満面の笑みを向けている。

その笑顔に触れ、僕まで釣られて嬉しくなった。

「つきましては、サンクスレターをお借りしてもよろしいでしょうか？　それを風の目印にレシピエントの方を捜そうと思っていまして」

「それはもちろん。あ、でも――」

礼子さんがふっと真剣な表情を浮かべた。

「もしレシピエントの方を見つけることができたら、ひとつだけお願いがあるんです」

「お願い？」

そして彼女は、僕らに〝あるお願い〟をした。

礼子さんの家からの帰り道、僕はこの依頼を受けた理由を風架さんに訊ねてみた。

彼女の人柄が分かったからだろうか？　それとも……。

すると彼女は「決意です」と意外な言葉を口にした。

「わたしが依頼を保留にしたので、礼子さんはあのハンカチをあえて預けたんだと思います」

「あえて？」

「ええ。いざというときは『宝物のハンカチなのに、雑に洗われて傷んでしまった！』と難癖をつけて、無理やりにでも依頼を受けさせようとしていたんでしょうね。あくまで推測ですけど」

そうか。だから宝物なのに僕に預けたんだな。今思えば、あのとき彼女はハンカチを預けることを躊躇《ためら》っていた。あの瞬間でそんなことを考えていたのか。

「じゃあ、そこまでした礼子さんの決意に共感して？」

風架さんは曖昧に頷いた。なんだか煮え切らない反応だ。他にも理由があるのかな……。

「さて！」と風架さんは気を取り直すように手を叩いた。

そして僕の方を見て、爽やかで、愛らしい、素敵な笑みでこう言った。

「それでは、風を集めに行きましょう！」


あくる日の定休日、風架さんと僕はレシピエントを捜す旅に出た。

まずは『風読堂』の屋根に上って、礼子さんから借りてきたサンクスレターで居場所を突き止める。しかしここで問題が生じた。「このサンクスレターでは、これを書いた当時のレシピエントまでしか追跡ができないんです」と風架さんは言った。今現在のその人のことを風の中から読むためには、最近まで身につけていた物や髪などの身体の一部が必要なのだ。この手紙ではあまりにも古すぎるようだ。

「それと、もしこの手紙を書いた場所が横須賀よりもうんと離れていた場合、あまりにも遠すぎて、わたしの力では風を読むことができないんです」

要するに、風の記憶が薄すぎて風架さんのアンテナでは受信できないらしい。

「ちなみに、どのくらいの範囲までだったら捜索できそうですか？」

「そうですねぇ。どれだけ頑張っても五〇キロくらいが限界かと。やはり風の記憶は、その想い出がある場所に近ければ近いほど鮮明に見えるので」

「じゃあもし、幸太君の心臓を飛行機で運んでいたら……」

「そのときは諦めるしかないですね」

屋根の上、僕らの隣を重苦しい熱風が吹き抜けてゆく。

しかし風架さんはその風を追い払うように、気を取り直してニコリと笑うと、

「だけど関東近郊にいらっしゃる可能性は十分あると思いますよ」

臓器移植手術というのは時間との闘いらしい。ドナーから臓器を摘出して、移植手術を行い、血流を再開させるまでに許される時間――虚血許容時間という――は臓器によってそれぞれ異なる。最もタイムリミットが短いのは心臓で、四時間が望ましいとされている。摘出手術を行ったのは東京都内の病院だ。そこから羽田《はねだ》空港へ行って飛行機で遠方へと運ぶよりも、車で行ける範囲内でレ

シピエントを選定したのではないか？　だとすると、関東近郊に住んでいる可能性は十分ある……

というのが彼女の見立てだった。もちろん僕たちは医学については素人だから仮説が外れている可能性は大いにあるけれど。

「とはいえ、ヘリコプターや新幹線で搬送していたり、レシピエントが普段は遠方に住んでいて、この移植手術のために関東の病院に入院していた可能性もありますからね。なので、ここからは賭けとなります」

「賭け？」

「このサンクスレターが、わたしたちを導いてくれるかどうかの」

彼女は手紙を見つめてそう呟いた。そして深呼吸をひとつすると、

「少し離れていてください」

僕が二、三歩、離れると、風架さんはサンクスレターを風に預けて目を閉じた。

空気がぴりっと引き締まるのを感じる。静寂《しじま》が辺りを包んでゆく。新鮮な朝の太陽が風架さんの身体を、辺りの風を、優しく包んで光り輝く。その光がだんだんと、遠く遠くへと広がってゆく。

僕は光の風を見守りながら、心の中で強く祈った。

風よ、お願いだ……。

僕らをレシピエントに、幸太君の心臓に、出逢わせてくれ！

しばらくすると、風架さんは呼吸を乱しながら目を開いた。

「なにか見えましたか!?」

「この手紙には何人かの記憶が混在しているみたいです。臓器移植ネットワークのコーディネータ

ーさんやレシピエントの親御さんの記憶が。ドナーに手紙を届けたいという強い気持ちで溢れていました。その人たちの想いも見えるので、なかなか判別が難しくて。でも――」

風架さんは並びの良い歯を見せて笑った。

「その中に、小さな男の子の姿が見えました！」

「本当ですか!? それがレシピエント!?」

「恐らくは。大きな公園でお母さんとこの手紙を書いていました」

「公園……。他にヒントになりそうなものは映っていませんでしたか？」

「その公園から飛行機が飛んでゆくのが見えました」

「飛行機？ ってことは、羽田空港？ でも大きな公園って……」

「それと、スタジアムも！」

僕は手を叩いた。「調布《ちょうふ》空港ですよ！」

伊豆《いず》諸島を除いて、東京都内には羽田空港の他にもうひとつ空港がある。調布飛行場――通称・調布空港――だ。小さな空港ではあるが、伊豆諸島へのアクセスとして使われており、その周辺には公園と味《あじ》の素《もと》スタジアムがあったはずだ。ということは、

「レシピエントは東京に住んでいたんですね！」

僕らは賭けに勝ったんだ。嬉しさのあまり、風架さんとハイタッチして喜び合った。

「帆高さん、東京へ行きましょう！」

その言葉を合図に、僕らは屋根から下りて店内へと駆け戻った。そのまま勢いよくドアを開け、跳ねるように坂を下ると、停めてあったベスパに跨がりヘルメットを被った。キックペダルを強く

踏んでエンジンをかけると、バックミラー越しに風架さんのことを見た。

「じゃあ、しっかり摑まってくださいね！」

「ゴーゴー！」

ゴーグルを装着すると、僕はバイクのスロットルを思い切り回した。


横須賀インターチェンジへと続く県道二八号線の陸橋を上ってゆくと、緩やかな坂の右手に海が広がって見える。すぐ下にはヴェルニー公園。海を挟んだ対岸には軍港がある。青い青い空の下、赤と白のクレーンが首を長くして伸びる光景は太古の恐竜の群れのようだ。まだ朝が早いためか、吹く風の中には昨夜の冷気の余韻が残っている。その爽やかな風に背中を押されて、僕らは灰色のアスファルトをどこまでも進んでいった。

高速道路に乗って東京方面を目指す――このバイクは150ccだから高速も走れるのだ――。いくつものトンネルを抜けて高速道路を降りると、更に進んで多摩《たま》川を越えて調布市内に入った。その道中、風架さんはサンクスレターを空高くかざしていた。風に居場所を訊いているんだ。何度も何度も問いかけながら、現在地を確認しながら、バイクを走らせ、いよいよレシピエントの自宅に辿り着いた。調布空港からほど近い住宅地に建つ、ごくごく平凡な建売住宅だ。

「おおの……？」

門扉の脇の表札には『大野《おおの》』と記されてある。

「レシピエントは大野豊《ゆたか》さんというみたいですね。お母さんが名前を呼んでいました。小柄で、利発そうで、愛嬌《あいきょう》のある少年でした」

「まだ学生なんでしょうか？　それとも社会人？　今もここに？」

「このサンクスレターからではそこまでは……。なので、しばらく様子を見ることにしましょう」

僕らは斜向《はすむ》かいにある小さな児童公園のベンチに腰を下ろして大野邸を見守った。

昼下がり、気温は三十三度を超えている。だけど不思議と暑さはちっとも感じない。それくらいソワソワしていた。豊君は今あの家にいるのだろうか？　学生ならば学校へ、社会人なら会社へ行っている時間帯だ。というか、今もあそこに住んでいる保証はない。東京を離れている可能性だってある。そうなったら、なんらかの方法で彼やご家族の持ち物を入手しなくちゃいけない。それを風の目印に今の居場所を調べるために。だけど――。

「豊君があの家にいなかったらどうしますか？」

「と、いいますと？」

「ほら、礼子さんのお願い」

昨日、風架さんが依頼を承ったあと、礼子さんは僕らにこんなお願いをした。

――もしレシピエントの方を見つけることができたら、ひとつだけお願いがあるんです。

彼女は哀願するような眼差しで、僕らに向かってこう言った。

――絶対に声をかけないでほしいんです……。

「僕、礼子さんのあの言葉が耳から離れなくて。すごく切なそうに言っていたなぁって。わたしはただ、その子の今を知りたいだけだから……って。それに――」

そのときだ。大野邸のドアが開いた。

僕は口をつぐんで視線を向けた。門扉を開けて一人の男性が出てきた。

風架さんに目配せをすると、彼女は小さく頷いた。

大野豊君だ。今もここに住んでいたんだ。

優しげな顔立ちの好青年だ。見たところ、僕と同い年くらいだと思う。癖毛の黒髪が印象的で、半袖のワイシャツにワインレッドのネクタイを崩して結んでいる。手にはナイロンのトートバッグ。小脇には背広の上着を抱えていた。会社員っぽい服装だ。

彼は慌てているみたいだった。かなりの急ぎ足だ。心臓移植を受けた人がどのくらい運動ができるかは分からないけど、こっちが心配になるほどの急ぎようだった。

僕らは気づかれないように彼の後ろを追いかけた。豊君はスマートフォンで誰かと電話をしている。「ギリギリなのでタクシーで向かいます」と手短に伝えると、大通りで一台のタクシーを捕まえて大慌てで乗り込んだ。風架さんと僕はベスパに跨がり、そのあとを尾行した。

「会社ですかね？　遅刻しそうなのかな」

「しかしもう十二時を過ぎています。出勤にしては随分と遅いですね」

「午前休？　もしくは、営業先に直行するとか？」

「帆高さん、次の赤信号で止まったらタクシーの横につけていただけますか？」

「分かりました」

やがて赤信号でタクシーが停車すると、僕はドアの横でバイクを止めた。チラッと後部座席を見てみると、豊君はスマートフォンの画面を見ながら、なにやらブツブツ呟いている。

なんだろう？　なにかを暗記しているみたいだ。

バックミラーの中、風架さんも怪訝そうに彼の様子を窺っていた。

やがて豊君を乗せたタクシーは東急《とうきゅう》東横線の祐天寺《ゆうてんじ》駅の近くで停車した。

おかしいな。この辺りは住宅地だった気がするけど……。

駅のすぐ傍には小学校があって、その裏手は閑静な住宅街になっている。さすがは目黒《めぐろ》区だ。立派な住宅がいくつも目に入った。豊君はスマートフォンを頼りに細い道を進んでゆく。不案内な場所なのだろう。地図アプリで現在地を確認しているみたいだった。そして五分ほど歩くと、一軒の古い家の前で足を止めた。昔からこの地にあると思われる年季の入った木造住宅だ。

門の前で深呼吸をする豊君。背広の袖に細い腕を通してネクタイを締め直すと、インターフォンをぐいっと押した。風架さんと僕はそんな彼の姿を電信柱の陰から見つめている。

「個人宅への営業でしょうか？」

「さぁ……」と風架さんは難しい顔をしていた。

ややあってドアが開き、白髪頭の女性が顔を覗かせた。年の頃なら七十代後半くらいだろうか？やけに不安そうな顔をしている。豊君はその人に向かって深々と頭を下げた――が、途端に激しく咳《せ》き込んでしまった。どうしたんだろう？　風架さんと僕は顔を見合わせた。

「大丈夫ですか？」と驚くおばあさんに、彼は「す、すみません」と謝って、鼻の辺りをしきりに擦っていた。そして気を取り直して背筋を伸ばし、こんなことを口にした。

「私、日本弁護士協会から参りました堤《つつみ》と申します」

弁護士協会？　どういうことだ？　ああ、そうか！　彼は弁護士になったんだ！　心臓移植の経験を経て、世のため人のために働きたいって思ったに違いない！　あれ？　でも、待てよ？

確か今、堤って名乗ったような……。

豊君はこう続ける。「警察から、お孫さんが事故を起こしたと連絡があったときは驚かれましたでしょう。でもご安心ください。軽い人身事故でしたので、上納金さえ支払えばすぐに釈放されますよ。ちなみに、お孫さんに連絡はしていませんね？」

「はい。お電話を頂いた弁護士協会の方から、くれぐれも連絡しないようにと言われたので……」

「それはよかった。電話担当からも説明があったかと思いますが、これは裁判所と弁護士協会との間でのみ行われる特別な取引なんです。もしもおばあ様が電話してしまうと、警察側に我々の動きがバレて、お孫さんは即刻起訴されてしまうんです。そうなれば懲役刑は免れません」

「懲役刑……」と女性は顔を真っ青にした。

「なので、お孫さんが無事に釈放されるまでは絶対に連絡は控えてください。では、早速ですが、お金をお預かりしますね」

抑揚のない棒読みだ。さっき車の中で暗記していたのって、もしかして……。

彼は茶封筒を受け取り中身を確認する。これって、まさか、もしかして……。

「百万円、確かにお預かりします。では急いで裁判所へ行きますので、私はこれで」

彼は封筒をトートバッグの中に突っ込んで、そそくさと踵を返す――が、

「あの！」と、おばあさんがその腕を摑んだ。豊君は電撃を受けたように肩をビクリと震わせた。

「孫には……優真《ゆうま》に前科はつかないでしょうか!?」

「ご、ご心配なく。お金さえ支払えば大丈夫ですから」と言うと、彼はそこで言葉を詰まらせた。

左胸を押さえて顔を歪めている。なんだかすごく苦しそうだ。もしかして、心臓が痛むのか？

「どうしました？」と狼狽える女性に、彼は必死になって笑いかけて「平気です。この暑さだから

夏バテしてまして。で、では、失礼します」と逃げるようにして去っていった。

　僕らの前を横切ってゆく豊君。その顔には玉のような脂汗がいくつも浮かんでいる。剝ぐようにして上着を脱いで小脇に抱えると、ポケットからあるものが落ちた。イヤホンケースだ。

　熱いアスファルトの上に落ちたそれを風架さんはひょいっと拾った。

「風架さん……これって、もしかして……」

「ええ」と彼女は頷いた。

「レシピエントの青年は、特殊詐欺の受け子になっていましたね」


　夕方の渋谷駅周辺は不快な熱気と騒がしい空気に包まれている。街には夏を満喫する若者たちが溢れていて、誰もが夜への期待で胸を弾ませているようだった。スクランブル交差点の人混みをスマートフォンに収めている外国人観光客。苛立ちにまみれたクラクション。谷の上から吹き下りてきた風は、そんな品のない街の様子に呆れる神様のため息のように思えた。

　風架さんと僕は、その交差点の近くにあるスターバックスコーヒーのカウンター席に座って街の様子を眺めている。なんだかとても悲しくなって、僕も「はぁ……」とため息を漏らした。

「どうなさいましたか？」と風架さんがシュガードーナツを齧りながら首を傾げた。

「豊君が、あんなふうになっていたことがショックで……」

「どうしてショックなんですか？」

「だってそうじゃないですか。彼は心臓をくれた幸太君の分も含めて、二人の人生を生きているんですよ？　それなのに、犯罪に手を染めていただなんて」

「ふぅむ……。でも、ありえない話ではないと思いますけどね」

「どうしてですか？」

「移植手術を受けた方がみんな心優しく品行方正、人の痛みや命の重さを分かっている——というのは当事者ではないわたしたちの偏見なのかもしれません。もちろん、中にはそういった方々も大勢いらっしゃるでしょうけど、みんながみんな、そうとは限りませんからね。ずる賢い人もいれば、攻撃的な人もいる。彼のように誰かを騙す人だっている。移植手術の有無にかかわらず、人は誰しも悪に染まる可能性があるということです」

「それはそうですけど……でも、礼子さんになんて伝えたら……」

「息子さんの心臓をもらったレシピエントは、人からお金を騙し取る犯罪者になっていました——ではさすがに可哀想《かわいそう》ですからね。とはいえ、都合のよい記憶だけを切り取って見せたとしても、彼が警察に捕まってテレビに顔が出る恐れもあります。そうなったら余計にショックを受けかねない。なので、『レシピエントは見つけられなかった』とお伝えするのがベストなのかもしれませんね」

　風架さんはそう言ってドーナツをはむっと齧った。

「あの、風架さん……。もう少しだけ彼の様子を見守ってみませんか？」

「どうひてでふか？」と彼女はもぐもぐしながら言った。

「もしかしたら、誰かに脅されて仕方なくってパターンかもしれないし」

「確かにその可能性も考えられますが……。闇バイトに一度手を出すと、身元を押さえられて抜け出せなくなるのは有名な話ですし」

「だから、ね？　あとちょっとだけ」と僕は人差し指と親指を顔の前で近づけた。

「帆高さん、ひとつお訊きしてもいいでしょうか？」

「なんですか？」

「わたしが礼子さんの依頼を保留にしたとき、どうしてあんなにも必死になって説得してきたんですか？　『礼子さんは良い人です』って怒りを露《あら》わにしてまで。それに今だってそうです。なんとか依頼を継続させようとしている。礼子さんにこだわる理由がなにかあるのでしょうか？」

「それは……」と言葉を濁した。窓の向こうではスクランブル交差点の信号が変わって人々が歩き出した。その流れをなんの気なしに見つめながら僕は呟いた。

「似ているんです。礼子さんと、僕の母親が……」

　そして、少し苦いコーヒーを一口啜って、

「僕には三つ年下の妹がいるんです。あかりっていう妹が。いや、違いますね。正確には、いたですね。あかりは幼い頃から心臓が弱くて、医者からは『大人になるまでは生きられない』って言われていたんです。それでもずっと元気だったんです。だけど結局、僕が十八歳のときに亡くなりました。まだ十五歳でした。僕たち家族は、妹になにもしてやれなかったんです」

　それに、僕はあの約束も果たせなかった……。

「特に母は、あかりを元気に産んでやれなかったことに責任を感じていて……。心臓ってこともあって、なんだか礼子さんが母と似ているような気がしたんです。そんなんだから、礼子さんの話を聞いたときに思ったんですよね。この人の願いを叶えてあげたい。息子さんの心臓を受け取ったレシピエントが今も元気に、健康に、一生懸命生きている姿をひと目でいいから見せてあげたいって」

切なさで胸が潰れるくらい鈍く軋《きし》んだ。お母さんのことを思うと、あかりのことを思うと、そして、礼子さんの孤独を思うと、心が痛くてたまらなくなる。

「なんかすみません。しんみりしちゃって」

やせ我慢の笑みを浮かべると、風架さんはドーナツを小さくちぎってこちらへ向けた。

「食べますか？」

「え……？」

もしかして、からかってる？

ううん、違う。そうじゃない。

彼女の眼差しはいつになく真剣だ。

僕の心の痛みを癒やそうとしているんだ。

言葉を使わず、この一欠片のドーナツで。

僕は少し戸惑いながらも、彼女の手からそれを食べた。

風架さんがくれたドーナツは、ちょっと甘くて、優しい味をしていた。その甘美に誘われて、また胸が痛くなる。でもそれは、愛おしくて心地良い、柔らかな痛みだった。

「では、もうちょっとだけ豊さんを見守ってみましょうか」

「いいんですか？」

「その代わり、今日はサービス残業ですよ？」

「もちろんです！」

スターバックスコーヒーを出ると、沈みゆく夕陽が巨大な渋谷スクランブルスクエアの窓をマーマレード色に染めていた。交差点の前、風架さんがさっき拾ったイヤホンケースをワンピースのポケットから取り出した。それを使って豊君の居場所を風に訊ねるつもりだ。どこか高い場所へ行くのだろうか？　そう思ったのも束《つか》の間《ま》、彼女はニコリと微笑んだ。

そして、信号が変わると同時に、地面を蹴って駆け出した。

「風架さん!?」と僕は叫んだ。その声が届くよりも早く、誰よりも速く、スクランブル交差点の真ん中へと走ってゆく風架さん。僕もそのあとを慌てて追いかけた。

彼女は交差点の真ん中でぴたりと足を止めると、イヤホンケースを風に預けて空を見上げた。

「風に訊ねます！」

動画を撮りながら歩く外国人も、派手な出《い》で立《た》ちの若者も、みんなが彼女に注目している。それでも風架さんはお構いなしだ。目を閉じて、風に居場所を訊ねている。

やがて渋谷１０９のビルの向こうから爽やかな暮風がやってきた。

そして今日も魔法のような時間がはじまる。

不思議だな……って僕はいつも思うんだ。

彼女が風と会話をすると、その瞬間、街の喧騒《けんそう》は美しい旋律に様変わりする。車のクラクションはジャズを奏でるトランペットで、人々の足音はドラムみたいだ。エンジン音はギターとベース。そこに風のピアノが重なって、世界は美しく歌い出す。鍵盤のような白と黒の横断歩道の真ん中に立つ風架さんは、風を奏でるピアニストだ。彼女を中心に、渋谷の街は鮮やかな演奏に包まれた。

でもきっと道行く人たちにこの音楽は聞こえていない。僕らだけが耳にできる本当の世界の音だ。もしかしたらすべての楽器は、この世界の本当の音を再現するために作られたのかもしれないな。そんなことを思いながら、僕は彼女の隣で目を閉じていた。この音楽にもっともっと酔いしれていたいと思って。

風架さんと一緒にいると、いつも、いつでも、世界を美々しく感じる。

誰も知らない特別な風。特別な色。特別な音。

彼女の隣は、この世界の特等席みたいだ……。

「帆高さん!?　なにしてるんですか！」

「え……？」

目を開けると、僕だけが一人、交差点の真ん中に突っ立っていた。歩行者用の信号はとっくに赤に変わっている。迫り来る車の濁流に腰を抜かした。「早く早く！」と手招きする風架さん。

僕は文字どおり、命からがら、這《は》うようにして、なんとかかんとか交差点を渡りきった。

「し、死ぬかと思った……！」

「どうして、ぼーっとしてたんですか!?」

「見惚《と》れてて……」

「見惚れてて？　なににですか？」

あなたにです。あなたが見せてくれるこの世界に……。なんてことは言えるはずがない。だから

「い、いえ、なんでも……」と苦笑いで誤魔化した。

風架さんは不思議そうに首を傾げている。だけど、すぐに顔色を変えて、

「急いだ方がよさそうです！」

「彼になにかあったんですか？」

風架さんは頷いて、衝撃的なひと言を放った。

「豊さんは今夜、仲間と高級時計店を襲撃します！」

夜の帳《とばり》が下りはじめた六本木《ろっぽんぎ》通りは車で混みに混んでいた。その光景は圧巻で、街を照らす街灯も、ビルの窓から漏れる明かりも、車のヘッドライトも、なにもかもが宇宙に瞬く星のように盛大な光を放っている。僕らは次々と車を追い抜き、地上の天の川をジェット船の如く泳いでゆく。

「どうして強盗なんて!?」と僕は向かい風の中で叫んだ。

「理由は分かりません！　だけど何人かの男の人とレンタカーを借りて、襲撃する店の名前と場所、それから時間の指示を受けていました！」

「じゃあ今回も闇バイトってことですか!?　なにやってるんですか、彼は！」

「とにかく急ぎましょう！　日本橋の『ウィザーズ時計店』という店です！　決行は七時です！」

左手首に巻いたG‐SHOCKに目をやると、六時四十分を過ぎたところだった。急がないと！

日比谷通りに入ると皇居のお濠が左に見える。水面は風に吹かれてサワサワと笑い、街路樹もサラサラと揺れている。なんとも平和的な夜を駆け抜け、僕らは襲撃予定の店がある日本橋へと急いだ。東京駅の高架橋をくぐって永代《えいたい》通りから一本脇道に入ると時計店のすぐ近くだ。ギリギリのところまでバイクで進んで歩道の端っこに停車させると、スマートフォンを頼りにその店を目指した。

「レンタカーの特徴は分かりますか？」

「シルバーの車です。ナンバーは――」と彼女は数字を口にした。

目を皿のようにして、路上駐車している車のナンバープレートをひとつひとつ確認していくと、

「……あった！」

一〇メートルほど向こうに一台の国産車が停車している。黒い無地のTシャツを着た四人組がちょうど車から降りてきたところだった。バッグを手に店の方へと歩いてゆく。一番後ろには小柄な男性。豊君だ。緊張しているのだろうか？　左胸の辺りを手で押さえて震えていた。

よかった！　間に合った！　でも待てよ。追いついたとして、それからどうする？　説得する？　だけど礼子さんのお願いがある。絶対に声をかけないでっていう。どうすれば……。

そんな逡巡をよそに、風架さんは颯爽《さっそう》と僕を追い抜き、豊君の腕をむんずと摑んだ。

彼は驚きのあまりバッグを落として首だけで振り返った。警察だと思ったのかもしれない。小動物のような怯《おび》えた目で彼女のことを見ていた。

「やめましょう！」

風架さんはそう言うと、彼の腕を引っ張って今来た道を猛然と戻ってゆく。それに気づいた仲間たちが「お、おい！」と叫ぶ。僕も身体を反転させて「待ってください！」と二人を追いかけた。

片側五車線もある大きな道路に差しかかると、車の往来を確認せずに風架さんは飛び出した。そんな彼女と豊君を車のヘッドライトが鋭く照らす。けたたましいクラクションが鳴り響いた。

「危ない！」と叫んだけれど、風架さんは止まらない。間一髪、車を躱《かわ》して大股で道を横切ってゆく。一方の僕は躊躇ったせいでクラクションの雨あられだ。またもや命からがら渡りきった。

やがて僕らは時計店から少し離れたところにある坂本町《さかもとちょう》公園に辿り着いた。ここは数年前にリ

ニューアルした公園で、設備も園路もかなり綺麗だ。刈り揃えられた新鮮な芝生が街路灯《がいろとう》の光を浴びて青々と輝いている。僕らはその芝生の上に倒れるようにして座り込んだ。

「誰だよ、あんたら……」

豊君はぜえぜえと肩で息をしながら僕らのことを睨んだ。

その反抗的な目つきと口調に、僕はちょっとだけムッとしてしまった。

はぁぁ～？　こちとら、君が重罪人になるところを助けてあげたんですけど!?　ひと言文句を言ってやろうと身を乗り出すと、それよりも先に風架さんが口を開いた。

「自己紹介が遅れました。わたしは横須賀で『風読堂』というガラス雑貨専門店を営んでいる級長戸辺風架と申します。こちらはアシスタントの野々村帆高さんです」

「横須賀のガラス雑貨専門店？　なんでそんな奴らが」と彼は訝《いぶか》しげだ。

「『風読堂』ではガラス細工の販売の他に、風読みという特別な依頼を承っているんです」

「風読み？」

「はい。この世界に吹く風は、わたしたちのことを、この世界の出来事を、すべて見つめて記憶しています。今のこの会話も、豊さんの『そんなの信じられない』ってその顔も、全部しっかり覚えてくれているんです。わたしには、その風の記憶を読み取る力があります。風を集めて、閉じこめて、再生することができるんです。それが風読みです」

「あんた、なに言ってんだよ……。というか、なんで俺の名前を？」

だいたいみんな同じ反応だ。僕も以前はそうだった。

「百聞は一見にしかずです。実際にご覧に入れましょう」

そう言って、風架さんはレザーのショルダーバッグの中から小さな角柱瓶を取り出した。そして芝生の真ん中でコルク栓をキュポンと抜いた。その途端、東京の夜に疾風が溢れ出す。

呆然とする豊君。その目が風を追っている。

やがて風が静かに止むと、光の粒子たちが、ふわり、ふわり、と宙を漂う。

風架さんが小瓶をおもむろに芝生の上に置くと、そこにひとつの映像が浮かび上がった。昼間の豊君の姿だ。言葉巧みに女性を騙している。風架さんが見ていた光景を風の記憶の中から集めておいたのだ。映像が終わると、豊君に向かって彼女は言った。

「わたしたちは、寿賀礼子さんからの依頼を受けて、あなたを捜してここまで来ました」

「風架さん!?」と僕は叫ばずにはいられなかった。

礼子さんのお願いを忘れたんですか？　いや、風架さんに限ってそんなことあるはずがない。

「寿賀礼子？　誰だよ、それ」と彼は眉と眉の間に深い皺を作った。

「あなたに心臓をくれたドナーの母親です」

躊躇うことなく告げた言葉に、豊君は彫像のように固まった。呼吸すらも忘れているようだ。

「寿賀礼子さんは、大人になったレシピエントの姿を見たいと切望されていました。無論、ドナーの家族とレシピエントが接触することは禁止されています。それは承知の上です。礼子さんも、あなたを見つけても絶対に声をかけないでほしいと仰っていました」

豊君の目が、じゃあどうして……と言っている。僕も疑問だった。風架さんはどうして伝えたりしたんだろう？　すると彼女は深い呼吸をひとつして、切実な声遣いでこう続けた。

「礼子さんは自殺しようとしています」

僕は我が耳を疑った。礼子さんが自殺？　どういうことだ？

「わたしはこの依頼を受けるか否かで悩んでいました。もしも礼子さんがあなたに危害を加えようとしていたらご迷惑をかけてしまう。本当に受けてよいものか……と。だからまず彼女について調べてみました。そのときに偶然見えたんです。礼子さんが自ら命を絶とうとしている姿が」

風架さんは僕らにこう説明した。

幸太君の死後、礼子さんの人生は決して平坦な道ではなかった。夫婦仲に亀裂が入ってしまったこと、旦那さんに別のパートナーができて離婚したこと、二人で営んでいた小料理屋『幸』をたった一人で切り盛りしていた苦労の日々。寝る間を惜しんで料理の勉強をしたけれど、「料理の味が落ちた」と常連客は離れていった。それでも礼子さんは店を守るために必死になって頑張った。店舗の家賃を支払うために休日は街の居酒屋でアルバイトをしていたそうだ。文字どおり身を粉にして働いていた。でも、どうしてそこまでして『幸』を守りたかったのだろう？

その理由を、礼子さんはお客さんにこう話していたらしい。

「そりゃあ離婚したときに閉めることも考えましたよ。でも、どうしても守りたくて。この店の名前は幸太の字から取ったんです。わたしはあの子になにもしてやれなかった。だからせめて、店の名前くらいはね……」と。

だけど生活は苦しくなってゆくばかりだった。コロナ禍があり、物価高騰があり、礼子さんは追い詰められて心を病んでしまった。まともに動けない日々が続き、店も閉じたままだった。そしてひと月前、ついに『幸』を畳まざるを得なくなったのだった。

礼子さんは自分のことを責め続け、絶望して自殺を試みた。部屋の鴨居《かもい》にロープをかけて首を吊ろうとする礼子さん。だけどロープがほどけて、すんでのところで助かった。畳に尻餅をつき咳き込むと、テーブルの上にあるものを見つけた。『風読堂』の連絡先が記されたメモだ。サンクスレターと共に置いてある。ふと、友人に聞いた風読みのことを思い出した。もちろん半信半疑だった。でも、もしかしたら……と、彼女は一縷《いちる》の望みを胸に、仏壇の遺影を見て呟いた。

「ねぇ、幸太……最後にひとつだけワガママしてもいいかなぁ……」

最後にひと目、レシピエントの姿が見たい。大人になったその姿を。

もし見ることができたら幸太のところへ行こう。そう決意したのだった。

風架さんが言っていた〝決意〟には、そんな悲しい意味があったんだ……。

「――そして礼子さんは『風読堂』にやってきました。もしもわたしが依頼を断ったら、彼女は必死に食らいついていたことでしょう。しかしそれでも断ったとしたら自ら命を絶っていたはずです。だから豊さんを捜すことにしたんです。あなたなら、礼子さんを救えるかもしれないと思って」

「俺が、救う……？」と彼は目を丸くした。

「こんなことをお伝えするのは酷だと分かっています。それでも彼女の命には替えられません。だからあえて申し上げます。今の礼子さんに希望を与えられるのは、世界で一人、豊さんだけです」

しかし、風架さんは悲愴《ひそう》な面持ちで目を伏せた。

「でもそれは、わたしの思い違いだったようですね……」

揺れる髪の毛の下、くっきりした二重の目が泳いでいる。豊君は明らかに動揺していた。

「……自首しない？」と僕は恐る恐る彼に言った。「これ以上、闇バイトなんてしちゃダメだよ。ちゃんと罪を償って人生やり直した方がいい。だって君は、幸太君の人生も生きているんだから」

その言葉に、豊君の肩が微かに震えた。

「心臓をくれた幸太君が悲しむような生き方は絶対にしちゃダメだよ。だから――」

「うるせぇよ」

思わぬ言葉に閉口する僕に、豊君は矢で射貫くような強い眼差しを向けてきた。

「なんなんだよ、お前ら。急に現れて説教しやがって。ドナーの人生も生きている？　そういうのマジでうぜぇよ。恩着せがましいんだよ」

「そんな言い方……」

「黙れよ！　この心臓はもう俺のモンなんだよ！　どう生きようが、そんなの俺の勝手だろうが！　ドナーの母親がどうなろうが、俺には関係ねぇよ！　だからもう消えろって――」

そのときだ。彼が胸を押さえて苦しみ出した。走ったことや大声を出したことで心臓に障ってしまったのかもしれない。芝生の上で苦しそうにうずくまってしまった。慌てて彼に駆け寄って「大丈夫!?」と背中をさすった。しかし豊君は「触るな！」と僕の手を乱暴に振り払った。それでももう限界だ。顔を歪めて呻《うめ》き声《ごえ》を上げている。このままじゃ……。

「風架さん！　救急車を呼んでください！」


公園のほど近くにある帝東大学付属病院に搬送された豊君は、医師たちの適切な処置を受けて無事に一命を取り留めた。今は病室のベッドの上で静かに眠っている。

寝顔だけ見ていると、あんな悪態をついていただなんて想像もできないや……。

僕は銀色の丸椅子に座って彼のことを見つめていた。

「風架さん……。さっきの豊君、どうしてあんなに怒ったんでしょう。僕、なにか気に障るようなこと言ったかな」

「分かりません。しかし先ほどのあの言葉は、帆高さんに対してというよりも、自分に対して必死に言い聞かせているようにわたしには聞こえました。この十二年、礼子さんが一人で苦しんできたように、豊さんもまた苦しんできたんでしょうね。人には分からない悩みや葛藤をその胸に抱えて」

窓辺の風架さんが彼に視線を向けた。はだけた病衣からは胸の傷が覗いている。

十二年という時が流れても、胸に残っている大きな傷が……。

豊君の瞼《まぶた》が微かに震えた。意識が戻ったんだ。

その目がゆっくり開かれると、彼は酸素マスクの下で「ここは……」と弱々しく呟いた。病院であることを伝えると、「そっか」とマスクを取って身体を起こした。しばらく横になることを勧めたが、彼は聞く耳を持たずに「あんたら、まだいたのかよ」と生意気な言葉を吐き捨てた。相変わらずの物言いだな。僕はやれやれと吐息を漏らした。

「ご無事でなによりです。じきにご両親もいらっしゃるそうですよ」

風架さんの言葉に、彼は「……両親？」と声を硬くさせた。

「ここはあなたが移植手術を受けた病院です。心臓外科医の先生がご自宅に連絡を」

「それ、いつの話？」

「一時間ほど前です」

豊君は慣れた手つきで前腕に刺さった点滴の針を抜き、心電図の電極パッドを剝がしてベッドから降りた。慌てている様子だ。シャツに着替えてジーンズに両足を通すと、ナイキの白いスニーカーの踵を踏んだまま病室を出て行ってしまった。その姿は、ご両親から逃げているみたいだった。

「――ついて来るなって！」

病院をあとにした彼は、併設された帝東大学のキャンパス内を歩いている。街路灯に染められて青々と笑う銀杏《いちょう》並木を進む彼の背中を、風架さんと僕は少し離れて追いかけていた。

「だから、ついて来るなって言ってんだろ」と豊君は振り返り、鼻の付け根に皺を寄せた。

「そういうわけにはいきません。また倒れられたら大変ですからね」

「もう平気だって」

「それに、犯罪者を野放しにするわけにもいきません」

「風架さん、そんな言い方……」

一方の豊君は、うるせぇよと言わんばかりに舌打ちをして、その足を急がせた。

歴史ある講堂の近くまでやってくると、「おい！」という声が響いて豊君は足を止めた。警察か闇バイトの仲間だと思ったのだろう。身体を強ばらせている。でも違った。建物の前のベンチに数人の学生がいて、ハンバーガーショップの袋を持った友人が合流したのだ。「お待たせ」と手を上げる友人に、「遅いよ、腹ぺこだって！」と仲間たちが怒っている。夜食の買い出しのようだ。豊君は安堵して、銀杏の木の下から彼らのことを見つめていた。すると、風架さんが、

「ご両親のこと、お嫌いなんですか？」

豊君はなにも言わない。

「もうひとつ訊いてもいいでしょうか？」

銀杏の木が風に揺れて、緑の葉の隙間から漏れた街路灯の光が風架さんの横顔を照らすと、

「あなたは、幸太さんの人生も生きている――」

一言一言を刻みつけるような語勢で告げた。その言葉に、豊君の肩が再び震えた。

「そう言われることも、お嫌いですか？」

さっき僕が言った言葉だ。この言葉のあと彼は烈火の如く怒り出した。どうしてなんだろう？

豊君はゆるゆると僕らの方へと身体を向けた。そして、

「別に嫌いじゃないよ……」

さっきまでの悪態が嘘のように弱々しい声に、僕は少し驚いた。

「事実そうだからさ」と彼は心臓の辺りを手のひらで触れた。「子供の頃からそう言われて育ってきたんだ。親とか、教師とか、親戚から、『豊はドナーさんの人生も生きているんだからね』って。ガキの頃は俺もそう思ってたよ。僕はドナーさんの分も生きている。だから一生懸命頑張ろう。将来は人の役に立つんだ……って。でも――」

彼は口元に卑屈の影を浮かべた。

「俺にはなんの取り柄もなかった。勉強もできなかったし、運動するにも制限がある。昼休みにクラスの奴らと遊ぶこともできなくて、だんだんと孤立していった。成績もみるみる落ちていったよ。テストが返されるたびに親は言うんだ。『ドナーさんの分も頑張らないとダメだろ』って。昔はさ、ただ健康になれただけで大喜びだったくせに、どんどんと求めるものが大きくなっていって、心臓で俺を脅すようになったんだ。『ドナーさんは生きたくても生きられなかったんだぞ』、『ドナーさんが天国で泣いてるぞ』ってさ。それで結局、全部嫌になって高校を退学したんだ」

豊君の声はやるせなさに染まっていた。

「それでも天職っていうのかな。そういうのを見つけたくて、いろんなバイトをしたりもしたんだ。ボランティアもやったよ。炊き出しの手伝いとか、不登校の子と遊んだり、お年寄りのサポートも。子供の頃からの夢を叶えたかったんだ。いつか人の役に立つっていう夢を。ううん、違うな。俺は親に認めてほしかったんだ。いや、それも違う。俺は……俺はただ――」

少し低いその声が涙で震えた。

「この心臓に誇れるような人生を生きたかっただけなんだ……」

風架さんの言っていたとおりだ。

彼もこの十二年、たくさんの苦しみと向き合っていたんだな。

「だけど結局、なんにも長続きしなかった。そんな自分にうんざりしたよ。俺はドナーさんの心臓を無駄にしている最低な人間だ。そう思ってずっと腐ってたよ。その挙げ句にくだらないギャンブルに手を出して、借金まで作って」

「それで闇バイトを？」と風架さんが訊ねると、彼は顎だけで頷いた。

「さっき見た風の記憶だっけ？　あの映像のときが最初だったんだ。今日の昼間が。俺が借金した相手が蓋を開けたら闇バイトの指示役でさ、まんまとハメられてやることになったんだ。もちろん一度きりにしてくれって頼んだよ。でも、あのおばあさんから受け取った金を渡したときに『今夜、時計店を襲うからまた手伝え』って言われてさ。そんなことできないって必死になって断ったよ。そしたらあいつ、じゃあお前の家にも強盗に入ってやるって脅してきて。それで……」

「そうだったんですか」

風架さんは同情を含んだように吐息を漏らした。でも、

「あなたって、ものすごくトンチンカンですね」

「は……？」と彼は目と口を丸くした。

「というか、バカです。大バカです」

「ふ、風架さん？」

なにを言い出すんだ、この人は……。僕は意味が分からず、あたふたした。

「どうして心臓に誇れるような生き方にこだわるんですか？　もっと好きに生きたらいいじゃないですか。心臓をもらったことなんてさっさと忘れて自由に生きた方が幸せですよ。さっきご自分でも仰っていたじゃないですか。この心臓はもう俺のものだって。そのとおりです。どう生きようがあなたの勝手です」

豊君はぽかんと口を開けている。そんな彼に、風架さんは真剣な眼差しを向けて言った。

「それが、礼子さんの望みなんです」

「え？」と声を漏らす豊君。

風架さんは鞄から灰みがかった青いケルデル瓶を出した。

そして、瓶の栓をそっと開けた。

爽やかな清風が吹き出して辺りを悠然と泳ぐ。風架さんがアスファルトの上に瓶を置くと、そこに礼子さんの姿が浮かび上がった。昨日の夜、僕らに言った彼女の言葉が映し出された。

「もしレシピエントの方を見つけることができたら、ひとつだけお願いがあるんです」

「お願い？」と僕が礼子さんに訊ねた。

「絶対に声をかけないでほしいんです」

「どうしてですか？」

「わたしはただ、その子の今を知りたいだけだから。それに——」

礼子さんは優しく微笑んだ。

「心臓移植を受けたことなんて、もうとっくに忘れていてほしいから」

「いいんですか？　忘れてしまって」

「いいんです。だって嫌じゃないですか。もしもその子が、幸太の人生まで頑張って生きないとってプレッシャーを感じていたら。そんなふうにだけは思ってほしくないの。幸太の分まで生きる必要なんてない。一人分でいい」

そして礼子さんは、豊君に語りかけるようにして言った。

「あなたはあなたの人生だけを、ただ楽しく生きてさえいてくれれば……」

豊君の両目から大粒の涙が溢れた。

その涙が銀杏の葉の色を帯びた光に照らされている。若草色の涙だ。

風の記憶の中、礼子さんはこう続ける。

「だから移植手術を受けたことなんて、さっさと忘れていてほしいんです。ああ、そういえば、そんなこともあったなぁ～って、そのくらいでいいんです。遠い過去の、懐かしい想い出で」

礼子さんは目の端の涙を指先で拭った。

「幸太が心臓をあげたことは、わたしがずーっと忘れませんから……」

「風架さん……だっけ？」

風の記憶が終わると、豊君が呟いた。

「あんたの言うとおりだよ。俺は大バカだ」

彼は泣いている。数え切れないくらいの涙をこぼしながら。

「ドナーさんの人生も生きなきゃって、ずっとそう思ってたよ。勝手にプレッシャーに感じてた。忘れていいだなんて、そんなこと一度も言われたことなかったから……。でも今、思ったんだ。俺は大バカでいいやって。だって……だってさ――」

豊君は涙しながら微笑んだ。

「あの人のことを見て、すごく懐かしいって思ったから」

「豊君……」と僕は声を震わせた。

「きっと俺の中のドナーさんが思ってるんだ。お母さんにまた逢えて嬉しいって……」

この涙は、幸太君の涙でもあるんだ。そう思うと、嬉しくてたまらない。

「俺の中にはドナーさんがいる。今も一緒に生きている。これまでだってそうだ。俺が悪いことをしようとしたら、いつも決まって心臓が痛み出すんだ。あのおばあさんを騙そうとしたときも、強盗しようとしたときも、ドナーさんは俺を止めようとしてくれていたんだ。なのに俺は……それなのに……」

後悔の涙をこぼす豊君。自分の罪の重さを嚙みしめるようにして泣いている。

僕は慰めたくて彼の肩に手を伸ばす――が、不意にスマートフォンが音を鳴らした。豊君は涙を止めて硬直した。着信音で誰からか察したようだ。血相を変えて機器を取り出し画面を覗いた。

「闇バイトの指示役からですか？」

風架さんの問いに彼は弱々しく頷いた。どうやらメッセージが届いたようだ。

「強盗から逃げたことを怒ってるよ。お前の家族も襲ってやるって」

スマートフォンを持つ手が恐怖で震えている。報復を恐れているんだ。

「大野豊さん。あなたの目の前には今、二つの道があります。ひとつは指示役に言われるがまま犯罪を繰り返す道。そしてもうひとつは——」

風架さんは、彼の背中を押すように微笑んで、

「今度こそ、その心臓に誇れる人になるための道です」

「…………」

「あなたはどっちの道を進みますか？」

その言葉を受け取った豊君の目に光が宿る。

瞳が決意の色に染まってゆく。そして、

「なぁ、風読みの風架さん」

彼は、僕らに向かってこう言った。

「手伝ってほしいことがあるんだ」

深夜――。僕らは池袋《いけぶくろ》の外れにある雑居ビルへとやってきた。

「ここですね」と風架さんが確信を持った口ぶりで言う。彼女の手のひらにはジッポライターがある。このライターを風の目印に、風に訊ねてやってきたのだ。

豊君はさっき僕らに「手伝ってほしいことがある」と言った。それは、風の記憶の中から闇バイトの指示役のアジトを捜し出してほしいというものだった。

「あのおばあさんから俺が騙し取った百万円を取り返したいんだ」

「いやいや、危ないって！　相手はきっと半グレみたいな連中なんだよ!?　この時間だからアジトにはもういないかもしれないけど、万が一、鉢合わせになったら大変なことになるって！　それに、あの人のお金がアジトにあるって確証はないんでしょ!?」

「確証はない。でも指示役に金を渡したのは今日の昼間だ。まだあるかもしれない」

「いやいやいやいやいや、危険すぎるって！　ねぇ、風架さん!?」と同意を求めて視線を向けたが、彼女は「やりましょう！」とガッツポーズだ。やけにノリノリな様子に僕は大いに戸惑った。

「なんで前向きなんですか……？」

「こういうハードボイルド的なこと一度やってみたかったんです！」

「いやいやいやいやいやいやいや！　それ絶対、前に観てた映画の影響ですよね!?　遊びじゃないんですよ!?」

「もちろん危険は承知の上です。でもこれは豊さんの新たな一歩です。だったら応援したいじゃないですか。それが人情だと思いませんか？」

風架さんは意地悪っぽく目を細めた。この間の僕への仕返しに違いない。

それはそうだけど……と、彼を見た。さっきまでの卑屈な表情とは打って変わって、その顔には決意が滲んでいる。豊君は今、変わろうとしているんだ。

あーもう！　それなのに僕がビビってどうするんだ！　あとは野となれ山となれだ！

「分かりました。やりましょう！」

「じゃあ決まりですね！」と風架さんは大喜びだ。

「でも、どうやってアジトを捜すつもりですか？」

「それが問題なんですよね。風の目印がないんです」

「風の目印？」と豊君が目をしばたたかせた。

「風の記憶を読むためには対象となる想い出の持ち主の身体の一部とか、普段から使っている物が必要なんです」と風架さんが説明すると、彼は「普段から使ってる物か」と顎先を撫でた。そして、

「……ある！　持ってるよ！」

こうして、このジッポライターが登場したわけだ。これは指示役の持ち物だ。初めて喫茶店で会ったとき、こっそり盗み取ったらしい。もしもトラブルに巻き込まれたときは、指紋付きのこのライターを警察に渡して相談しようと思っていたそうだ。

「――どうやら強盗犯たちは捕まったようです」

アジトの前、風架さんがスマートフォンのニュースを見ながら僕らに言った。

「急ぎましょう。警察がこのアジトを突き止めて来てしまうかもしれません」

雑居ビルのエントランスで、彼女はポストのダイヤル式南京錠《なんきん》をあっさり解錠した。風の記憶で暗証番号を見たらしい。そこには、くしゃくしゃの茶封筒があって中には銀色の鍵が入っていた。

「じゃーん。部屋は三〇四号室です」

階段を使って三階まで上ると、突き当たりの三〇四号室の前で足を止めた。鉄製のドアの郵便受けからそぉっと中を覗く。誰かがいれば声が漏れ聞こえるはずだ。しかし今は深夜。中は水を打ったように静まり返っている。僕は慎重に鍵を開け、ドアノブをそぉぉっと回した。

スマートフォンのライトを頼りに靴のまま進む。部屋は１ＬＤＫだ。カップラーメンの空き容器や飲みかけのペットボトルが散乱していて、清潔とはほど遠い環境に思わず顔をしかめたくなった。さすがは闇バイトのアジトだな……。

部屋の中央には安物の机が四台くっつけて置いてある。その上にはいくつものスマートフォンが乱雑に放置されていた。これを使って詐欺の電話をかけているんだろう。

「風架さん、金がどこにあるか風の記憶では見えなかった？」と豊君が声をひそめながら訊ねた。

「さっきはアジトを見つけることで精一杯でしたので、もう一度、ここで風に訊いてみましょう。見たい記憶がある場所の方が、より鮮明に見えるので」

でもこの室内には流れる風が存在しない。記憶を読むためには、吹く風に目印をかざす必要がある。風の量が圧倒的に足りなかった。

「じゃあ、窓と玄関のドアを開けましょう！　そしたら風の通り道ができますよ！」

僕はリビングの窓を全開にした。ベランダの向こうは小さな通りになっていて、街路樹が風にそよぐのが見える。玄関のドアも開ければ風が抜けるに違いない。部屋を出て、意気揚々と玄関のドアを――あれ？　かけたはずの鍵が開いているぞ……？

そう思ったのも束の間、ギィィィと不吉な音を鳴らしてドアが開いた。

廊下の不気味な明かりに照らされ、二人の男が立っている。

一人はタトゥーだらけの金髪男。もう一人は強面《こわもて》の太った中年。指示役に違いない。僕は北極の氷のように硬直した。強盗犯が捕まったから、慌てて金を回収しに来たのかもしれない……。

男たちも僕を見て固まっている。

「だ、誰だ？　ここでなにを――」

太った中年男が言い終わる前に、僕はドアをそっと閉めた。

警察ではないと察したのだろう。男たちは「開けろ！」とドアノブを引き返してくる。

「大変です！　悪人が来ちゃいました！」と僕も死ぬ気でドアノブを引く。鍵をかけようとしたが、片方でも手を離したら力負けしてしまう。「もうダメです！　逃げましょう！」と風架さんたちに叫んだ。男たちは怒鳴りながらノブをぐいぐい引いてくる。ドアを蹴ってくる。ものすごい力だ。

「でもまだ金が見つかってない！」と豊君の切迫した声が聞こえた。

「無理だよ！　この状況じゃ捜せないって！」

「方法ならある！」

「どんな!?」

「匂いだ！　匂いで捜すんだ！」

「匂い!?」

「あのおばあさん、香水の匂いがきつかったんだ。ラベンダーの匂いが。家から出てきたとき、思わず咳き込んだくらいだったから。多分その匂いが封筒にも残ってるはずだ」

そうか、あのとき彼が咳き込んだのは香水の匂いに反応していたからなんだ――って、そんなことを考えている余裕はない。もう握力が限界だ。手が汗で滑りそうだ。

「そんなの無理に決まってるよ！」と僕は半べそで叫んだ。

「大丈夫！　俺、匂いに敏感だから！」

もうダメだ。このままじゃドアを開けられてしまう……。そのとき、

「では、わたしが必殺技で時間を稼ぎます！」

風架さんがこちらへ猛然と駆けてきた。そして鞄の中からたくさんの瓶を出すと、

「帆高さん、しゃがんでください！」

僕はドアノブから手を離して尻餅をついた。その拍子に勢いよくドアが開き、男たちもその場でひっくり返った。風架さんは次々と瓶の栓を開けて玄関の外へと転がしてゆく。するとガスグレネードのように風が一気に噴き出し、ガラス瓶が音を立てて暴れ回った。男たちが驚きの声を上げる。

なるほど。前に書斎で観ていたアクション映画を参考にしたのかもしれないな。

風架さんはその隙を突いて、ドアを閉めてチェーンロックを素早くかけた。それから鍵にも手を伸ばす――が、間一髪、ドアを引っ張られてしまった。太った中年男は目を血走らせながら僕らを睨んで「車からボルトカッター持ってこい！」ともう一人の男に向かって叫んだ。

震える僕とは対照的に、風架さんは至極冷静な様子で、

「ちょっとだけでも時間稼ぎができましたね。戻りましょう」

そう言って、僕の腕を摑んでリビングへとさっさと戻っていった。

部屋では、豊君が犬のように床を這って匂いを嗅いでいる。

こんなことで本当に捜せるのだろうか？　このままじゃチェーンを切られてしまう。男たちの様

子が気になってベランダから下を覗くと、タトゥーだらけの男が停車させてあった高級外車のトランクから高枝切鋏《ばさみ》を思わせる赤と黒の巨大なボルトカッターを引っ張り出したのが見えた。

「豊君、早く！」

「静かにしてくれ！」

「でも急がないと！」

「黙って！」

「でもぉ！」

豊君は僕を無視して目を閉じた。意識を鼻先に集中している。

早く、早く！　早くしてくれ！　焦りのあまり時間の流れがゆっくりに感じられる。置き時計の秒針の動きも、タトゥーの男が階段を駆け上がる足音も、なにもかもがスローに思える。生きた心地がしなかった。もうダメだ、もうこれ以上は――、
豊君が目を開けた。そしてキッチンの方に視線を向けると、転がるように駆け出してシンクの下の扉を開いた。そこには、裸の現金の山がある。数千万円はくだらないだろう。茶封筒も無造作にしまわれてある。豊君はその封筒のひとつを手にして匂いを嗅ぐと「これだ！」と満面の笑みを浮かべた。封筒の中には帯が巻かれた札束がある。ビンゴだ。騙し取ったお金を見つけたんだ。

でもまさか、本当に匂いだけで捜せるなんて……。風架さんと僕は顔を見合わせた。

「それでは退散しましょう」

風架さんの言葉を合図にベランダに出て、隅に据えてあったステンレスの箱から避難用の梯子を出した。これを使って脱出するんだ。まずは豊君を下へと逃がした。続いて風架さんだ。僕ははや

る気持ちを抑えながら、何度も何度も玄関の様子を窺った。

戻ってきた男がボルトカッターの刃を広げているのが、ドアの隙間からわずかに見える。

「早く、早く！　早く降りてください！」と僕は風架さんのことを急《せ》かした。

ドアチェーンはちくわのようにあっさりと、あっという間に切られてしまった。男たちが靴のまま乗り込んでくる。ドドドドド！　というものすごい足音。ものすごい剣幕だ。

「帆高さん！　お待たせしました！」

もう梯子を降りてたんじゃ間に合わない！　一か八かだ！

僕はベランダからジャンプした。運良く男たちの車のボンネットに落下して怪我は免れた。

「大丈夫ですか!?」と風架さんが駆け寄ってきてくれたので、僕は腰を押さえながら、

「は、はい……とにかく逃げましょう！」

そうして僕らは、脱兎《だっと》の如くその場から逃げ去った。


朝六時、真新しい太陽が無機質なビルを温かな色に染め上げている。都会の忌まわしい夜気が陽光によって浄化されるように街は明るくなってゆく。その様子を東急東横線の車窓から見ていた。

再び祐天寺に戻ってくると、僕たちは例のおばあさんの家に向かって歩き出した。

「でも、匂いだけでよく見つけられたね」

「本当ですね。元々鼻がよかったんですか？」

「いや、中学生になった頃くらいからかな。急に匂いに敏感になったんだ。いろんなものの匂いを簡単に記憶できるようになってさ」

僕らは目をパチパチさせた。それって、まさか、もしかして……。

風架さんはくすりと微笑み、彼に教えてあげた。

「幸太君も香りに敏感だったそうですよ」

「ドナーさんも？」と豊君は思わず足を止めた。

「はい。匂いだけで花の種類を当てていたそうです」

「いや、でも」と彼は苦笑する。「移植手術で体質や性格が変わることはないって言われているし、そんなの気のせいじゃ……」と、そこまで言ったが、頭を振って思い直した。

「ううん、きっとそうだな。ドナーさんが——幸太君が、また助けてくれたんだ」

そう言って、左胸に手を当てた。

「俺は二度も救われたんだな。子供の頃と、それから、さっきも」

彼はおばあさんにお金を返して誠心誠意謝った。これから警察に自首しに行くと誓う豊君。おばあさんは初めこそ警戒していたけど、最後には「ちゃんと罪を償ってくださいね」と優しい言葉をかけてくれた。そして僕らは、その足で最寄りの警察署までやってきた。

ここから先は彼一人で行く。そうしたいと豊君が言ったのだ。

これからきっと茨《いばら》の道だ。ご両親に迷惑をかけてしまうだろう。移植手術をしてくれたお医者さんや移植コーディネーターさんも悲しませるに違いない。そんな不安と恐怖が豊君の横顔には貼りついていた。だから僕は、彼の隣に並び立って、

「……僕、四年前に妹を亡くしたんだ」

「え？」

「なにもしてやれなかったよ。大事な約束も叶えられなかった。そのことをいつまでも引きずって、失敗するたび、思うようになったんだ。こんな僕じゃなにをやってもダメに決まってるって。そうやっていつの間にか妹を……あかりを……辛いことから逃げ出すための言い訳に使っていたんだ」

涙の予感で目頭が熱くなる。

「だけどもう逃げないよ。君を見ていて、そう思った」

彼の肩にそっと手を置いた。

「だからありがとう。僕は豊君に逢えて本当によかった」

豊君は小さくそっと、はにかんだ。

「こんな俺でも帆高さんの役に立てたんだな……」

その表情が嬉しさを物語っている。彼は今、子供の頃からの夢を叶えたんだ。誰かの役に立つという夢を。そしてなにより、幸太君の心臓に報いることができたんだ。

「俺も帆高さんと一緒だよ。上手くいかない現実があるといつも思ってた。ドナーさんの人生も生きているのに、せっかくもらった心臓なのに、どうしてこんなこともできないんだって。そうやって、心臓を自分を傷つける道具にしてた。でももうやめるよ。だってさ……」

豊君は涙を輝かせながら笑ってくれた。今までで一番の笑顔で。

「心臓は自分を傷つける道具じゃないもんな。生かすためのものだから」

彼の表情は今、光り輝いている。それは太陽のせいじゃない。明日への希望を見つけたからだ。

その証拠に、彼は胸を張って僕らに言ってくれた。

「二人のおかげで新しい夢ができたよ」

「どんな夢ですか？」と風架さんが優しく訊ねた。

「いつか出所したら、礼子さんにサンクスレターを送りたい。伝えたいんだ。この心臓と出逢えて、俺は本当に幸せです……って」

そしてもうひとつ、彼はこんなことを言った。

「なぁ、風架さん。もしかしたら、礼子さんを救う方法があるかもしれないよ。心臓をもらってすぐの頃、この時期に何度も見ていた夢があってさ。さっきそれを思い出したんだ」


翌週の七月十三日――。盆の入りであるこの日、お母さんは朝から慌ただしく動き回っていた。盆飾りをするための精霊棚《しょうりょうだな》の用意をしているみたいだった。

お盆当日に慌てて支度をするんじゃなくて、もっと早くから準備しておけばよかったのに……と、そんな言葉が喉元まで込み上がってきたけど、風架さんにエアコンのことで怒られた記憶が過《よぎ》ってごくりと呑み込んだ。後出しじゃんけんみたいに言うのは最低だな。

時計を見ると九時ちょっと過ぎ。出勤までまだ時間がある。

よし……と、僕はヘルメットを居間の水槽の近くに置いた。水槽内は夏の装いだ。作り物のひまわりの花畑の上を魚たちが気持ちよさそうに泳いでいる。

「……準備、手伝おうか？」

その言葉に、お母さんは目をまん丸くして驚いていた。

「ほっくんが、あかりちゃんのことで手伝ってくれるなんて、びっくりだわ……。今日の気温、五十度くらいいっちゃう感じ？」

「からかうなら手伝わないよ」

恥ずかしくなって逃げようとしたら、ポロシャツの襟を後ろから引っ張られた。

「なんだよ、痛いなぁ」

顔をしかめて振り返ると、お母さんはうんと嬉しそうに笑って言った。

「せっかくだし手伝ってもらおうかな！」

それから二人で支度をはじめた。仏壇の前に精霊棚を据えて、まこもを敷いて、位牌を真ん中に置く。お母さんがお花の準備をしている間に押し入れから提灯を引っ張り出して組み立てる。

「でも、どういう風の吹き回し？」と、お母さんが花瓶を手に、僕の顔を覗き込んできた。

「気まぐれだよ」と目を背けて作業を続けた。

「あ、分かった。お小遣いがほしいんでしょ」

「そんなわけないだろ。まぁ、くれるならもらうけど」

「あげないわよ」と母は、はしゃぐようにして笑っていた。

僕も微笑み、あかりの遺影を見た。

十五歳で時が止まった妹の笑顔を……。

「向き合おうって思ったんだ。あかりとも」

「とも？　どういう意味？」

「なんでもないよ」と、さらっと首を左右に振った。

ごめんな、あかり……。ずっとお前のことを言い訳にしたりして。

きっと悲しかったよな。だからごめん。本当にごめんな。

僕もう、そんなふうに生きるのはやめるよ。豊君みたいに。

これからは自分を、それからあかりを、誇れるように生きていくから……。

「そろそろ仕事に行かなきゃ」

立ち上がってヘルメットを手に出て行こうとすると、「ねぇ」と呼び止められた。

「ありがとう、ほっくん」

お母さんはちょっとだけ涙ぐんでいた。

「あかりちゃん、天国できっと、ううん、ぜぇぇぇ〜〜ったい喜んでるよ！」

「そうかな……」

僕は照れ隠しで鼻の下を撫でて、そそくさと居間をあとにした。


その夜、『風読堂』の看板を『只今、無風です（お休み中）』にひっくり返すと、僕らはベスパに乗って礼子さんの家へ向かった。門の前では礼子さんが一人で迎え火をしている。その眼差しは寂しそうだ。声をかけると、彼女は「あら、どうなさったんですか？」と笑顔を作ってくれた。

「実は、ご報告があって伺いました」

風架さんのその言葉を受けて、礼子さんの表情に緊張の色が奔《はし》った。

僕らは部屋に通された。精霊棚では迎え火で点けた蠟燭《ろうそく》の火が揺れている。立ち上る線香の煙は提灯の光に照らされて水色に染まって見える。キュウリで作った精霊馬《しょうりょううま》。新鮮なフルーツの数々。立派な百合《ゆり》の花。誕生日のケーキも供えられていた。それに、幸太君が好きだった手持ち花火も。

畳の上で対座すると、風架さんは「申し訳ありませんでした」と深々と頭を下げた。

「レシピエントの方を見つけることはできませんでした。わたしの力不足です」

そうしてほしいと豊君が言ったのだ。俺のことは黙っていてほしいと。

「そうでしたか……」と礼子さんは残念そうに俯いた。

最後の願いが閉ざされてしまった瞬間だ。

この人はこのまま本当に死を選んでしまうのだろうか？

弱々しく顔を俯ける礼子さんを見て、僕はすごく不安になった。

「そのお詫《わ》びと言ってはなんですが、今からお庭で花火をしませんか？」

「花火？」と彼女は顔を上げた。

「ええ。幸太君も帰ってきていることですし、みんなで一緒に」

礼子さんはやんわりと頬を綻ばせた。

「いいですね。幸太もきっと喜びます」

「それと、あれをお借りしてもいいでしょうか？　礼子さんの宝物のハンカチを」

「え……？」

部屋の明かりを落とすと、礼子さんと僕は一足先に庭へ出た。一人残る風架さんに目配せをすると、彼女は深く、強く、頷いた。そして僕だけに聞こえるようなしずやかな声で言った。

「風を集めます」

別れ際、豊君は言っていた。「俺も風読みの依頼をしていいかな」と。

心臓をもらった頃に見ていた夢を届けてほしい――それが彼の最後の願いだった。

風架さんは今から彼の願いを集めるのだ。礼子さんの心を救うために。

小さな空では美しい月が笑っていて、金色の月光が柔らかくこの庭に降り注いでいる。今夜はそれほど暑くない。風も爽やかな冷気を含んでいた。手持ち花火に着火すると、目映い銀色の火花が勢いよく吹き出した。僕はおどけながら、はしゃぎながら、花火に興じた。そんな僕を見て礼子さんは笑ってくれた。一方の風架さんは、提灯の光が部屋を勿忘草《わすれなぐさ》色に包む中、大きな瓶を手にして風の記憶を集めている。そしてしばらくすると、瓶を手に庭へやってきた。それを見た礼子さんは
「なんです？　その瓶」と花火の手を止めて不思議そうに首を傾げた。風架さんはふふっと微笑み、

「これは、ある方から託された風の記憶です」

そう言って、瓶のコルク栓をそっと抜いた。

その瞬間、乾いた風が溢れ出す。木々が、しおれた草花が、月にかかる雲までもが揺れてしまうような逞《たくま》しい風が辺りを包む。瓶を窓辺のベンチに置くと、その隣に座るよう礼子さんを促した。

僕は火のついた花火を渡して、風架さんと共に席を外した。

スパーク花火が光を放つ。その火花を見つめる礼子さん。すると、

「お母さん――」

その声に、彼女はハッと顔を上げた。

ゆっくり視線を向ける――と、
礼子さんの目から大粒の涙が溢れた。

彼女の隣に、花火を手にした幸太君がいる。

風の記憶を閉じこめた、あの頃の幸太君が。

「幸太……」

礼子さんの声が愛おしげに震えている。

「ありがとね！　今年も一緒に花火をしてくれて！」

懐かしいその声に、その笑顔に、礼子さんはいくつも涙を溢れさせた。

ぽろぽろとこぼれた涙が花火の光に目映く染まった。

そして礼子さんは手を伸ばし、最愛の息子さんに触れようとした。

でも触れることはできない。ふわりと映像が乱れてしまった。

それでも幸太君は笑っている。あの頃の愛らしい笑顔で。

「誕生日ケーキも美味《おい》しかったね。あーあ、早く来年にならないかなぁ。そしたらまた大きなケーキ食べられるのに」

かつて交わした会話なのだろう。あの頃の礼子さんの声も聞こえる。

「気が早いわねぇ。幸太は今日、十二歳になったばっかりなのよ？」

「あ、そうだ、お母さんの誕生日が先に来るね！　ええっと、次でいくつになるんだっけ？」

「実はお母さんね、結構年を取ってるの。聞いたらショック受けちゃうわよ」

「えー、そうなの？　何歳？　教えて教えて」

「今年で五十二歳なの」

「そうなんだ……。でもそんなふうには見えないよ！　若い若い！」

現在の礼子さんは懐かしそうに微笑んだ。

花火の光がブルーに変わった。その輝きの中、幸太君は優しげな声で言った。

「長生きしてね」

礼子さんは顔をくしゃくしゃにして泣いた。

「お母さんが長生きしてくれたら、僕はうんと嬉しいから」

花火の光に照らされて、幸太君が鮮やかに笑った。

「だからたくさん長生きしてね！」

礼子さんも笑った。うんと嬉しそうに。

「そうね……」

そして、決意を込めてこう言った。

「幸太の分まで、うーんと長生きしないとね」

幸太君はもういない。触れることもできない。

どれだけ逢いたくても、もう二度と逢うことはできないんだ。

この風景だって風がくれた束の間の幻だ。

かりそめの再会にすぎない。

それでも僕には見えている。確かにこの目に見えているんだ。

花火の光に照らされて、寄り添う親子の幸せそうな姿が。

礼子さんは、大好きな息子さんにまた逢えたんだ。

僕は心からそう思った。

「級長戸辺さん、ありがとうございます」

帰り際、礼子さんは玄関先で風架さんに何度も何度も頭を下げた。

「こんなに嬉しいことはありません。もう一度、幸太に逢えるなんて夢みたいです。なんてお礼を言ったらいいか」

「お礼なんてとんでもないことです」

風架さんはそう言うと、頬を持ち上げふわりと笑った。

「また一緒にしましょうね」

「え？」

「花火、来年のお盆も四人で」

礼子さんも涙ながらに微笑んだ。

「楽しみにしています……」

「でももし独りでいることが辛くて、悲しくて、たまらなくなってしまったら、そのときは――」

風架さんは、そよ風のような優しい声で言った。

「風を探してみてください」

「風を？」

「ええ。その風の中に幸太君はきっといます」

「…………」

「お母さんのほっぺを撫でて、慰めてくれるはずです」

礼子さんの頬を一筋の涙が伝った。でも、清々しい青嵐が彼女の涙をさらってゆく。幸太君が悲しみを癒やそうとしているんだ。礼子さんも感じたに違いない。この風の中に、幸太君の存在を。だから嬉しそうに、幸せそうに、微笑んでいる。涙が消えたその頬を手のひらでそっと包んで……。


礼子さんの家をあとにすると、しばらくの間、風架さんと浜辺を並んで歩いた。

「僕、夏って大嫌いだったんです。夏は暑いし、ジメジメするし、人生を謳歌《おうか》してる陽キャのための季節なのかなぁって、勝手にそう思っていました」

「帆高さんらしいですね」と彼女はちょっと呆れたようにくすくす笑った。

「でも、今年の夏は違いました」

僕は足を止め、波のない静かな海に目を向けた。

「こんなに素敵な夏を見たのは初めてです」

今の自分から変わろうと決意した豊君。小さな希望を取り戻した礼子さん。

それに、僕も……。

この夏は、ほんのちょっとでもみんなが前に進めた夏だ。

風架さんがくれた、かけがえのない夏だ。

「ありがとうございます。こんなに素敵な夏を見せてくれて」

彼女は静かに頭を振った。その笑顔は嬉しそうだ。そんなふうに、僕には見えた。

勇気を出して伝えてよかった……。

でも、そのときだ。いたずらな南風が僕の背中をそっと押した。

風が問いかけてくる。もうひとつの気持ちは伝えなくてもいいの？　って。だから――、

「風架さん……」

「なんですか？」

これはきっと風のせい。

ううん、もうなんのせいにもしたくない。

だからこれは、僕の偽らざる本当の気持ちだ。

「僕は――」

そしてそっと囁《ささや》いた。世界を変えるとっておきの呪文を。

「僕は風架さんのことが好きです」

「え……？」

僕らの夏が、はじまった気がした。

第三話　金風

食卓に並べられた秋の味覚。栗《くり》ご飯、さつまいものコロッケ、里芋の肉味噌チーズ焼き、キノコたっぷりお味噌汁、それに秋刀魚《さんま》の塩焼きも。さすがに朝から豪華すぎる。居間の水槽の中、作り物の紅葉の絨毯の上を泳ぐ熱帯魚たちも、この豪華な朝ごはんを見て胃もたれしている様子だった。

「こら、ため息ついて」

向かいに座るお母さんがムスッと顔をしかめている。

「お母さんの料理がそんなに気に入らない？」

「違うって」と僕は里芋をひょいっと持ち上げ、ため息交じりの口へと運んだ。

「じゃあ、美味しい？」

「まぁ、普通」

「まぁ、可愛くない。そんなんじゃ好きな子に嫌われちゃうわよ」

「好きな子？」

眉をひそめて、秋刀魚をほぐして一口食べた。

「ほっくんは今、ガチ恋しちゃってるでしょ～？」

からかうようなその言葉に、びっくりして小骨が喉に引っかかった。

「な、なんでそう思ったのさ……」

「だってぇ～、最近ため息ばっかりなんだもん。はぁ……はぁ……はぁ……って一歩間違えれば変態よ。ほらほら、正直に言いなさい。あなた今、ガチモンの恋しちゃってるでしょ？」

うざい。うざすぎる。『ガチ恋』という若者言葉を平然と使うところも然《さ》ることながら、五十五歳のおばさんの指ハートには、さすがに痛々しさを感じざるを得ない。

「どうしたの？　苦い顔して。秋刀魚のはらわたでも食べちゃった？」

「違う。おばさんの指ハートにドン引きしたの」

「もぉ、憎まれ口叩いてないで答えなさい。相手は誰？　誰、誰、誰？」

「嫌だ、嫌だ、嫌だ。絶対に教えない」

「分かった！　風架《ふうか》さんでしょ！」

「なんで風架さんのこと知ってるんだよ!?」

「実はこの前、ほっくんの勤め先をインスタで調べたの。そしたら、あーんな可愛い店長さんが出てきたから、もぉびっくりよ。大急ぎでフォローしちゃった」

「勝手にフォローしないでよ……」と熱いお茶で小骨を胃の中へと流し込んだ。

「で、で、で、もう告白しちゃったの？　それとも胸の中で育ててる途中？　それもいいわよね～。なかなか伝えられない秘めたる想い……くぅ～、片想いの醍醐《だいご》味ね！」

「……してないよ、告白なんて」

「ん？　なんて言った？　声が小さくて聞こえない」

「だからぁ、告白なんてしてないってば！」

思わず怒鳴ってそっぽを向いた。〝声が小さい〟は今の僕には禁句なのだ。

そうです。結論から申し上げれば、あの夏の告白は大失敗に終わったのであります。

――僕は風架さんのことが好きです。

あの夜、夏の浜辺でそう伝えたんだ。でも――、

「ごめんなさい」と風架さんは申し訳なさそうに頭を下げた。

フラれた……。僕は泣きそうになりながら顔を伏せた。すると、

「今なんて仰いました？　風の音でよく聞こえなくて」

しまった！　小さくそっと囁きすぎた！

「い、いや、ですから、その……あの……えっと……」

僕はしばらくモジモジモジモジ。だけど頭をブルブルブルブル。

勇気を出せ、野々村帆高《ののむらほだか》！　気持ちを伝えるって決めたんだろ！　よし……！

「風架さん！　僕はあなたのこと――」

僕の背後で暴走族がブンブンブンブン。風架さんはびっくりして両耳を押さえた。そしてバイクの集団が走り去ると、「ああいうのって、ほーんと迷惑ですよね！」とプンプン怒った。

「で、なんて仰いました？」

もうダメだ……。心は完全に折れてしまった。

「いえ！　大したことじゃないんです！　あ、そうだ！　素敵な夏を見せてくれたお礼に、今度か

き氷でもごちそうさせてください！　あはは！」

「かき氷？　やったぁ！」と風架さんは大喜びだ。

こうして、僕らの夏は終わりを告げた。いや、はじまることすら叶わなかった。

あれ以来、僕は重度の〝ため息病〟を患っているのだ……。


「はぁ～～……」と、ため息をついたのは僕じゃない。風架さんだ。

『風読堂』のカウンターでちょっと気だるそうに、ほっぺをむにゅっとさせながら突っ伏している。

今日の彼女は黒いベレー帽に同色のカーディガン、それにマスタード・イエローのスカートといった秋らしい出で立ちをしている。「秋はお洒落がはかどるから大好きなんです」って笑っていたけど、ここ数日はなんだかとてもダルそうだ。彼女もため息病なのだ。一体どうしたんだろう？

「大丈夫ですか？」と床をモップがけしながら訊ねてみると、「あ、ごめんなさい……。お掃除、手伝いますね」と身体を重たげに動かそうとしたので、「そのまま、そのまま」と彼女を制した。

「お客さんも来ないですし、暇なので、掃除は僕に任せてください」

そう言って、胸を軽くポンと叩いた。

「熱はあるんですか？」

風架さんは頭をふるふるふるふる。

「食欲は？」

もう一度、頭をふるふるふるふる。

「食欲はないけど、食べたいものはたくさんあるんです。秋刀魚にレンコン、キノコにさつまいも。

それに美味しいモンブランも。帆高さんはもう食べました？　秋の味覚」

「まぁ一応……。今朝、秋刀魚の塩焼きと、栗ご飯と、さつまいものコロッケと、里芋の肉味噌チーズ焼き、それからキノコのお味噌汁を少々」

風架さんは「ずるーい」と僕のことを、じとぉ～っと睨んだ。

「でも朝ごはんで全部一気に出てきたんですよ？　重すぎてあんまり食べられませんでした」

「せっかく作ってくれたお母さんが可哀想。わたしだったら、なんでも美味しいって食べますけどね。帆高さんって親不孝者ですね」

ちょっと大袈裟に嫌みを言うと、彼女はまたまたため息を漏らしていた。

「体調不良が続くようなら、ちゃんと病院に行ってくださいね」

「お気遣いありがとうございます。でも秋は毎年こうなっちゃうんです。燃料切れといいますか。わたしの場合、風に敏感だから、熱風を浴びると普通の人以上に体力を奪われちゃうんですよ。それに最近、夏でも台風がどんどん来るでしょ？　あれもなかなか辛くって」

「ああ、先週も大変でしたもんね……」

店内の所々に置いてあるスチールバケツに目を向けた。中には雨水がたんまりだ。先週の超大型台風で雨漏りしたのだ。今朝の雨でも、ぴちょん、ぴちょん、と雫が合唱を続けている。

「エアコンもそうでしたけど、この建物、一度ちゃんとメンテナンスした方が良さそうですね」

「それは分かっているんです。分かっているけど、お金がないんです……」

僕らは二人揃ってため息を漏らした。

「正直に申し上げて『風読堂』は火の車です。その車ももうすぐ燃え尽きてしまいそうなほどの火急の事態です。ガラス細工の売れ行きは悪いですし、台風もたくさん来るから風読みの依頼も受けられないし。このままじゃ帆高さんのお給料も払えるかどうか」

　僕としては風架さんといられるだけで、時給百万円くらいの価値があるからいいんですけど……って、自立していない僕がそんなこと言えるわけもない。

「そういえば、台風のときに風読みの依頼を断ってるのって、どうしてなんですか？」

「あれ？　説明していませんでしたっけ？　台風のときって風が我を忘れて暴れちゃうんです。凶暴になるといいますか。そうなると、風を読むことが一切できなくなるんですよ」

「風にも機嫌があるんですね」

「はい。ですので、台風が発生したら風読みの依頼はお断りしているんです」

そうなんだ。まだまだ僕が知らない風の秘密があるんだな。アシスタントとしてもっと勉強しないと……って、不思議だ。風架さんはそういった風読みの知識を一体どこで学んだんだろう？

「すみません……」と硬い声が背後で聞こえた。

　振り返ると、スーツ姿の男性が戸口に立っている。二十代、いや、三十代前半だろうか。生真面目そうな細身の男性だ。イギリスの老舗高級傘ブランド『フォックスアンブレラズ』の長傘を手にしている。僕が「いらっしゃいませ」と言い終わるが早いか、その人は風架さんに向かってずんずんと歩み寄って「あなたが級長戸辺《しなとべ》風架さんですか!?」と食いつくようにして訊ねた。その目力に圧倒された風架さんは「そうですけど……」と戸惑っている。

「こちらで風読みというものをやっていると聞いて来ました！　どうなんですか!?」

「え、ええ……やっていますが……」

「よかった！　では、僕の話を聞いてください！」

男性は銀色の眼鏡のフレームをくいっと上げると、

「我が家の遺産相続問題について、あなたの力を貸してほしいんです」

「遺産相続問題……？」

意外な言葉に、僕らは顔を見合わせた。


カウンターを挟んで依頼者と対座する風架さん。大きな黒目が右へ左へ動いている。当惑するのも当然だ。風読みとは、風の記憶を読んで、集めて、再生すること。弁護士でもない風架さんに、どうして遺産相続問題なんて相談するんだろう……と、思いながら、僕はフィンランドを代表する食器ブランド『アラビア』のカップに注いだコロンビア・スウィートベリー・ハイローストのコーヒーを二人の前に静かに置いた。風架さんはそのコーヒーを一口飲むと、お化け屋敷に足を踏み入れるように、慎重に、恐る恐る切り出した。

「ではまず、依頼の詳細についてお聞かせいただけますか？　風読みの力がどのように遺産相続問題のお役に立てるか、お聞きした上で判断したいので」

「もちろんです。あ、その前に、申し遅れました」

彼は椅子から下りると、折り目正しく、名刺を風架さんに差し出した。

「私、丸吉《まるよし》商事のステンレス事業推進本部で働いております小《お》野《の》俊一《しゅんいち》と申します。ステンレス鋼の主原料であるニッケル鉱石などを海外のサプライヤーから日本のフェロニッケルメーカーに受け渡す輸入取引業務をしております」

言っている意味が難しすぎてよく分からない。というか、丸吉商事って日本の五大商社だよな。いわゆるエリートというやつだ。どうりで聡明《そうめい》な顔立ちをしている。

俊一さんはビジネスバッグからパワーポイントで作った資料を二部取り出して僕らに渡した。表紙には『級長戸辺風架様　風読みのご依頼に関して』と銘打ってある。

「本日の資料になります。では、表紙をめくっていただけますか？」

なんだか商談みたいだな……。僕らは戸惑いながらもページをめくった。

「早速ですが、お二人は小野光明《こうめい》をご存じでしょうか？」

おのこうめい？　誰だろう？　風架さんはベレー帽を傾けて首を捻《ひね》っている。

「この資料にあるとおり、小野光明は『現代のクロード・モネ』と称される西洋画家です。目に映る物事の印象や光や空気感をそのままキャンバスに再現するという印象派の基本哲学を継承しつつ、そこに桜やコスモス、桔梗、椿《つばき》などといった日本で親しまれている花を取り込むことで、和の心を描くことを特徴としています。現在、六十七歳。鎌倉市内で一人暮らしをしています」

資料には小野光明なる画家の写真が載っている。白髪で彫りの深い、気難しそうな老人だ。

代表作は『裏庭』という。春夏秋冬それぞれに同じ庭を描いた連作らしい。春を彩る桜。夏に燦然と咲くひまわり。秋はその香りが鼻まで届いてきそうなほど咲き誇る金木犀《きんもくせい》。冬は雪景色の中で笑っている梅の花。資料に並んだ四作は、現物でなくとも、十分すぎるほど美しかった。

「小野……と、いうことは？」と風架さんが資料から顔を上げた。

「お察しのとおり、小野光明は僕の父親です。遺産相続というのは、父の絵についてなんです」

そして彼は、依頼の背景について語りはじめた。

「父の本名は小野光明《みつあき》。『こうめい』というのは、いわゆる雅号です。今でこそ『現代のクロード・モネ』なんて呼ばれていますが、つい最近までまったく注目されていなかった貧乏画家だったんです。そのくせ画材へのこだわりが非常に強くて、良い道具を揃えるためなら借金もいとわない。おかげで家計は火の車でした」

「画家の他に、なにかお仕事はされていたんですか？」

「いいえ、家計はすべて母が支えていました。鎌倉市内の美術館で学芸員の補助をしながら、僕と父を食べさせてくれていたんです。生活は楽じゃありませんでした。だから僕はランドセルも、体操服も、すべて近所の子のお下がりだったんです。食べ物は自給自足です。裏の畑で穫れた野菜なんかをよく食べていましたね。トマトやナス、あと、さつまいも。それでも昔は楽しかったんです。家族三人、庭でやきいもをして『キャンプみたいで楽しいね』なんて笑って食べていましたから」

昔を懐かしんでいるけど、かなり過酷だったんだろうな。それが今や商社マン。大出世だ。

「僕は地元の高校を卒業して、学費の安い国立大学を選んで上京しました。奨学金を借りて、アルバイトを複数掛け持ちして、どうにかこうにか学費と生活費を捻出しながら四年間を過ごしました。なかなか大変な日々でした。卒業後は今の会社に。もとより商社に進みたかったんです。世界を股にかける感じがダイナミックだし、社会への貢献度も高いように感じていましたので。なにより安定していますからね。これでようやく母さんに楽をさせてあげられる。そう思っていたのですが」

俊一さんの表情に陰りが見えた。

「僕が入社した翌年、母はガンで亡くなりました。以来、父とは疎遠になってしまって……」

「疎遠に？　どうしてですか？」と風架さんが訊ねた。

「父は寡黙で無駄話を一切しないタイプなんです。一方の僕は気が弱いと申しますか、父といても会話が成り立たないんですよ。二人して黙っちゃって。だから、だんだんと足が遠のいてしまって」

まぁ、男同士ってそんなものかもしれないな。僕は自分の兄のことを想っていた。もう四年もロクに口を利いていない兄だ。あかりが亡くなったことで僕らも疎遠になってしまった。

「何年も連絡を取っていなかったのですが、ちょうど半年前、父が世界的に高い評価を集めているというニュースを目にしました。平塚《ひらつか》の美術館で開催した小さな個展の様子を誰かがＳＮＳにアップしたみたいで、その作品に海外セレブが反応したんです。それがきっかけで父の名前は瞬く間に世界中に広がったようです。正直言って驚きました。一枚も絵が売れたことのなかった父が『現代のクロード・モネ』だなんて。でも、母も天国で喜んでいるに違いありません。母の人生は、父を支えるためのものでしたからね」

お母さんのことを語るときの俊一さんは、なんだかとても寂しそうだった。

「失礼しました。つい身の上話が長くなってしまいましたね。それでは、具体的な依頼内容を説明します。次のページをご覧ください」

最早《もはや》ここまで来たら口頭で説明すればいいのではないだろうか？　そう思いつつ、風架さんと僕は手元の資料のページをめくった。『依頼内容』という見出しがある。

「問題が起きたのは三ヶ月前、父の絵がバズってすぐのことです。父は突然、すべての絵をオークションで売ると言い出したんです。絵が出品されれば大きな注目を集めることは間違いありません。

知り合いの美術商の話によれば、落札予想価格は一枚一千万円はくだらないそうです」

「一千万円!?」と僕はその場で飛び跳ねそうになった。

「はい。鎌倉の実家には、そんな絵が百枚近くあります」

「ということは……」頭の中で電卓を叩いた。「十億円!?」

今度は本当に飛び跳ねてしまった。すると風架さんが「帆高さん、お静かに」と笑顔でじろっとこちらを睨んだ。僕は「すみません」と肩をすくめて口を結んだ。

「いえいえ、野々村さんでしたっけ？　お気持ちはよく分かります。僕も同じように驚きましたから。あの貧乏画家だった父の絵にそんな価値があるだなんて……って。だけど――」

俊一さんの声が重い灰色に包まれた。

「僕は、父が絵を売ることには断固反対なんです」

「どうしてですか？」と僕はまばたきを速めた。

「画家でいらっしゃるならば、絵が売れることは喜ばしいことなのでは？」と風架さんも続いた。

「そうとも限りません。だってもしオークションでどこかの富豪の手に渡ったら、絵はその人の部屋でのみ飾られることになる。そうなれば人々の目には一切触れなくなってしまうんです。それは絵画にとって不幸以外のなにものでもありません」

「だけど絵画作品の中には、誰か一人のために描いたものもたくさんあるような……」

風架さんの疑問に、俊一さんは「確かにそういった絵もありますね」と柔和に微笑んだ。

「しかし僕は、絵の本当の価値は〝目の数〟だと思っているんです」

「目の数？」と僕らは声を揃えた。

「はい。どれだけ多くの人目に触れてきたか。その目の数こそが、絵の本当の価値だと思います。ピカソも、ゴッホも、ゴーギャンも、無論モネも、時代を超えて世界中の人々の目に触れて感動を与えてきたからこそ、今もなおその価値は色褪《いろあ》せないんです。父の絵もゆくゆくはそんなふうになってほしい。僕はそう願っています。国籍も、貧富の差も、文化的差異もなく、小野光明の作品を誰もが等しく楽しんでほしいんです。そのためには、オークションで特定の個人に売るのではなく、どこかの美術館に寄贈して、展示してもらうことが一番なんですよ」

熱を帯びた語勢に僕は気圧《けお》されていた。お父さんの絵を心から大切に想っていることが言葉の端々に見て取れる。金額のことばかり考えていた現金な自分がなんとも恥ずかしい。

「そのお気持ち、お父様には？」と颪架さんが問うた。

「もちろん伝えました。僕は商社に勤めているから世界中にパイプがある。父さんの絵を大切にしてくれる美術館もきっと見つけられる。だから任せてほしいって。しかし父は聞く耳を持ちませんでした。どれだけ想いを伝えても『オークションで売る』の一点張りで……。それでも足繁《しげ》く鎌倉の実家を訪ねて説得を続けました。すると父は、こんな奇妙なことを言ったんです」

「奇妙なこと？」と僕は唾をごくんと呑んだ。

「次のページをめくってください」

だから口で言えばいいのに……。そう思いながらページをめくった。

そこには、こんな一文があった。

『俺が人生最後にしたいことを当ててみろ』——と。

「もしそれを当てることができたら絵を譲ってやる——父はそう言いました」

「どうしてそんなクイズみたいなことを？」と風架さんは形の良い眉の間に皺を作った。

「それについては僕も疑問でした。ですが、よくよく考えれば分かるような気もします。父は理解度を見たいんですよ」

「理解度？」

「ええ。自分のことを深く理解してくれている人に絵を託したい。きっとそう思っているんです。本来であれば、じっくり膝をつき合わせて答えを探すべきなのですが、如何《いかん》せん父は寡黙で、ヒントらしいヒントもくれません。色々考えてみたのですが、さっぱり分からなくて……。急がなくては父の気が変わってしまう。オークションで売られてしまう。焦りばかりが募っていました。そんな中、横須賀の基地に勤める学生時代の友人から級長戸辺さんのことを聞きましてね」

「では、ご依頼というのは……」

俊一さんはカウンターに両手を突いて、風架さんに頭を下げた。

「あなたの力で、父の人生最後にしたいことを突き止めてください！」

風架さんは言葉に窮している。困って当然だ。遺産相続というドロドロした問題に首を突っ込むなんて危険すぎる。しかも十億円もの価値のある絵画たちが対象だなんて尚更だ。額が額だけに、失敗したときに俊一さんの恨みを買いかねない。この依頼、あまりにもリスキーだ。

よし、風架さんが断りづらいなら、アシスタントのこの僕が――、

「ギャラは百万円でいかがでしょうか」

風架さんの細い肩がぴくんと動いた。

「成功しても失敗しても必ずお支払いします。その他、必要経費もすべて負担します。だからお願

いします。父の絵を守るために、級長戸辺さんの力を貸してください」

風架さんは天井を見上げた。ぽとり……ぽとり……と、したたり落ちる雨漏りを見つめている。

まさか、風架さん……？　僕の予想は的中したらしい。彼女の目が言っている。

やった！　そのお金でお店をしっかり直しちゃおう！　って。

そして背筋をピンと伸ばすと、弾んだ声でこう言った。

「この依頼、謹んでお受けいたします！」


次の定休日――。風架さんと僕はベスパに乗って国道一三四号線を走っていた。秋晴れの空は高く、白いうろこを纏った青い魚がどこまでも広く、長く、悠然と泳いでいる。

逗子《ずし》海岸を越えてからの道が好きだ。披露山《ひろやま》と海の間の道をカーブに沿って進んでゆくと、やがて山間のトンネルへ入る。再び光を受けたとき、そこはもう鎌倉だ。

由比ヶ浜《ゆいがはま》、稲村ヶ崎《いなむらがさき》という誰もが一度は耳にしたことのあるような有名な土地をバイクで駆け抜け、江ノ電と併走するようにして七里ヶ浜《しちりがはま》をゆく。風の雰囲気もなんだか鮮やかに、華やかに感じられるのは、『鎌倉』という地名が持つ魔法なのかもしれないな。

「でも、どうやって風の目印を手に入れるつもりですか⁉」

冷たい海風に逆らいながら、僕は彼女に訊ねた。

「それが問題です！　俊一さんはお父さんの所持品を持っていませんでしたからね！」

「ノープランなのに受けたんですか⁉　お店の修理費用のためだからって無謀すぎますよ！」

「修理費用のためだけじゃありません！」

「他になにか理由が!?」

「芸術の秋だから！」

「芸術の秋!? そんなことで!?」

「冗談です！ 知りたくはありませんか!? 絵を描くことに生きた『現代のクロード・モネ』と称される老画家の人生最後にしたいことを！」

それはまぁ、そのとおりだ……。よし、こうなったら迷っていてもはじまらない。

「ですね！ スピードを出します！ しっかり掴まってくださいね！」

「ゴーゴー！」

僕はスロットルを思い切り回した。

腰越《こしごえ》駅の手前で江ノ電の線路を跨いで坂道を上る。その先の住宅地を抜けると木々に囲まれた静かな場所に出る。そこからさらに進むと、突き当たりに煉瓦《れんが》色の三角屋根が可愛らしい洋風の邸宅が見えてきた。小野光明さんの自宅兼アトリエだ。家の前でベスパを停車させると、風架さんはヘルメットも脱がずにカントリーフェンスの隙間から敷地内を覗いていた。

「広いお庭ですね～。留守ですかねぇ？」と呑気《のんき》な風架さん。僕は慌てて駆け寄って、

「ちょっとちょっと！ 離れた方がいいですよ！ 怪しいですから！」

「大丈夫だと思いますよ。お留守のようですし」

「いやいやいやいや！ もし今帰ってきたら——」

「そこでなにをしている」

言った傍から野太い声が背中に刺さった。僕はギギギ……と首だけで振り返った。

白髪で強面の老人がコンビニ袋を提げて立っている。小野光明さんだ。太い眉には異様な存在感があって、その目は研ぎ立ての刃物のように鋭く光っている。資料の写真よりも何倍も迫力がある。服装はかなりラフだ。毛玉だらけの黒のセーターの上によれたナイロンのベストを着ている。

「なんだ、お前たちは？　うちになんの用だ？」

摑みかからんばかりの語勢に怯《ひる》んでしまった。上手い言い訳を見つけられずに立ち尽くしていると、「失礼しました」と風架さんが僕の隣に颯爽と並び立ってヘルメットを脱いだ。

「わたしたちは、この辺りへの引っ越しを考えていて下見に来たんです。そうしたら、偶然こちらのお宅をお見かけしまして、あまりに素敵だったので、ついつい覗き込んでしまったんです」

動揺ひとつ見せないこの人の胆力はすごい。よし、僕も続かなくては。

「はい、本当です！　すっごい素敵なお宅だなぁって思ったんです！　本当です！」

光明さんは目を細めて僕のことを睨んだ。どうやら墓穴を掘ってしまったらしい。泣きそうになりながら風架さんに目を向けると、彼女は微笑みながら怒っていた。その瞳が言っている。「余計なこと言わないでくださいね」って。僕は視線で謝り、風架さんの後ろにそぉっと隠れた。

「厚かましいお願いで恐縮なのですが、お庭を見せていただくことは可能でしょうか？　こういう大きなお庭のある生活に憧れているもので」

風架さんはズケズケと頼んだ。断られるのは承知の上なのだろう。退散するためのきっかけだ。

案の定、光明さんは「帰れ。むやみやたらに人の家を覗き込むもんじゃない」と吐き捨ててコンビニ袋を揺らしながら門の中へと入っていった。よかった……と、僕はほっと胸を撫で下ろした。

ふと、去ってゆく光明さんの後ろ姿が目に留まった。その背中を見て思った。

なんだか寂しそうな背中だな……って。

ドアが閉まると、風架さんは安堵の吐息を漏らしてパンプキン色のベレー帽を被った。そして、

「もぉ、あなたは嘘が下手なので、ああいうときは黙っていてください」とちょっと怒った。

「すみません……。光明さんに怪しまれちゃいましたね。これからどうしましょう？　なんとかして風の目印を手に入れないと」

風架さんは白く細い手を顎に添えて熟考している。

それから「あ！」と手を叩いた。

「わたし、いいこと思いつきました！」

「いいこと？」

彼女が次に言った言葉に、僕は耳どころか、この世界の存在すらも疑った。そのくらい衝撃的で、奇跡的で、夢のようなひと言だった。それは――、

「帆高さん、わたしと結婚していただけますか？」


一週間後の昼下がり。僕らは再び光明さんの自宅へとやってきた。

今度は門をくぐって、玄関のインターフォンをしっかり押す。ビーッという、ぶっきら棒な音が響くと、ややあってドアが半分ほど開いた。光明さんは顔を覗かせ、僕らのことを一瞥《いちべつ》すると、

「またお前たちか……。今度はなんだ？」

そう言って、きつく睨んだ。怒りすらも感じる声色だ。仕方ない。先週、家の前でキョロキョロ中を窺っていた怪しい二人組がまたこうして現れたのだから。だけど風架さんは、そんな光明さんの猜疑《さいぎ》心を吹き飛ばすようなキラキラスマイルを向けて、

「そこの角の一軒家に引っ越して参りました野々村風架と申します。ご挨拶に伺いました。こちらは夫の帆高でございます」

「こ、こんにちは」と僕は先日の反省を活かして最小限の言葉で挨拶をした。

野々村風架――こんなにも素晴らしい名前が他にあるだろうか？　光明さんを前にしている緊張もあるが、それ以上に、風架さんと夫婦として並んでいることに大興奮していた。

「その節は大変失礼いたしました。改めてお詫びをと思い、伺わせていただきました。こちらは心ばかりの品でございます。今後ともよろしくお願いいたします」

風架さんは『御挨拶』と書かれたのしを巻いた今治産のタオルを差し出す。しかし光明さんは「いらん」と犬を追い払うように手を振った。「そうですか……」と、しょんぼり顔の風架さん。雨の中で捨て犬が助けを求めるような表情だ。これにはさすがの光明さんも無下にはできなかったようで、ため息と共にタオルを奪ってドアを閉めた。その反応を見て、僕は小さく安堵した。

「よかった。受け取ってもらえましたね」

「ええ、まだ心を閉ざしてない証拠です。それでは――」

風架さんは、おっほんと咳払いをひとつして、

「作戦スタートです」

あの日、風架さんは「わたしと結婚していただけますか？」と僕に言った。

結婚ってあの結婚？　入籍して、結婚式を挙げて、新居に引っ越して、ラブラブな毎日を過ごして、三年ほど経ったら子供が生まれて、ローンを組んで、築二十五年・三五〇〇万円の中古住宅を買って、子育てをして、家事を分担して、時々ケンカなんかもしたりして、だんだんと年を取って、子供もやがて巣立っていって、「老後は二人でのんびりしようか」なんて笑い合ったりして、おばあちゃんになった風架さんとずっとずっと、ずーっと仲良く歩いてゆくあの結婚のこと？

これは夢だ。絶対に夢だ。もうすぐお母さんに叩き起こされるオチに決まってる。そう思いながら、ベタだけど、ほっぺの内側をぎゅっと噛んでみた。じんわりとした痛みが口の中で広がると、そこでようやく確信した。これはガチだ。ガチモンのリアルだと。ということは、風架さんは僕と本気で結婚を？　……もちろんそんなわけはない。これは光明さんに近づくための作戦だ。そう、若夫婦のフリをして、ご近所付き合いを名目に近づくというのが風架さんの狙いだった。

ちなみに、名字については『級長戸辺』だと目立ちすぎるということで、僕の『野々村』を採用した。それだけでも十分すぎるほどの幸福だ。

彼女はその日のうちに光明さんの自宅近くの空き物件を調べて、俊一さんに「経費でお部屋を借りたいのですが」と話をつけた。そしてあくる日には不動産屋に足を運んでさっさと契約を済ませてしまった。ガス、電気、水道の開通手続きに数日ほどを要したけれど、秋分の日には入居できる運びとなった。こういうときの風架さんは電光石火だ。とにもかくにも仕事が早い。

光明さんへの挨拶を済ませると、僕らは徒歩数十秒のところにある仮住まいへと帰ってきた。築五十年ほどの平屋の一軒家だ。立て付けの悪い数寄屋《すきや》門を力を込めてようやく開けると、猫の額ほどの庭が広がっていて、縁側では野良猫がスヤスヤと眠っている。平和で長閑《のどか》な古民家の風景だ。

「帆高さんまでここに住まなくたってよかったのに」

風架さんは縁側に腰を下ろして、日なたぼっこをしながらスマートフォンで映画を観ている。スパイ映画だ。ヒーローが敵の車に発信器をつけて追跡している。

「いえいえ、僕は風架さんのアシスタントですからね。お供します。それに、夫役の僕が一緒に住んでいなかったら、光明さんに怪しまれちゃいますから」

そんなのはもちろん言い訳だ。風架さんとの同棲生活――いや、共同生活なんて一生で一度あるかないかの僥倖《ぎょうこう》に違いない。断る理由はどこにもなかった。

「だけど、あの偏屈なおじいさんにどうやって近づくつもりですか？」

「それについても作戦があります。初めて光明さんとお会いしたとき、彼がコンビニのお弁当を手にしていたのを覚えていますか？」

「はい……。それが？」

「あれを見てピンときたんです。この人は料理をしないんだって。もしかしたら三食すべてコンビニ弁当かもしれません。となれば、策はひとつです」

風架さんは、目の前の空気をぎゅっと摑むようにして、

「胃袋、鷲摑《わしづか》み大作戦です！」

うん、可愛い。とっても可愛いです。ちょっとおどける風架さんはことさらにキュートだ。

「なるほど。味気ない食事ばかりのおじいさんに、近所に引っ越してきた若夫婦が温かいごはんを差し入れて心を開かせる。そういう作戦ですね」

「はい。それでお宅にお邪魔してこっそり風の目印をゲットしましょう。そのためには今日から数日の間で、光明さんと世間話をするくらいの間柄にはなりたいものです。突然ごはんを持って行ったら、さすがに怪しいですからね」

「確かに。だけど楽しみだなぁ、風架さんの手料理」

「手料理？」

「風架さんが作ったごはんを差し入れするんですよね？　あ、もしよかったら、僕もご相伴にあずかっていいですか？」

風架さんは目をパチパチしている。僕が「どうしました？」と訊ねると、

「わたしは料理なんて作りませんよ？」

「はい？」

「というか、作れません。料理は苦手中の苦手です。できることといえば、お鍋の素《もと》に野菜とお肉をぶっ込んで煮込むことくらいですから」

「ぶっ込んでって……。じゃあ、料理はどうするんですか？」

風架さんは僕のことを指さした。

「いやいやいやいや！　無理ですって！　料理なんてできませんよ！　ていうか、最初にそこを確認するべきだったんじゃないんですか!?　作戦の肝なわけだし！　見切り発車するかなぁ？　風架さんって、案外、結構、ううん、かなぁ～り、猪突猛進《ちょとつもうしん》タイプですよね」

辺りの空気がピキッと凍った。し、しまった……。調子に乗って言い過ぎてしまった。

恐る恐る見てみると、風架さんは眉間に皺を寄せて僕のことをギロッと睨んでいた。

「ほぉ、そこまで仰るのなら、帆高さんならさぞや素晴らしいアイディアを思いつくんでしょうね。わたしのような短絡的なイノシシでは到底思いつかないような、目からうろこどころか魚そのものがこぼれ落ちてしまうような妙案を。それはそれは楽しみです。ぜひお聞かせください」

「いやいやいやいや、いやいやいやいやいや！　違いますって！　僕はただ、ここの賃貸契約をする前に作戦を共有してほしかったなぁ～って思っただけなんです！　本当です！」

僕があたふたしていると、風架さんはくつくつと笑い出した。

「……もしかして、またですか？」

「はい。またです。また意地悪をしてしまいました。帆高さんがまた口を滑らせたので、仕返しをしてやろうって思ったんです。大丈夫、あなたに料理は期待していませんよ。どこかのケータリングで代用すればいいかなって思っていたので。まぁでも、市販のものだと味や見た目で見抜かれてしまう恐れもありますから、できることなら手料理がいいのですが……あ！　そうだ！」

風架さんは、またポンと手を叩いた。

「わたし、またいいことを思いつきました！」

「またいいこと？」

「帆高さんのお母さんに作っていただきましょうよ！」

「いやいやいやいや、いやいやいやいやいや、いやいやいやいやいや！　どうしてうちの母親が出てくるんですか!?　ダメですよ！　絶対にダメです！」

「どうしてですか？」と風架さんは怪訝そう。

そりゃそうでしょうよ……。あの人のことだ、風架さんと会ったらなにを言うか分からない。僕の恋心をうっかり打ち明けちゃったりするかもしれない。

風架さんは「ほんとにダメですか？」と雨の中で、びしょ濡れを通り越して、ずぶ濡れ、いや、ぐしょ濡れ状態の捨て犬のような瞳で僕のことを見た。

「光明さんに美味しいごはんを食べてもらいたいのに……」
ズ、ズルいですよ……そんな可愛い感じで見ないでください……。でもダメだ！　絶対にダメ！
「ダメなものはダメです！」

そうだよ。お母さんと風架さんを会わせるなんて、そんなの混ぜるな危険すぎるって……。


風架さんをなんとかかんとか説き伏せて、僕らの同棲生活――もとい、任務のための共同生活ははじまりを告げた。もちろん、この家でずっと一緒に暮らしているわけじゃない。『風読堂』の店番もあるから、風架さんと交代で横須賀と鎌倉を行き来している。四六時中一緒にいられないのは残念だけど、それでも入れ替わりのときに風架さんとごはんを食べていると――カップラーメンのような簡単なものだけど――なんだか本当の新婚生活みたいでウキウキした。

もちろん、ただ浮かれているだけじゃない。作戦も進めている。光明さんが買い物に行く際など、偶然を装って「あ、こんにちは」と声をかけていた。だけど光明さんは無口で偏屈だ。なかなか心を開いてくれずに手を焼いている。なので作戦開始から十日、完全に膠着《こうちゃく》状態に陥っていた……。

「――なにかきっかけがあれば良いんですけどねぇ」

この日、僕らは縁側で豆乳グラタンを食べていた。七里ヶ浜にある『レインドロップス』というカフェの人気メニューで、風架さんがここに来る途中でテイクアウトしてきてくれたのだ。

「わたしたちに心を許してくれるような、そんなちょっとした出来事でもあれば」

「心を許してくれるような出来事……」と僕は豆乳グラタンをはむっと頰張った。

僕としては風架さんとの共同生活が少しでも長く続いてほしい。でも依頼者である俊一さんは気が気ではないようだ。ここ何日か風架さんに電話をしてきて、『父の人生最後にしたいことは分かりましたか!?』とプレッシャーをかけているそうだ。その焦りは日を追うごとに募っているらしく、あまりの剣幕に風架さんは妙な違和感を抱いているという。お父さんの絵を守るためとはいえ、どうしてこんなにも必死なのでしょう……って。

ドスン！　と門の向こうで物音が聞こえた。僕らは顔を見合わせた。なんだろう？　グラタンを縁側に置いて数寄屋門の隙間から外を覗くと、「あ！」と慌てて外へ飛び出した。

「大丈夫ですか!?」

光明さんが道ばたに倒れている。どうやら躓《つまず》いてしまったらしい。傍らにはコンビニの袋が落ちていて、中のお弁当がひっくり返っている。腕を支えてようやく立ち上がらせると、さすがの光明さんも「悪いな」と短く礼を言ってくれた。

「お怪我が……」と風架さんが心配そうに目を向けた。光明さんの右手から血が流れている。

「今、絆創膏《ばんそうこう》を持ってきますね」と家の中に戻ろうとすると、彼は「いらん」と僕のことを止めた。

「たいした怪我じゃない。放っておけば治る」

相変わらず無愛想だなぁ。そう思いながら、僕は落ちていたお弁当を拾った。白身魚のフライと鶏の唐揚げのお弁当は、転んだ拍子に中身がごちゃまぜになってしまっていた。

「お弁当、ぐちゃぐちゃになっちゃいましたね」

「構わん。腹に入ればみんな同じだ」

「……食事はいつもコンビニのお弁当なんですか？」

「だからなんだ。メシにこだわりなどない」

「いや、でも、もっと栄養のあるものを食べた方が……」

「余計なお世話だ」

光明さんは、ふんと鼻を鳴らして僕の手から弁当を乱暴に奪い取ると、会釈もせずに歩き出した。

僕は自分の発言を後悔していた。もっと栄養のあるものを食べた方がいいだなんて、そんなのは光明さんだって分かっているはずだ。でも独りになって仕方なくああいうお弁当を食べているんだ。

——光明さんに美味しいごはんを食べてもらいたいのに……。

風架さんの言葉を思い出しながら、僕は隣の彼女に目を向けた。

「風架さん……。今のって、きっかけになりますか？」

彼女は僕の気持ちを感じ取ってくれたようで「ええ」と微笑み頷いた。

「じゃあ、僕のお母さんに協力してもらいましょう」

「いいんですか？」

「はい。僕も風架さんと同じ気持ちです」

光明さんの背中を見た。小さくなってゆく寂しそうな背中を。

「光明さんに美味しいものをたくさん食べてもらいたいから」

風架さんは「素敵です」と囁くように言ってくれた。

「帆高さんのそういうところ、とっても素敵です」

次の土曜日、風架さんと僕は近くの市場で食材を調達していた。里芋、にんじん、キノコに秋刀魚。それらをエコバッグにぎっしり詰め込み、仮住まいへと戻ってきた。

「ただいまー」と軽やかな声で風架さんが玄関の戸を開けると、「おかえり～！」と陽気な声が奥から聞こえてきた。やってきたのは、そう、僕のお母さんだ。

「あらぁ～、二人ともそうやって並んで立ってると本物の夫婦みたいよ～」

「や、やめてよ！」と僕は母の口を押さえたくなった。

「ねぇ、風架さん。このままうちの愚息と結婚しない？」

「だからぁ！　そういうウザい絡み方しないでよ！　風架さんだって迷惑してるだろ！」

最悪だ。やっぱり協力なんてしてもらわなきゃよかった……と、心の中で後悔していると、

「迷惑なんかじゃありませんよ」と風架さんはコスモスのように愛らしく笑った。

迷惑じゃない？　それってつまり、僕との結婚が嫌じゃないってこと？

「わたし、玄関先で自分のお母さんとこうしておしゃべりするのが夢だったんです。だからちっとも迷惑なんかじゃありません」

ああ、そっちね。なんとなく分かってたけど……。

「風架さんって本当に良い子ねぇ～。こんなに可愛い子から『お母さん』なんて呼ばれたらテンション爆上がりして心筋梗塞起こしちゃうわよ」

「恐縮です。あ、では、お母さん！　早速ですが、ご協力のほどよろしくお願いします！」

「任せて！　腕によりをかけて作っちゃうわ！」と母は性懲りもなくまた指ハートを作った。しか

も両手で。ガチでやめてくれ……。僕は恥ずかしくて消えたくなった。

お母さんはピンクの派手なエプロンを腰に巻くと、台所に立って調理をはじめた。風架さんは興味津々の様子で母のことを隣で見守っている。そういえば、お母さんが料理を作るところを見るのって久しぶりだな。そんなことを思いながら、僕は台所に立つ二人を居間から眺めていた。

「――ん！　おいひい！」

調理が一段落すると、庭に臨む和室の居間で昼食を摂ることにした。ちゃぶ台にずらりと並んだおかずの数々。風架さんは里芋の煮っ転がしを食べてご満悦の表情で唸っていた。

それにしても、この人は本当に美味しそうにごはんを食べるなぁ。お母さんも風架さんの食べっぷりを見て嬉しそうだ。さっきから料理のポイントをあれやこれやと楽しそうに説明している。

その姿を見て、僕の胸にはある想いが去来していた。

なんだかすごく懐かしい。どうしてそんなふうに思うんだろう？

「だけど不思議なお仕事ねぇ」

食後、母は自宅から持ってきたタマネギ茶を僕たちに振る舞ってくれた。

「不思議って？」と、ズズとそれを啜って、母の言葉に小首を傾げる。

「だって『風読堂』ってガラス細工を売るお店でしょ？　それなのに、美味しいごはんを作って近所のおじいさんに持って行きたいだなんて。お得意さんへの接待かなにかなの？」

風架さんが僕を見ている。その目が言っている。本当のことを伝えてもいいですか？　って。

まぁ、ここまできたら隠すことはないか。僕が頷き返すと、彼女は母に膝を向けて座り直した。

「『風読堂』ではガラス細工の販売の他に、風読みという特別な依頼を承っているんです」

「風読み？」

「はい。この世界に吹く風は、わたしたちのことを、この世界の出来事を、すべて見つめて記憶しています。今のこの会話も、お母さんの『そんなの信じられない』ってその顔も、全部しっかり覚えてくれているんです。わたしには、その風の記憶を読み取る力があります。風を集めて、閉じこめて、再生することができるんです。それが風読みです」

ぽかん……とするお母さん。僕も慌てて補足に加わる。

「風架さんは、その力を使って色々な人の力になっているんだ。今回でいえば、おじいさんの息子さんから『父が人生最後にしたいことを調べてほしい』って頼まれてさ。それで美味しいごはんをお裾分けして、仲良くなって、おじいさんの想い出からそれを探ろうって作戦なんだ」

お母さんは性格的に、この手のファンタジーを信じるようなタイプじゃない。もしかしたら、風架さんのことを息子を洗脳しているヤバい女店主だって思っているかもしれないぞ。そんな一抹の不安を胸に、母のことをそぉっと見ると、

「まぁ、素敵！」とお母さんは少女のように目を爛々と輝かせていた。

「し、信じるの？　お母さんは絶対に信じないと思ったけど……」

「そんなの信じるに決まってるじゃない！　ううん、信じたいわ！」

「信じたい？」

「ええ。風があなたたちをめぐり逢わせてくれたのね……」

風が？　どういう意味だ？　それに、どうしたんだろう？

お母さんは、なぜだか少し涙ぐんでいるように見えた。

「――じゃあ、上手くいくことを祈ってるわ」

作ったお惣菜をタッパーに詰めると、お母さんは横須賀へ帰ることにした。

玄関先で靴を履きながら「またね、風架さん。今度お店に遊びに行くわ。うちにも来てちょうだい」と微笑んでいる。風架さんも「喜んで」と笑み返していた。

「帆高さん、お母さんを駅まで送って差し上げてください」

それから僕とお母さんは駅までの道を並んで歩いた。こんなふうに隣同士で並んで歩くなんて何年ぶりだろうか。照れくささもあったけれど、懐かしい気持ちで胸がちょっとだけ温かくなった。

「……なんだか分かる気がするな。あなたが風架さんを好きになった理由」

家々の間を縫うように続く坂を下りながら、お母さんが囁いた。僕はポリポリと後頭部を掻いて、

「やめてよ、恥ずかしいよ」

「恥ずかしいことなんてないわ。恋ってとっても素敵なことよ」

「そういうのも恥ずかしいからやめてって」

「ごめん、ごめん」と母は笑った。

「それで？　僕が風架さんを好きになった理由って？」

「気になるの？」

「別に。……うそ、ちょっとだけ気になる。教えてよ」

「似てるからかな」

「似てる？　誰と？」

「あかりちゃんと、風架さんが」

「………」

「明るくて、笑顔が素敵で、それにちょっと儚《はかな》げで、そういうところがそっくりだわ。だからなのかな、さっきごはんを食べながら思っちゃったの。もしもあかりちゃんが生きてたら、きっとこういう素敵な人になっていたんだなぁって。そう思ったら、ちょっとだけ泣きそうになっちゃったよ」

言われてみれば、そうかもしれない。あかりと風架さんはどことなく似ている。身に纏うふんわりとした空気なんかもそっくりだ。もしかしたら僕は、知らず知らずのうちに風架さんの中にあかりを見ていたのかもしれないな。

「今日は楽しかった。久しぶりに思い出した気がするわ」

「思い出した？」

「うん。ごはんって、みんなで食べるとこーんなに美味しいんだなぁって」

ああ、そうか……。僕は気づいた。あの食卓で感じた懐かしさは、あかりが生きていた頃と似ていたからだ。あんなふうに笑いながら、楽しみながら、僕らはごはんを食べていたっけ……。

あかりは小食だった。だけど食べることが大好きで、特にお母さんの料理が大好物だった。なにを食べても「美味しい、美味しい」って笑っていたし、とびっきりの笑顔で「お母さんって料理の天才ね！」って褒めてあげていた。母はその言葉がよほど嬉しかったのか、「そうでしょ、天才なの！」っておどけていたっけ。でも、あかりが死んでしまって、僕も部屋に閉じこもって――兄貴も一人暮らしをしていたから――お母さんは独りぼっちになってしまった。誰もいないあの居間で、たった一人で毎日ごはんを食べていたんだな。その姿を想像すると胸が痛くなる。きっとすごく寂しかったに違いない。

――お母さんの料理がそんなに気に入らない？

――違うって。

――じゃあ、美味しい？

――まぁ、普通。

風架さんの言うとおりだ。僕って親不孝者だな。あのとき素直に言ってあげればよかった。「美味しいよ。お母さんは料理の天才だね」って。あの頃のあかりみたいに……。

「もうここでいいわ。送ってくれてありがとう」

江ノ電の腰越駅の近くまでやってくると、お母さんは足を止めて僕の方を振り返った。

「風読み大作戦、上手くいくといいわね。それと、あなたの〝実りの秋〟も」

「実りの秋？」

「風架さんとの恋が実ることを祈ってるわ」

「祈らないでいいよ。プレッシャーだから」

「ううん、たくさん祈っちゃう」と母は悪戯っぽい笑みを浮かべた。でもすぐに真面目な顔をして、

「ねぇ、ほっくん？」

「なに？」

「来年のあかりちゃんの命日は一緒にお墓参りに行ってくれる？」

「うん、それはまぁ……」

「よかった。じゃあ、それまでにお願いがあるの。今一番、ほっくんにしてもらいたいこと」

「一番してもらいたいこと？　また豪華客船のディナーとか？」

「違うわ。お兄ちゃんとの仲直りよ」

出し抜けに告げられた言葉に、僕は金縛りに遭ったように動けなくなってしまった。

「次はみんなでお墓参りに行きたいな」

戸惑う僕の隣で踏切の警報音がけたたましく鳴った。お母さんは「あ、電車来ちゃう。それじゃあね」と手を振って去ってゆく。そんな母を見送りながら、僕は心の中で思っていた。

分かってる。分かっているんだ。兄貴とも向き合わなきゃいけないって。でも今はまだその勇気を出せずにいる。兄貴を前にすると、僕は意気地なしになってしまう。罪の意識を感じてしまう。

あかりと交わしたあの約束を一方的に破ったことに……。

情けない僕の横を江ノ電が通り過ぎてゆくと、巻き起こった列車風がぴしゃりと頬を強く叩いた。

その風が言っている。しっかりしろよ、野々村帆高って……。


その夜、僕らはまたまた光明さんの自宅へとやってきた。

門をくぐって、玄関のインターフォンをしっかり押す。ビーッという、ぶっきら棒な音がまた響くと、ややあってドアが半分ほど開いた。光明さんは顔を覗かせ、僕らのことを一瞥すると、

「今度はなんだ……？」

この間のやりとりもあってか、警戒心は幾分とけた気がする。それでもまだ眉間に皺を寄せてい

る。風架さんはそんな光明さんの気持ちをとかすような、とっておきのキラキラスマイルを向けて、

「秋の味覚、お食べになりませんか？」

「秋の味覚？」と光明さんは片眉を上げた。

「はい。夕食を作りすぎてしまったので、お裾分けに参りました」

風架さんは手にしていたタッパーの蓋をパカッと開けると、

「里芋の煮っ転がしです」

ポーチライトに照らされた里芋がべっこう色に光っている。なんて美味しそうなんだろう。だけど光明さんは無表情のままだ。ちっとも興味をそそられていない。

「炊き込みご飯もありますよ」と風架さんは次のタッパーもパカッと開けた。

キノコと秋刀魚の炊き込みご飯の香りがふわりと広がる。さすがの光明さんもその芳香に誘われて丸い鼻をピクリと動かした。ちょっとずつではあるが食欲を駆り立てられている様子だ。

いける！　僕は迫るように身を乗り出して、

「せっかくですから、ぜひ——」

「いらん」

なんでですか！　心の中で地団駄を踏んだ。あとちょっとだと思ったのに！

「悪いが帰ってくれ」

「そういえば」と風架さんは遮るようにして続けた。「もう一品あるんです」

「だから、いらんと——」

「さつまいものきんぴらです」

光明さんは苛立ちを呑み込んだ。風架さんは僕が持っていたタッパーをパカッと開ける。細切りにしたさつまいもを油で炒《いた》めて、そこに砂糖、醬油《しょうゆ》、ごま油、酒を加えたものだ。黄金色のさつまいもが艶やかに光っている。甘塩《じょ》っぱい匂いと、ごま油の芳しい香りが玄関先を柔らかく包んだ。

「懐かしいな……」

思わず漏れたような優しい声と共に、光明さんの目には温かな光が宿った。

「裏の畑で穫れたさつまいもで妻がよく作ってくれていたよ」

僕らはそのことを知っていた。これは俊一さんに教えてもらった一品だ。「幼い頃、お母様がよく作ってくれていたものはありますか？」と質問したところ、母・愛子《あいこ》さんが、裏の畑で穫れたさつまいもで作ってくれたと話していた。レシピまでは再現できなかったが、光明さんの心を引きつけるには十分だったようだ。今度こそいける！　僕はまたまた身を乗り出して、

「じゃあ、せっかくですから、ぜひ――」

「いらん」

だから、なんでですか！　心の中で転げ回った。

「気持ちだけもらっておく」とドアを閉めようとする光明さん。僕は反射的にそのドアを押さえてしまった。彼は驚き、矢で射貫くような視線をこちらへ向けた。それでも僕は臆さなかった。

「もしよかったら、一緒に食べませんか？」

光明さんの眉が怪訝そうに動いた。さっきよりもきつい表情だ。でも引かなかった。

「僕は光明さんとごはんが食べたいんです」

「……なぜだ？　どうして俺とメシが食いたい？」

「それは――」

これまで見てきた光明さんの背中を思い出した。どれも寂しそうな背中だった。そして、――ごはんって、みんなで食べるとこーんなに美味しいんだなぁって。

母のその言葉に背中を押され、光明さんに真っ直ぐ伝えた。

「ごはんって、誰かと一緒に食べると美味しいですから」

彼の表情は厳しいままだ。不快にさせてしまったかもしれない。光明さんは重々しい語勢で、

「俺がコンビニ弁当ばかりを食べているからか？　だからわざわざこんなものを拵《こしら》えたのか？」

「そうです。光明さんに美味しいごはんを食べてほしくて」

「そんなのは余計なお世話だよ」

そのとおりだ。光明さんのことを一方的に孤独な老人だと哀れんで、こんなふうに勝手に押しかけるなんて、不愉快以外のなにものでもないよな。だけど――、

持っていたタッパーに目を落とした。

僕はただ純粋に、お母さんの料理を食べてほしかっただけなんだ。それで光明さんの心がほんの少しでも満たされてくれたら嬉しい。俊一さんの依頼より、そっちの方が大切とさえ思ったんだ。

「入りなさい」

ため息交じりのその声に、僕は驚き、顔を上げた。光明さんがドアを開けてくれている。

どうして？　と戸惑う僕に、彼は顎をしゃくって中に入るよう促した。

なんで招き入れてくれるのだろう？　僕の気持ちが伝わったから？　それとも……。

光明さんの自宅は、かつての海軍将校の邸宅だったらしい。それもあってか、そこかしこにレトロで洒落た雰囲気が漂っている。微かに漂う油絵の具の匂い。ニスの匂いもする。油絵の乾燥後に画面保護用のニスを塗ることでツヤを均一にすることができるようだ。

「可愛い～」と風架さんは目を輝かせて部屋を見渡している。この洋館を気に入ったんだ。一方の光明さんは席を外していた。急用とのことで、どこかへ電話をかけているようだった。

「風の目印はどうやって手に入れるつもりですか？」と僕は小声で彼女に訊ねた。

「あとでアトリエに忍び込みましょう。画材道具なら、彼の心が詰まっているでしょうから」

アトリエは一階の一番奥のようだ。あとでトイレを借りるフリをして僕が行く作戦となった。

風架さんは部屋に乱雑に置かれた絵画を眺めている。そのどれもが光明さんの作品だ。庭や部屋、近所の風景を描いたもので、色使いはこの上なく優しくて、見ているだけで胸が温かさに包まれる。実際にこの目で見ると、俊一さんの資料やネットの写真なんかよりも何倍も、何十倍も、心奪われるものばかりだった。

絵画を一通り眺めると、アンティークの調度品に目が移った。古今東西の品々が置かれてある。レトロ好きの風架さんにとっては宝の山だ。ひとつひとつに目を輝かせて「わぁ～可愛い～」と連呼していた。つと、彼女が戸棚の上になにかを見つけた。

トンボの形を模したブローチだ。琥珀《こはく》だろうか？　いや、恐らくイミテーションだろう。高価なものではなさそうだ。だけど特別な一品らしく、他の品々とは区別されて清潔な白い布の上に置いてある。「素敵……」と風架さんはトンボに顔を近づけて、挨拶するように微笑みかけた。すると、

「それは妻のものだ」

戸口で光明さんの声がした。電話を終えて戻ってきたのだ。

「昔、露店で買った安物だよ」

光明さんはブローチを手に取って見つめていた。

「失礼ですが、奥様は？」

「十年前にガンでね」

「そうだったんですか……」

僕らはそのことも知っている。風架さんは怪しまれないように訊ねたのだろう。

光明さんはトンボのブローチを黒いノーカラーシャツの胸ポケットにそっとしまうと、

「さて、食事にしようか」

僕らは準備に取りかかった。タッパーの中身をお皿に盛って、大きな一枚板の檜《ひのき》のテーブルの上に並べると、どれも目を見張るほど美味しそうだ。昼間よりもそう見えるのは、きっと洒落たお皿のおかげだろう。これらは奥さんの趣味らしく、その素敵な品々に、無類の食器好きの風架さんは興奮を隠せない様子だった。

「――いただきまーす！」

リビングに風架さんの華やいだ声が響くと、我々は少し早めの夕食をはじめた。相変わらず彼女は美味しそうにごはんを食べる。光明さんはそれを見届けてからようやく箸を手に取った――もしかしたら、毒でも盛られていないか不安だったのかもしれないな――。里芋を咀嚼する光明さん。僕らはその様子を見守った。感想は特にはなかった。でも美味しかったのか、すぐにおかわりをお皿に取った。その姿に、風架さんと目を合わせて安堵した。

静かな食卓だった。それでも光明さんの表情は今までで一番柔らかい気がする。言葉はなくても、誰かと食事をするこの時間を楽しんでいるのかもしれないな。そうだといいな……と僕は思った。

炊き込みご飯も口に合ったようで、咀嚼しながら何度も頷いてくれていた。そして、いよいよさつまいものきんぴらだ。一口頬張ると、光明さんは「美味《うま》い……」と声を漏らしていた。

「妻のものとは味付けは違うが、どこか懐かしい気がするよ」

そう言って、ほんのわずかに微笑んだ。初めて見せてくれた笑顔だった。

笑ってくれた……。風架さんも僕も、その笑顔を心から嬉しく思った。

このきんぴらをきっかけに光明さんは心を開いてくれたようだった。さっきよりも口数は増えて、笑顔も徐々にではあるが、見せてくれるようにもなった。そして食後には、紅茶を飲みながら奥さんの話を自ら語ってくれた。

「妻とは鎌倉の美術館で出逢ったんだ。小さな美術館だが、なかなか良い絵を飾っていてな。そこで働く愛子から、俺は絵のことを教えてもらっていた。彼女は絵画に造詣が深くてね。美大出身の俺なんかよりもずっと目が肥えていたよ。まぁ、今どきの言葉で言えばオタクといったところだな」

「じゃあ、奥さんは天国で喜んでいらっしゃるでしょうね。長年支え続けてきた旦那さんが『現代のクロード・モネ』として世界中から称賛されているだなんて」

僕はそう言ってテーブルの隅に置いてある雑誌に目を向けた。さっき読ませてもらった美術誌だ。光明さんが世界的に注目を集めたときに取材されたもので、数ページにわたって『現代のクロード・モネ　小野光明の世界』という特集が組まれていた。

「くだらん雑誌だよ。俺のことをクロード・モネだなんてバカバカしい。モネに対して失礼だ」

「そんなこと。どれも素晴らしい作品ばかりです」と風架さんは部屋に置かれた絵画を眺めた。

「そうですよ。現に世界中の人を魅了しているわけですから」

「そんなのはどうでもいいことだ。俺は人を喜ばせたくて絵を描いているわけじゃないんでね」

「では、なんのために？」と風架さんがすかさず訊ねた。

「約束だ」

「約束？」と僕らは声を揃えた。彼は我に返ったように頭を振って「君らには関係ないことだ」と言葉を濁してティーカップに口をつけていた。そしてもうそれ以上、なにも語ろうとはしなかった。

お宅にお邪魔して二時間が経とうとしていた。もうすぐ八時になろうとしている。

「そろそろお開きとしよう」

光明さんのその言葉を合図に、風架さんがテーブルの下で僕の足をつんつんと突いてきた。トイレに行くフリをしてアトリエに忍び込むのだ。「あの、トイレをお借りしてもいいでしょうか」と立ち上がる――と、「ところで」と光明さんがおもむろに口を開いた。

「君たちは何者なんだ？」

意表を突くその言葉に、二人同時に絶句した。

「夫婦じゃないんだろ？」

確信を持った眼差しだ。バレている。でもどうして？　いつバレた？　濃紺のボタンダウンシャツの脇の辺りが汗で湿ってゆくのが分かった。僕は顔に動揺を浮かべないように必死に堪えながら「いやだな、夫婦ですよ。ねぇ、風架さん」と笑った。風架さんも「え、ええ……」と笑顔を作る。

しかし光明さんは信じていない。追い打ちをかけるようにこう続けた。

「だったら、くちづけでもしてみせろ」

「くちづけ？」

「夫婦だったらできるだろ？」

「それは……」

　僕は風架さんのことをチラリと見た。オレンジ色の部屋の灯りに照らされた唇は、ぷっくりしていて柔らかそうだ。たわわに実る果実のように。その膨らみを見つめながら、僕は心の底から強く思った。したい。めっちゃしたい。そりゃあ、めちゃめちゃしたいですよ……と。待てよ。これは逆にチャンスかもしれないぞ。風架さんとくちづけを交わす千載一遇の大チャンスだ。そうだよ、すべては任務遂行のためだ。ここでくちづけをしなければ怪しまれてしまう。よし……！

「分かりました」と僕は雄々しく頷いた。「してみせましょう。くちづけを」

　風架さんは驚きで全身を震わせた。僕は必死になって目で訴えた。

　くちづけしなきゃバレちゃいますよ！　するっきゃないです！　ね！　風架さん!!

　その強すぎる思念は届いたようだ。風架さんは渋々ながらも頷いて、静かにそっと目を閉じた。

　くちづけを待つ風架さんは、この世界のどんな名画よりも美しい。『モナ・リザ』よりも『ヴィーナスの誕生』よりも『真珠の耳飾りの少女』よりも圧倒的に美しかった。

　彼女の華奢《きゃしゃ》な肩に手を置くと、その途端、心臓が肋骨《ろっこつ》の内側で暴れ回った。

　落ち着け、落ち着くんだ野々村帆高。これはあくまでビジネス・キスだ。依頼者である俊一さんのためにキスをするんだ。私利私欲のためなどではございませんので、風架さん、恐れ入りますが、失礼いたします……と、僕はゆっくり唇を寄せて――、

「もういい」

「は？」

「そんなことはしなくていい」

はぁぁぁ!?　ちょっとぉ！　邪魔しないでくださいよ！　心の中で髪の毛をかきむしった。

「君らが夫婦ではないことは分かっているんだ」

風架さんはめちゃめちゃホッとしている。その表情がめちゃめちゃショックだ。でも僕は残念な気持ちを悟られないように「どうして分かったんですか？」と平然と訊ねた。すると、

「理由は君だよ」

「僕、ですか？」

「ああ。君はさっき言っていたな。『僕は光明さんとごはんが食べたいんです』と。あのとき、俺はまだ名乗っていなかったはずだがね」

確かに……。風架さんとの間で『光明さん』と呼んでいたから、つい口に出してしまったんだ。

「そ、そうでしたっけ？　前にご挨拶に来たとき、仰っていたような……」

「俺が自ら名乗ることはない」

「実は」と風架さんがたまらずフォローに入った。「近所のお宅にご挨拶に伺った際に教えていただいたんです。あそこに住んでいらっしゃるのは、画家の小野光明さんなんですよって」

「その可能性もあるだろうな。だから今、確かめてきたんだ」

「確かめてきた？」

「君らは、そこの角の一軒家に引っ越してきたと言っていたな。二人をリビングに通したあと、不

動産屋に電話をしたんだ。あの物件を取り扱っているのは駅前の『湊《みなと》不動産』だ。あそこの親父《おやじ》とは小学生の頃からの仲だから簡単に教えてもらえたよ。契約者は若い女性で単身者。名前は級長戸辺風架という……とね。野々村風架ではなかったな」

物件の契約は僕がする予定だった。けれど、正社員じゃないため審査に落ちる可能性もあった。なので、代わりに風架さんが契約したのだ。まさかこんなにも簡単に個人情報を漏らされるなんて。

「じゃあ、光明さんは僕らの正体を突き止めるために、この家に招き入れたんですか？」

「……ああ、そうだ」

少しだけ歯切れが悪い。なにかを隠しているような感じだ。どうしたんだろう？

「それより、君らは何者だ？　美術商の差し金か？」

俊一さんのことは言えない。言えば相続の話はご破算になるだろう。

そんな思いに駆られていると、光明さんの目が鷲のように鋭く光った。

「さては、俊一に頼まれたな？」

核心を突く言葉に、僕は動揺を顔に出してしまった。彼はそれを見逃さなかった。

「君は嘘や隠しごとが苦手なんだな。さしずめ、俺が人生最後にしたいことを当ててみろ――。その答えを探りにきたのだろう」

「ご推察のとおりです」と風架さんは観念して頭を下げた。「欺くような真似《まね》をしてしまい誠に申し訳ございませんでした」

「謝罪なんぞいらん。それで、君らは探偵か？」

「違います。わたしは横須賀で『風読堂』というガラス雑貨専門店を営んでいる級長戸辺風架と申します。こちらはアシスタントの野々村帆高さんです」

「ガラス雑貨専門店？　どうしてそんな人間が？」

「『風読堂』ではガラス細工の販売の他に、風読みという特別な依頼を承っているんです」

「風読み？」

「百聞は一見にしかずです。実際にご覧に入れましょう」


僕らは窓の向こうの庭へ出た。十月初旬の夜は穏やかで、今日はそれほど寒くない。風架さんは静かな庭で風読みについて語った。無論、光明さんは信じられずにいる。この状況から言い逃れるための世迷言だと思っているのかもしれない。だから彼女は鞄の中から小瓶を出して栓を抜いた。吹き出した雄風が庭の木々を揺らす。光明さんは呆然と月明かりに照らされた風の行方を目で追いかけている。ぐるりと辺りを駆け巡る風がやがて落ち着くと、風架さんは小瓶を芝生に置いた。そこにひとつの映像が浮かび上がった。僕らが初めて光明さんの家を訪れた日の風の記憶。風架さんの想い出だ。光明さんは目をまん丸にして驚いていた。

「俄《にわか》には信じられんな……」

映像が終わると、彼は皺に覆われた大きな手で口元を押さえて呟いていた。しかし、さすがは芸術家というべきか、目の前で起こった出来事をすぐに飲み込み理解したようだ。

「俊一は、こんな不思議な力を使ってまで俺の絵を手に入れたいのか……」

ちゃんと説明した方がいい。僕は「光明さんの絵を守るためなんです」と言葉を挟んだ。

「絵を守るため？」

「はい。俊一さんは言っていました。お父さんがオークションで絵を売ろうとしているから、それを止めたいんだって。もしオークションでどこかの富豪の手に渡ったら、絵はその人の部屋だけでのみ飾られることになる。そうなれば人々の目には一切触れなくなってしまう。それは絵画にとって不幸以外のなにものでもない……って。俊一さんは、光明さんの作品を多くの人に楽しんでほしいんです。そのためには、オークションで特定の個人の手に渡るのではなく、どこかの美術館に寄贈して、展示してもらうことが一番だって、そう言っていました」

俊一さんは、お父さんのために絵を手に入れようとしているんだ。そのことだけは誤解なきように伝えておきたかった。だけど、光明さんは声を出して笑った。そして、

「それは嘘だ」

「僕は嘘なんてついていません！　俊一さんは本当に──」

「違う。俊一が君らに嘘をついているんだ」

「俊一さんが？」

「ああ。なぜなら、絵を美術館に寄贈しようとしているのは俺だからだ」

「え？」

「俺は絵を売るつもりなんてない。今までも、これからもな」

光明さんに嘘をついている様子はない。ということは、俊一さんが嘘を？

「それに、あの子が俺の絵を守るわけがない」

「なぜですか？」と風架さんが訊ねると、光明さんは言い淀《よど》んだ。そして気まずそうに視線を逃がすと「俊一は、俺を憎んでいるからだ……」と苦しそうに呟いた。

「憎んでいる?」

「俺たち親子の関係は、もうとっくに壊れているんだよ」

そして、俊一さんとの過去について僕らに語った。

親子の関係が壊れたのは、愛子さんの葬儀の朝のことだった。その日、俊一さんは喪服姿でこの家に駆けつけた。光明さんが斎場にいなかったことを心配して来たのだ。しかし、俊一さんはアトリエに入るなり目を疑った。光明さんは絵を描いていた。喪服も着ずに、いつものラフなセーター姿で。俊一さんが「なにしてるんだよ……」と声をかけると、光明さんは筆を止めずにこう言った。

「俺は葬儀には出ない。そっちで勝手に済ませてくれ」と。その言葉に俊一さんは絶句した。みるみる顔に朱を注いで「ふざけるな!」と光明さんに摑みかかったそうだ。

「こんなときまで絵を描いているなんて、どうかしてるよ!」

そして父のことを殴った。それでも光明さんは絵を描くのをやめなかった。なにも言わずに筆を取り、再びキャンバスに向かったらしい。俊一さんはそんな父親に向かって声の限りに怒鳴った。

「母さんが死んだのはあんたのせいだろ!」

その声が涙に染まってゆくことに光明さんは気づいていた。それでも筆は止めなかった。

「父さんが何年も、何十年も、自分勝手に絵を描いてきたから病気になったんだ! 母さんの苦労を考えたことあるのかよ! 母さんはなぁ、あんたの代わりに必死になって働いて、親戚や近所に借金をするために何度も頭を下げてきたんだよ! その金だって、あんたの画材に消えたんだろ! それなのに、父さんの絵は一枚も売れなかったじゃないか!」

光明さんは無視して絵を描き続けていた。

「あんたの道楽を支えるために必死に生きてきたのに、葬儀のときまで絵を描いているなんて、人として、夫として、どうかしてるって思わないのかよ！」

光明さんはなにも言わなかった。俊一さんはやるせなさそうに両こぶしを震わせて、

「あんたなんて、もう親でもなんでもないよ……」

そう言い残し、家から出て行ったそうだ。

「――なら、どうして俊一さんは僕らに嘘を……？」

僕が言葉を漏らすと、風架さんが「恐らくは」と隣で静かに口を開いた。

「お父さんとの関係をありのまま話せば、わたしたちの協力は得られないと思ったからでしょう。嘘をついてでも、どうしても絵を手に入れたかったから」

「どうしてそこまでして絵を？」

「売って金にするつもりなんだろう」と光明さんは吐き捨てた。「三ヶ月前、俊一はこの家を訪ねてきた。十年ぶりにな。あの一件以来、ずっと俺を避けていたからな。あいつは、俺が鎌倉の美術館に絵を寄贈しようとしていることを聞きつけて来たようだった。そのときに言っていたよ。『絵は僕に相続させてくれ。子供の頃から貧乏してきたんだから慰謝料として譲ってほしい』とな」

「光明さんは、なんとお答えに？」と風架さんが訊ねた。

「無論断ったよ。バカなことを言うなと追い返した。だけど俊一は諦めなかった。何度も俺のもとを訪ねてきては頭を下げた。『美術館にだけは寄贈しないでほしい』と言ってな。あまりに必死に頼むものだから心配になったんだ。もしかしたら、この子は金に困っているのかもしれない……と」

「だから俊一さんにチャンスを？　人生最後にしたいことを当ててみろと？」

「ああ、そうだ」と光明さんは顎だけで頷いた。

「……本当にそれだけですか？」

風架さんの問いかけに、光明さんは表情を強ばらせた。明らかに動揺している。

「他にも理由があったのではありませんか？　息子さんを助けるためだけならば、そんな回りくどいことなどせずにさくっと譲ってあげれば済むだけの話です。単にもったいつけるため？　それも光明さんの性格からは考えられません」

風架さんの言うとおりだ。どうしてわざわざクイズのようにしたんだろう？

「あ……！」と僕はひらめきの声を上げた。「もしかして、気づいてほしかったから？」

風架さんは確信を持って頷いた。

「親子の関係を修復したい――その想いに気づいてほしかったんじゃありませんか？」

そうか。光明さんが人生最後にしたいことは、息子さんとの仲直りだったんだ。

「まったく、情けない話だよ」と彼は薄い唇を卑屈に歪めた。

「もし今日もまた断れば、俊一は二度と俺のところには来ないだろう。そう思って苦し紛れに引き留めてしまったんだ。だけど言えなかった。和解したい。また昔のように戻りたいだなんて。だからつい、あんなくだらないことを言ってしまった。でも――」

光明さんはガーデンチェアに腰を下ろして背中を丸めた。

「分かっているんだ。俺とあの子の間の溝は、もう二度と埋まることはないって」

僕は自分自身のことを顧みていた。兄貴と向き合えない弱い自分を。

光明さんも僕と一緒で、俊一さんと向き合う勇気を持てずにいるんだ。だったら言ってあげたい。

息子さんと向き合いましょうよ……って。でも言えなかった。兄貴から逃げ続けている僕にそんなことを言う資格なんてない。そう思いながら、やり場のない気持ちをこぶしに集めていると、

「そうですね。溝を埋めることはできないでしょうね」

風架さんがあっけらかんとそう言った。

「ふ、風架さん？　今なんて？」

「ですから、溝を埋めることは絶対にできないって言ったんです」

「いやいやいやいやいや！　なんでそんな酷いことを言うんですか！　あなたには人の心というものがないんですか!?」

いや、違う。僕は慌てて口を押さえた。風架さんはこう言いたいんだ。そんな弱い心では、息子さんの気持ちは動かせませんよ……って。僕の気持ちは彼女にも伝わったようだ。風架さんは目で頷くと、光明さんに向き直り、彼の瞳を覗き込むようにしてその顔を近づけた。

「小野光明さん、失礼を承知で申し上げます」

そして、綿毛のようにふわりと笑った。

「どうせあなたは死ぬんです」

突然の言葉に、光明さんは目を点にしていた。当然、僕も驚いた。

「光明さんは今、六十七歳です。あと三十年もしたら、恐らくこの世にはいらっしゃらないことでしょう。跡形もなく死んでいるはずです」

「君はなにを言ってるんだ……？」と光明さんは当惑している。

「それはわたしたちも同じです。あと百年もしたら我々を知っている人なんて誰一人としていなく

なります。どんな悩みがあったとか、なにに苦しんでいたかとか、そんなものは全部なかったかのように世の中は続いてゆくんです。覚えているのはただひとつ――」

風架さんは、星が瞬く夜空を見上げた。

「この世界に吹く風だけです」

柔らかな鯉魚風《りぎょふう》が僕らの間を吹き抜けていった。

「風だけは、わたしたちのことを忘れません。何年、何十年、何百年と忘れないでいてくれます。だったら光明さんはどんな姿を風に残したいですか？　息子さんとの関係を諦めた姿ですか？　それとも無様でも、情けなくても、勇気を出して俊一さんと向き合った姿ですか？」

その言葉に、光明さんの瞳が輝いた気がした。

「願わくは、わたしは後者であってほしいです」

光明さんは口の端を微かに緩めた。今度は卑屈な笑みではない。心からの微笑みだ。

「風の記憶になにを残すか……か」

そして胸ポケットからトンボのブローチを取り出すと、それを見つめてぽそりと続けた。

「君の言うとおりかもしれないな……」


「父さんが絵を!?」

翌日の日曜日、風架さんと僕は東京にある俊一さんの自宅を訪ねていた。世田谷区内にある立派なマンションの二十五階。さすがは一流商社マン。一人暮らしにはもったいない広さだ。

「光明さんのご自宅にお邪魔することはできたのですが、その際、鎌倉市立美術館に絵を寄贈すると仰ったんです。ついては、明日の午後三時、美術館に手続きをしに行くとのことでした」

俊一さんは狼狽《ろうばい》していた。口元を押さえ、洗いざらしのシーツのような真っ白い顔をしている。

「でも不思議なんです。俊一さんからは、絵はオークションに出品するつもりだと聞いていましたので、突然なぜ寄贈を選択されたのかが分からなくて。なにか心当たりはありますか？」

「いや、ちょっと分からないな……」

苦笑いで嘘を隠そうとする俊一さん。すぐに話を逸《そ》らすように身を乗り出して、

「それで、依頼の件は？　父さんが人生最後にしたいことは分かったんですか!?」

「いえ、風読みのための目印がどうしても入手できなくて……」

「そんな！　こっちはギャラも払ってるし、賃貸の費用だって出してるんですよ!?」

「申し訳ございません」と風架さんは恭《うやうや》しく頭を下げた。「しかし結果的にはよかったのではないでしょうか？　お父様の絵が寄贈されることは、俊一さんにとっても望みだったわけですから」

「それは、そうですけど……」と俊一さんは言葉に窮していた。

僕はリビングの隅に視線を向けた。そこには一枚の写真が飾ってある。髪の毛に白いものが交じった凜とした女性。母親の愛子さんだろう。その顔は俊一さんとよく似ていた。

「——どうかしましたか？」

俊一さんの自宅をあとにすると、風架さんが心配して声をかけてくれた。

「分からなくて……」

「分からない？」

「前に『風読堂』に依頼に来たとき、俊一さんは言っていましたよね。『母も天国で喜んでいるに違いありません。母の人生は、父を支えるためのものでしたから』って。それに、親孝行ができなかったことについても後悔している様子でした。そんなにもお母さんのことを大切に想っているのに、お金ほしさに絵を売ってしまうのかなって」

「ふぅむ……。とはいえ、十億円もの大金が手に入る可能性が目の前にあるんです。欲に目がくらんでもおかしくないと思いますけどね」

風架さんの言うことも一理ある。でも僕は――、

「でも僕は、俊一さんを信じたい」と言ったのは風架さんだ。

まさに心を見抜かれて、僕は「え？」と声を漏らさずにはいられなかった。

「彼はそんな人じゃない。なにか事情があるはずだ。そう思ったんですね？」

「どうして分かったんですか？」

「そりゃあ分かりますよ。もう半年以上のお付き合いですからね」

風架さんは、ふふんと鼻を鳴らして胸を張った。

「なんでもお見通しなんですね」と僕はこめかみの辺りを掻いた。「自分でも分かっているんです。そんなの綺麗事だって……」

「はい、ピカピカな綺麗事です」

「ですよね」と苦笑いを浮かべる僕を見て、風架さんはやれやれと吐息を漏らした。呆れているのかもしれないな。でも違った。「それでも――」と優しい声色で続けてくれた。

「帆高さんらしいです」

「僕らしい……？」とまたもや驚き、彼女を見た。

「わたしは好きですよ。あなたのそういう真っ直ぐなところ」

その笑顔が、言葉が、この上なく嬉しかった。不意に言われた「好き」という言葉ももちろんだけど、それよりも、なによりも、風架さんが僕を認めてくれている。そのことが心から嬉しい。

「それに、わたしも帆高さんと同じ気持ちです。俊一さんのことを信じたいです。だからこそ、彼の行動を見守りましょう。きっとこの二日間でなにかしらのアクションを起こすはずですから」

「はい……！」と僕は勢いを込めて頷いた。

「鎌倉に戻りましょう。わたしたちにはまだやることがあります」

彼女はポケットからトンボのブローチを取り出した。光明さんから託されたものだ。

「それでは、風を集めに行きましょう！」


ベスパで鎌倉まで戻ってきたが、長い長い渋滞に捕まってしまった。さすがは日曜日の午後だ。国道一三四号線は上下線ともに混雑している。とてもじゃないけど、これでは風は集められない。どうしたらいいんだろう……と、思っていると、あるものが目に留まった。

「あ！」と神戸《ごうど》川の向こうを指さした。

そこには、橋の上をゆく江ノ電の姿がある。

「風架さん！　江ノ電に乗って風を集めましょう！」

「ナイスアイディア！」と風架さんもソーダ水の泡のように弾けて笑った。

仮住まいに戻ってベスパを停めると、どちらが速いか競走するように坂を駆け下り、腰越駅へと向かった。ちょうど鎌倉方面の電車がホームに停車している。風架さんは「乗ります！」と手を上げて僕より先に電車に乗った。一方の僕はＩＣカードの読み取りに手間取ってしまって、ドアが閉まるのと同時に乗り込んだ。「ギリギリセーフ」と笑う風架さん。その笑顔が可愛らしい。

車内は日曜にしては珍しく空いていた。いるのは、居眠りする老人と、小さな子供を連れたお母さんだけだ。これなら好都合だ。僕らは顔を見合わせ、頷き合って、車両の窓を次々と開けた。安全面から窓は上の少ししか開かない。それでも風を招き入れるには十分だ。風架さんと僕は競うように窓をどんどんと開けていった。

江ノ電の車両は住宅と住宅の間の細い線路を蛇のように右へ左へ揺れながら進んでゆく。

そしていよいよ海に出た。晴れ渡る空の下、相模湾《さがみ》が笑うように輝いている。太陽の香りのする風が車内に迷い込んできた。準備万端だ。風架さんはレザーのショルダーバッグから大きなサイズの広口瓶を取り出すと、その中にトンボのブローチを慎重に置いた。

「風を集めます！」

そして今日も魔法のような時間がはじまる。

不思議だな……って僕はいつも思うんだ。

彼女が風と戯れると、その瞬間、ほんの少しだけ風の味を感じる気がする。柔らかくて、まろやかで、爽やかな味がする風だ。そのあとに香りが続く。クリームみたいな甘い香り。この香りはなにかに似ている。ああ、そうだ。金木犀だ。秋の風って素敵な花の香りがするんだな……。

きっとこれは風架さんと僕だけが感じられる本当の世界の味。本当の世界の香りだ。ううん、シートに座った女の子もこの風を感じているようだ。不思議そうに車内を包む甘い風を見つめている。

光を浴びた瓶の中、トンボのブローチが風に泳ぐ。すると、本物の赤トンボが窓から迷い込んできた。赤トンボは不思議そうに瓶の中を覗いている。もしかしたら、友達だって思ったのかもしれないな。その光景に僕らは思わず微笑み合った。風架さんと僕を乗せた電車は海岸沿いをどこまでも進んでゆく。甘く優しい秋風を縫うようにして……。


あくる日の十月六日――。午後三時を過ぎた頃に、僕らが暮らす仮住まいのインターフォンが鳴った。光明さんが来たようだ。出迎えた風架さんが「俊一さんから連絡はありましたか？」と訊ねると、彼は静かに首を振った。ということは、これからなにかしらの行動を起こすかもしれない。

「では、しばらく様子を見守りましょう」

風架さんと僕は交代で数寄屋門の隙間から表通りを観察した。ここから光明さんの家までは一本道だ。この道を通らずして行くことはできない。車にしても徒歩にしても、必ずここを通るはずだ。

風架さんが外の様子を見てくれている間、僕は温かいほうじ茶を淹れて光明さんに手渡した。短く礼を言って湯飲みに口をつける光明さん。その声はピアノ線のように張り詰めていた。

「あれから、考えてみたんだ……」

彼は湯飲みを覗き込むようにして言った。

「俊一は本当に俺の絵を売ろうとしているのだろうか？　ただ金のためだけに、憎むべき相手であ

る俺に対してあんなにも頭を下げるのか？　もしかしたら、別の目的があるのかもしれない……と
「別の目的？」

「ああ。もしかしたら、あの子は――」

「来たかもしれません！」

風架さんが手招きしている。一台の車がこちらへ向かって走ってきた。大型のレンタカーだ。運転席には俊一さんの姿がある。光明さんの留守を狙ってやってきたに違いない。「行きましょう！」と外に飛び出そうとしたが、風架さんが「待ってください！」と僕のネルシャツの後襟を摑んだ。

「今行っても、しらを切られるだけです。なので、もう少しだけ待ちましょう」

「でも、車に絵を載せて逃げられたらどうするんですか!?　僕のベスパじゃ追いつけませんよ！」

「それについては大丈夫です」と風架さんは不敵に笑った。

「わたしには必殺技がありますから」

「必殺技？」

「ね、光明さん」と笑いかけると、彼も小さく頷いていた。

それから二十分ほどが経った。重々しいエンジン音を響かせて俊一さんの車が戻ってきた。猛スピードで僕らの家の前を通り過ぎてゆくのを見届けると、僕らは光明さんの自宅へと急いだ。

アトリエに飛び込むと、案の定、そこはもぬけの殻だった。すべての絵がなくなっている。

急いで追いかけないと……。焦る僕を尻目に、光明さんは窓辺へ向かった。そして作業台の上のコップに立ててある筆の中から一本の油彩筆を手に取った。それを風架さんに差し出して、

「任せたよ。風読みの風架さん」

風架さんは力強く頷いて、彼の手からその筆を受け取った。

「――居場所が分かったら連絡します！」

光明さんにそう告げると、僕らはベスパに飛び乗った。そして俊一さんを追いかけるため、猛然と坂を下った。国道一三四号線に出て一旦停車する。七里ヶ浜方面に行ったのか、それとも江の島方面へ向かったのか。ここが分かれ道だ。

「それで、どうやって俊一さんの居場所を捜すんですか？　風の目印はありませんよ」

「これを使います」と風架さんは、さっき受け取った油彩筆を鞄から出した。

「この筆を風の目印にして捜し出すんです。盗まれた絵を発信器にして車を追いかけましょう」

なるほど、これが風架さんの必殺技か。スパイ映画から着想を得たのかもしれないな。

「でもできるんですか？　筆から絵画の居場所を突き止めるなんて」

「普通なら、物から物を捜索することはできません。でも光明さんの絵には、この筆を通じて彼の心がたくさん伝わっているはずです。だからきっとできるはずです」

「仮にできたとして、絵は車の中ですし、風に触れていないかもしれませんよ？」

「それについても対策は打っています。光明さんに頼んで絵の何枚かにニスを塗ってもらいました。なので、匂いがきつくて窓を開けているはずです。絵が風に触れれば、その光景は記憶されます」

風架さんの瞳には自信の色が滲んでいた。

そして彼女はバイクを降りて、息を吸い込み、目を閉じた。その途端、空気がぴりっと引き締まった気がした。行き交う車の走行音も、江ノ電の車輪の音も、なにもかもが聞こえなくなるような美しい静寂《しじま》に包まれてゆく。やがて、だんだんと、少しずつ、風架さんの周りの風が輝き出した。

風よ、お願いだ……。

光明さんの絵を捜し出してくれ！

しばらくすると風架さんは目を開けた。呼吸は荒く、疲れているが、それでも白い歯を見せて、

「見つけました！　車を追いかけましょう！」


辿り着いたのは、相模川沿いにある河川敷のバーベキュー場だった。シーズンが終わった無人のバーベキュー場に俊一さんの車が停めてある。ベスパから降りて川辺《かわべ》に出ると、細い背中をそこに見つけた。「俊一さん！」と叫ぶと、彼は肩を震わせて振り返った。足元には光明さんの絵画が無造作に置いてある。いや、捨ててある。その傍らには赤いポリタンクがあった。

そうか、俊一さんの目的は——。

「あなたは、お父様の絵を燃やそうとしていたんですね」

風架さんがそう迫ると、彼は気まずそうに視線を逃がした。

「もう全部分かっているんです。あなたがお父様の絵を守るつもりがないことも、わたしたちに嘘をついていたことも。光明さんも知っています。わたしたちの正体もすべて」

驚く俊一さんに、僕は慎重すぎるほど慎重に訊ねた。

「どうして絵を燃やしたかったんですか？」

彼は唇を噛んだ。どうやら観念したようだ。

「父の絵が美術館に飾られることがどうしても嫌だったんです……」

そして、唸るようにして本当の気持ちを吐露してくれた。

「もしそうなれば、父の絵は多くの人の目に触れることになる。今よりきっと称賛される。そのことがどうしても許せなかったんです。だって、父が絵を描いてこられたのは、母さんが人生を犠牲にして支えたおかげなんだから……」

　俊一さんは憤りでこぶしを震わせ、こう続けた。

「父はロクに働きもせず、母さんに苦労ばかりかけてきた最低な人間です。母は父の道楽に付き合わされて、金を借りるために親戚や近所に何度も頭を下げていました。僕はそんな母の姿を見るのが辛かったんです。どうして母さんは、こんな奴のために……って何度も何度もそう思いました。そのくせ母さんが死んだとき、あいつは絵を描いていたんですよ。葬式にも出ず、最後のお別れをすることもなく。あんな奴、称賛には値しない。褒められるべきは母さんなんだ。だから――」

　俊一さんは絵画を睨んでポリタンクを手にした。蓋を開けると、灯油の匂いが辺りを包んだ。

「こんな絵は、燃やした方がいいんだ！」

　しかしその手は震えている。迷っているんだ。この絵たちは、憎むべきお父さんの作品であると同時に、お母さんが人生を懸けて支えた結晶でもある。それなのに燃やしていいのだろうか……と。その横顔にはそんな逡巡が滲んでいるように見えた。すると、風架さんが彼の前に立ちはだかった。

「あなたは間違えています」

　彼女はレザーのショルダーバッグの中から大きな広口瓶を取り出した。そして、

「この瓶の中には、お母さんの想い出が詰まっています。それに、あなたの知らないご両親の姿も。俊一さんは知るべきです。二人がなにを想い、どんな気持ちで生きてきたかを。そして――」

　夕焼け色に輝く瓶を彼に向けた。

「お父様と向き合うべきです」

俊一さんは受け取ることを躊躇っている。光明さんと向き合うことを恐れているんだ。

そのときだ。夕陽を浴びた頸風《けいふう》がこの河原にやってきた。風は彼の背中を押すように、背後から海の方へと吹き抜けてゆく。俊一さんは風の行方を見送ると、もう一度、風架さんが差し出す瓶に視線を戻した。その目にもう迷いはなかった。

彼は意を決して瓶を受け取り、コルク栓を引き抜いた。

その途端、紅葉色の風が吹き出した。

驚く俊一さん。やがて風がやむと、風架さんに促されて瓶を砂利の上に置いた。

そこに、ひとつの映像が映し出された。

鎌倉市内の小さな美術館。

壁に掛かった一枚の絵の前に、若かりし日の光明さんがいる。

真剣に絵を見つめる彼に、「こんにちは」と声をかけてきた女性。若く美しい愛子さんだ。

「今日もいらしてたんですね。勉強熱心」

光明さんはなんとも恥ずかしそうだ。彼女に恋をしているんだろう。

「わたし、この絵が大好きなんです。モネの影響を受けているけど、ただそれだけじゃなくて、情熱的で動的で、ロマン主義の要素が混じり合ったような不思議な画風なんですよね」

「詳しいですね。俺は絵のことはちっとも分からないから……」

「美大生なのに？」と彼女は、ふふふと笑った。

「将来は？　プロの画家を目指してるんですか？」

それまで恥ずかしそうだった彼の表情が真剣なものに変わった。

「夢があるんです」

「どんな夢ですか？」

彼は目を細めるようにして微笑むと、絵の飾られた壁を見た。

「いつかこの壁に、自分の絵を飾りたくて」

彼女もふわりと微笑んで、

「素敵な夢……」

ひとつの絵を挟んで見つめ合う二人のことを、爽やかな春の陽射しが色鮮やかに包んでいた。

場面が変わった。

江ノ電のシートに座る若き日の光明さんと愛子さん。少し開いた窓から降り注ぐ秋の光の中、仲《なか》睦《むつ》まじげに寄り添っている。愛子さんが「安田光明《やすだみつあき》かぁ……」と呟いた。突然名前を呼ばれた光明さんは目をしばたたかせている。

「あなたの名前って、画家としてのインパクトに欠けるよね。平凡すぎるっていうか」

「仕方ないだろ。親がそう付けたんだから」

「いっそのこと改名してみたら？」

「改名？　名前なんてどうでもいいさ」

「どうでもいいなら、わたしに付けさせてよ。そうだなぁ……あ！」

愛子さんはひらめいたようで、八重歯を見せて愛らしく笑った。

「わたしの名字をあなたにあげるよ。それで名前の読み方も変えちゃうの。小野光明《おのこうめい》――どう？

素敵だって思わない？」

「名字をあげるって……お前、それ」

「驚いた？　不意打ちのプロポーズ」

白い頬に茜《あかね》色の照れを浮かべる愛子さん。一方の光明さんは戸惑っている。

「もしかして、イヤなの？　こんな美人がお嫁さんになってあげるって言ってるのに」

「そうじゃない。俺はちっとも売れてないんだ。だからお前を食わせることなんて……」

「なーんだ、そんなこと？　大丈夫よ。あなたはいつか日本一、ううん、世界一の画家になるわ」

「でも……」と自信なげに俯く光明さん。画家として結果が出ていない状況をやるせなく思っているのだろう。愛子さんはそんな気持ちを察したのか、彼の右手を優しく包んだ。

「わたしにも夢があるの」

「夢？　どんな？」

「いつかあなたの絵が売れて、世界中から称賛されたとき、わたしも妻として美術誌からインタビューをされちゃうの。そのときに言いたいんだ。『わたしはこれまで古今東西の絵を見てきました。素敵な絵とたくさん出逢ってきました。でもその中で、一番、一番、いちば〜ん、素敵だったのは、間違いなく夫の絵です。わたしの目に狂いはありませんでした』って」

愛子さんは爽やかな声で彼に伝えた。

「大丈夫。わたしがいるわ」

「愛子……」

「わたしがあなたをずっと支える。この人生を全部懸けて」

　電車が鎌倉高校前駅に着いた。ドアが開くと、乗客よりも先に一匹のトンボが迷い込んできた。弧を描くようにして車内を飛び回る赤トンボ。愛子さんは目を三日月のようにして微笑んだ。人差し指をそっと立てると、トンボは彼女の指で羽を休めた。

「ねぇ、知ってる？　トンボって縁起がいいの。出世の象徴。『勝ち虫』って言われてるんだよ。幸先良《さいさき》いって思わない？　わたしたちの夢のスタート」

　その純粋な笑みに触れ、光明さんの不安がとけてゆく。そしてそのあとには希望だけが残った。再びトンボが飛び立つと、光明さんは「そうだな……」と笑顔で頷き返していた。

　また場面が変わった。

あの鎌倉の自宅の庭で、幼い俊一さんが焚《た》き火《び》に手のひらを向けながら目を輝かせている。

「できたかなぁ～」と愛子さんが火の中からアルミホイルの塊をトングで拾う。やきいもだ。黒焦げのそれを半分に割ると、ふわっと甘みを含んだ湯気が上った。

俊一さんは「わぁ！」と大喜びだ。そして一口食べて、笑みを満開にした。

「美味しい！　キャンプみたいで楽しいね！」

やきいもを平らげた俊一さんが庭でトンボを追いかけている。ガーデンチェアに座って、そんな息子を見つめる夫婦。微笑む愛子さんとは対照的に、光明さんはやるせない表情をしていた。

「今日、仕事を見つけてきたよ」と彼が呟いた。

「仕事？」

「鎌倉学院高校の美術の臨時教員だ」

「……引き受けたの？」

「ああ。これで少しは生活が楽になるだろ」

「そう。なら、そのお給料で画材を買ってちょうだい」

「なに言ってるんだよ。その金は、お前と俊一のために――」

「誰が頼んだ？」

厳しい語勢に、光明さんは閉口した。

「あなたは絵のことだけ考えていればいいの。生活費はわたしがなんとかするから」

「いや、でも……」と彼はたまらず唇を強く噛んだ。「嫌なんだよ。もうこれ以上、お前に苦労をかけるのは。俊一にこんなものばかり食べさせるのも……。少しは良い暮らしをさせてやりたい。それに愛子、お前、本当なのか？　親戚や近所に頭を下げて借金をしてるって」

愛子さんはなにも語らずに黙っている。その様子で察したようだ。彼は情けなく背中を丸めて、

「すまない……俺の絵が売れないばっかりに……」

「だったら――」

その声に顔を上げると、愛子さんは光明さんを見つめて言った。

「もっと良い絵をたくさん描いて」

「………」

「今より素敵な絵を描いて、日本中を、ううん、世界中を見返してやりなさいよ。それがあなたのやるべきことよ。それでいつか思わせてよ」

愛子さんは、光明さんの大きな手をそっと包んだ。

「わたしの目に狂いはなかったって」

涙声でそう言って、彼の手をぎゅっと握った。

「お願い……思わせて……」

光明さんは涙を呑んで、小さなその手を握り返した。

「分かった、約束するよ」

また場面が変わった。

病室のベッドで横たわる愛子さん。髪には白いものが交じり、身体は痩せ細り、頬はこけている。命の灯《ひ》は今にも消えてしまいそうだった。ガンで闘病中のある日の午後のようだ。

ベッドの傍らには光明さんの姿がある。彼はこの日も情けなく背中を丸めていた。

「ごめんな、愛子……」

光明さんの声が、みるみる涙に染まってゆく。

「俺は結局、お前との約束を守れなかったな……」

悔しさが涙となって頬を滑った。

「この歳になっても、絵が一枚も売れないなんて……自分が情けないよ……」

愛子さんは細くなった手を動かして枕元に置いてあったなにかを取った。

トンボのブローチだ。

「覚えてる？　わたしがプロポーズした日の帰り道に、あなたが買ってくれたこのブローチ。露店で買った三千円の安物よ。あなたと生きた三十五年間で唯一もらったプレゼント。あーあ、今頃あなたの絵が売れに売れて、キラッキラのダイヤのブローチをつけてるはずだったのにな」

光明さんは申し訳なさそうに目を伏せた。

「けど、楽しかった」

「え？」

「すごく楽しい人生だった」

しかし光明さんは頭を振って、

「でも俺は……お前になにもできなかったじゃないか……」

「だったら――」

愛子さんは優しく笑った。

「だったら明日も絵を描いて」

その言葉に、光明さんはいくつもの涙をこぼした。

「なにがあっても描き続けて」

愛子さんの目にも涙が溜まってゆく。

「どれだけ苦しくても、悲しくても、たとえわたしが死んだとしても、明日も絵を描き続けて」

「だけど……俺はお前がいないと……」

「それでも描くの。お葬式なんてあげなくていい。四十九日もしなくていい。そんな暇があったら筆を取って。忘れたの？　あの日の約束」

愛子さんは優しく微笑んだ。その拍子に涙が流れて枕を濡らした。

「これからもずっと約束。このトンボの目から見てるからね」

「………」

「それで、いつか天国で思わせてよ」

愛子さんは、プロポーズのときと同じ笑顔で彼に伝えた。

「わたしの目に狂いはなかった……って」

光明さんは涙をこぼして頷いて、トンボのブローチを妻の手から受け取った。

「分かった、約束するよ」

また場面が変わった。

葬儀当日の朝だ。喪服姿の俊一さんが絵を描く光明さんに摑みかかった。

「こんなときまで絵を描いているなんて、どうかしてるよ！」

そして父親のことを殴った。それでも光明さんは絵を描くのをやめなかった。なにも言わずに筆を取り、再びキャンバスに向かった。俊一さんはそんな父に向かって声の限りに怒鳴った。

「母さんが死んだのはあんたのせいだろ！」

その声がみるみる涙に染まってゆくことに光明さんは気づいていた。それでも筆は止めなかった。止めてはいけないと思っていた。

「父さんが何年も、何十年も、自分勝手に絵を描いてきたから病気になったんだ！　母さんの苦労を考えたことあるのかよ！　母さんはなぁ、あんたの代わりに必死になって働いて、親戚や近所に借金をするために何度も頭を下げてきたんだよ！　その金だって、あんたの画材に消えたんだろ！　それなのに、父さんの絵は一枚も売れなかったじゃないか！」

背中を向けている光明さんは奥歯を噛みしめている。

「あんたの道楽を支えるために必死に生きてきたのに、葬儀のときまで絵を描いているなんて、人として、夫として、どうかしてるって思わないのかよ！」

光明さんはなにも言わなかった。なにも言えなかったんだ。涙で言葉が出なかったから。

「あんたなんて、もう親でもなんでもないよ……」

アトリエを出て行く俊一さん。それでも光明さんは描き続けた。

だけど、不意にその手が止まった。パレットに涙が落ちる。一粒落ちると次々と続いた。赤、青、黄色の油絵の具の上に涙がいくつも落ちてゆく。光明さんは声を殺して涙した。

「そうだな……俺のせいだな……全部俺の……」

それでも気丈に絵を描いた。必死に、歯を食いしばって、懸命に描き続けた。

愛子さんとの約束を叶えるために。

胸につけたトンボのブローチも、泣いているように揺れていた。

そしてまた場面が変わった。

独りぼっちのリビングでコンビニ弁当を食べている光明さんがいる。現在の彼だ。味気ない食事にため息をこぼすと、テーブルの隅に目を向けた。美術雑誌が開いたままで置いてある。そのページには『現代のクロード・モネ　小野光明の世界』という特集記事。

光明さんは箸を止めて、トンボのブローチを手に取った。それを愛おしげに見つめると、

「俺が現代のクロード・モネだとよ」

呆れたように言葉を吐いた。でも、嬉しそうに目を細めて、

「お前の目に狂いはなかったな、愛子……」

そう言って、トンボに優しく微笑みかけた。

「なのに、どうしてだろうな……ちっとも嬉しくないんだ……」

笑みが崩れて、悲しみに変わった。

「いくら認められても、誰に褒められても……やっぱりお前がいないと意味ないな……」

涙を呑むと、ブローチを置いて箸を取った。そしてまた独りぼっちで弁当を食べはじめた。

そんな彼の姿を、トンボは静かに見守っていた。


映像が終わってからも俊一さんは呆然と立ち尽くしていた。その頬は涙で濡れている。自分が知らない両親の過去を知って、戸惑いと悲しみが涙となって溢れたのだろう。

「俊一……」

その声に、彼はおずおずと振り返る。光明さんが大きなトートバッグを肩から提げて歩いてきた。ここに来る途中、風架さんが居場所を伝えていたのだ。

「父さん……ごめんなさい……僕は、なにも知らなくて……」

罪悪感に染まった声でそう言うと、光明さんは「悪いのは俺だ」と首を振った。

「お前や愛子に迷惑をかけてきたのは事実だ。なにも気にするな」

「でも僕は父さんと母さんの絵を燃やそうとした。だから……」

「俺もそうだった」

「え？」

「世の中に絵が認められたとき、すべて燃やしてしまおうと思った。愛子の夢が叶った今、絵を残す意味なんてないからな。でもできなかったよ。この絵たちを描くことができたのは、とりもなおさず、愛子が俺を支えてくれたおかげだからな。お前も同じ気持ちだったんだろ？」

俊一さんが頷くと、光明さんは「だからいいんだ」と優しい声でそう伝えた。

「じゃあ、美術館に寄贈するって話は？」

「そのことか……。絵を燃やすことができなかったから、すべて自宅で保管することにしたんだ。一枚も売らず、一枚も世に出さずに。だけど、この一枚だけは美術館に寄贈しようと思った」

光明さんはトートバッグから小ぶりな絵を出した。黄袋で丁寧に包んである。それを解くと、一枚の風景画が姿を現した。その絵を見た俊一さんは思わず涙をこぼした。

それは、自宅の庭を描いた一枚だ。その絵の中で、愛子さんが微笑んでいる。

幸せそうに、恥ずかしそうに、可愛らしく笑っている。

「愛子を描いた、この絵だけは」

光明さんは目に涙を溜めて微笑んだ。

「俺たちが初めて出逢った、あの美術館の壁に飾りたくてな……」

若かりし頃のあの夢を叶えたかったんだ。

――夢があるんです。

――どんな夢ですか？

――いつかこの壁に、自分の絵を飾りたくて。

――素敵な夢……。

風架さんが「光明さん……」と、彼のことを呼んだ。

「そろそろしてみてはいかがですか？　人生最後にしたいことを」

「もしかして、風読みで？」

「はい。奥様と話していた姿を」

光明さんはセーターの胸につけたトンボのブローチに目を落とした。

「なぁ、俊一……。昔、愛子と話したことがあったんだ。お互いの人生最後にしたいことはなにかって。あいつは旅行って言っていたな。世界中をめぐりたいって。でも、すぐにやっぱり違うって笑っていたよ。人生最後にしたいことは、たったひとつだけだって……」

光明さんがトートバッグからあるものを出した。

「今から一緒にやらないか？」

それを見た俊一さんは噴き出すようにして笑った。そして「いいよ」と頷いた。


自宅に戻った光明さんと俊一さんは、庭で火を焚いた。

その火の中には、アルミホイルの塊がある――やきいもだ。愛子さんは生前、言っていたらしい。やっぱり最後は、家族みんなでやきいもが食べたいなって。「俺もだ」と光明さんも笑ったそうだ。

そして今、親子は並んでやきいもを食べている。だけど二人に会話はない。距離も微妙に空いたままだ。僕はそんな彼らを見ながら「もっと近づけばいいのに」と、やきもきしていた。すると、「大丈夫です」と颪架さんは確信を持った声で言った。そして空を見上げて、

「風が二人を近づけてくれますよ」

そのときだ。茜色の空から金風がやってきた。

その風にぶるっと震える光明さんが火に一歩近づいた。俊一さんもだ。その拍子に二人の肩が少し触れた。親子は恥ずかしそうに目を合わせると、揃ってやきいもを一口齧った。「美味いな」と

光明さんが呟いた。俊一さんも「そうだね」と頷いた。そして、

「キャンプみたいで楽しいね」

仲直りの瞬間だ。光明さんは嬉しそうに笑っている。今までで一番の笑顔で。

俊一さんもだ。照れくさそうに、だけど、素直な笑みを浮かべてくれている。

光明さんの胸で光るトンボのブローチも、オレンジ色の炎を浴びて嬉しそうに輝いていた。


仮住まいまで戻ってくると、見送りに来てくれた光明さんが「帆高君」と僕のことを呼んだ。

「実は、もうひとつあったんだ」

「もうひとつ？」

「あのとき、君をうちに上げた理由だよ。君らの正体を突き止めるほかに、もうひとつ」

そういえば、あのとき光明さんは歯切れが悪かった。なにかを隠しているような感じだった。

もうひとつの理由って、なんなんだろう?

「嬉しかったんだ」

「え？」

「僕は光明さんとごはんが食べたいんです……。そう言ってくれた君の言葉が」

そして、目を弧にして笑ってくれた。

「楽しいごはんをありがとう。帆高君」

嬉しいのは僕の方だ。この秋、僕はたくさんの〝嬉しい〟をもらった。風架さんの言葉も、光明さんの言葉も、親子がこうして並んでいる姿も。全部全部、宝物のように嬉しく思える。

「お礼を言うのは僕の方です。実は僕にも向き合わなきゃいけない相手がいるんです。でも勇気がなくてずっと向き合えずにいました。だけど今日、光明さんの姿を見て決心しました」

決意を込めて彼に伝えた。

「僕も兄と向き合おうって」

「そうか……。上手くいくことを願ってるよ」

向き合おう。それが風架さんや光明さん、俊一さんに対する恩返しだ。

「見てください」

風架さんが華やかな声と共に夜空を指さした。僕らも隣で見上げると、みんな揃って笑みを咲かせた。満月だ。雲ひとつない空が金木犀の花の色のように染まっている。

そうか。今日は中秋の名月だ。

こんなふうに月が綺麗だって思ったのはいつ以来だろう。

残したいな……と、僕は思った。

今日のこの想い出を風の記憶に。

それに、空を見上げる親子の笑顔も。

そんなふうに思えるほど、今宵《こよい》の月は美しかった。

第四話　北風

冬がはじまった。比較的過ごしやすい秋はあっという間に過ぎ去って、寒い寒い北風が空の色を一段と濃く、鮮やかに、素敵に彩る季節がやってきた。そんな十二月上旬のこと。

その朝、あまりの寒さに身震いして目覚めた僕は、外出の支度をしてクローゼットにしまってあったM－51（モッズコート）を引っ張り出してそれを着込んだ。

十二月って毎年こんなに寒かったっけ？　と思いながらポジターノ・イエローのベスパに乗ってある場所を目指す。今日は『風読堂』のアルバイトはお休みだ。冷たい風を全身で浴びながら横浜方面へとバイクを進めていた。

横須賀を抜けて、横浜・八景島《はっけいじま》シーパラダイスの近くの海の公園沿いをゆくと、半円形をした根《ね》岸《ぎし》湾に出る。この辺は火力発電所や製油所などのエネルギー関連施設に囲まれた地帯で、温排水の影響で周年アジが釣れることで有名らしい――でも僕は釣りをしないので詳しくはよく分からない――。やがて道路の上の青看板に『山下公園』の文字が見えてくると、心臓の鼓動が一段と速くなった。それと比例するようにベスパは重たげに進んでいった。

そう、僕はこれから兄貴に会うんだ……。

待ち合わせの場所として指定されたのは、大さん橋の近くにある小さなカフェだった。ベスパを邪魔にならないところに停めると、少し早かったけれど先に入店した。この店は古い倉庫を改築しており、剝《む》き出《だ》しになった鉄筋や壁の煉瓦が絶妙なレトロ感を醸し出している。

僕は窓辺の席に腰を下ろしてブレンドコーヒーを注文した。お昼時だけどお腹はちっとも空いていない。コートを脱ぐことすらも忘れるほど緊張していた。小柄な店員さんが持って来てくれたコーヒーをちびちびと飲みながら、僕はぼんやりと兄のことを考えていた。

兄貴は昔から優秀だった。横須賀市内で最も学力の高い高校へ進学して、成績は常にトップレベル。所属していた剣道部では、二年生のときと三年生のときの二度、個人で全国優勝を果たしている。文武両道、冠前絶後、非の打ち所のない完璧人間。それが僕の兄・野々村航平《ののむらこうへい》だ。

一方の僕はというと、見てのとおりのポンコツだ。足は速かったけど、それでも運動神経では兄の足元にも及ばない。しかも高三の県大会でのあの体たらくだ。学力だって下から数えた方が早かった。そんなわけで、出来損ないの僕は幼い頃から四つ年上の兄に厳しく指導されてきた。「帆高《ほだか》、どうしてお前は一番を目指さないんだ？」――それが兄の口癖だった。勉強も、スポーツも、ケンカですらも負けることを許さない。兄は自分だけでなく、僕に対しても完璧を求めた。でも僕はずっと思っていた。兄さんは優秀だから一番を目指せるんだ……って。だけど、ちょっとでも口答えをしようものなら、その何倍にもなってお説教が返ってくる。だから僕は口をつぐみ、目を閉じて、嵐が去るのをじっと待った。そんなとき、僕らの間に割って入ってくれたのが、あかりだった。

妹は兄の扱いがとにかく上手で、「ほらほら、そんなに怒ったらほっくんが可哀想よ。それに航ちゃんだってイケメンが台無しよ」と言って、あっという間に兄を煙に巻いてしまう。さすがの兄貴も七つ年下の妹にはめっぽう弱く、やれやれとため息を漏らすばかりだった。そしてあかりは僕に向かってパチリとウィンクをしてみせる。今から思えば、あかりは僕と兄貴の緩衝材だったんだ。だけど、そのあかりが死んでしまったことで僕ら兄弟の関係に亀裂が走った。いや、違う。僕があかりと交わしたあの約束を反故《ほご》にしたからだ。兄はそんな僕に愛想を尽かしたんだ。それに加えて、今年のはじめには〝引き出し屋事件〟もあった。もう弟とすら思っていないに違いない。弱くて、無能で、優しさの欠片もない僕のことなんて……。

「――待たせたな」

その声にドキリとして顔を上げると、店の戸口に兄が立っていた。少し太っただろうか？　以前は痩せていて筋肉質だったけれど、四年ぶりに見た兄はちょっとだけお腹回りに肉がついた印象だ。それでも、ブラウンのツイードスーツが抜群に似合っている。

兄は僕の向かいに座るとメニュー表を一瞥して、店員さんにホットココアとガトーショコラ、それからキャラメル・シュークリームを注文した。その姿に僕は驚いた。あの兄貴が甘いものを頼むだなんて。しかもこんなにたくさん。だから太ったのか？

「どうした？」と兄がメニュー表から目を上げて怪訝そうに僕のことを見た。

「あ、いや……。甘いもの、そんなに好きだったかなって思って。ほら、兄さんって昔からストイックだったから、そういうものはあんまり食べない印象でさ。仕事のストレス？」

「まぁ、そんなところだ」

なんだろう？　随分と曖昧な返答だ。太ったことを恥じているのかな？

「そんなことより悪かったな。十月に連絡をもらっていたのに、会うのがこんなにも遅くなって。部署異動があった関係でバタバタしていたんだ」

「ううん、こっちこそごめん。相変わらず忙しそうだね」

「ああ。お前も相変わらずだな」

「え？」

「相変わらず声が小さいよ。それに背中も丸めちまって。もっとシャキッとしろ、シャキッと」

こういう厳しいところも相変わらずだな。僕は苦々しく笑って申し訳程度に背筋を伸ばした。

「引き出し屋だったか？　あそこの世話にはならなかったんだな。無事に仕事を見つけたから今回は頼まないことにするって、お袋から連絡がきたよ。今はなんの仕事をしているんだ？」

「ガラス雑貨の専門店で働いてるよ。アルバイトだけどね」

「ガラス雑貨専門店？　横須賀のか？」

「うん、ドブ板通りの坂の上の」

「なんて店だ？」

「『風読堂』っていう店だけど……知ってる？」

「……いや、初耳だ。しかしお前がガラス雑貨に興味があったとは意外だな」

「興味があったわけじゃないんだ。風が運んできてくれたんだよ」

「風が？」

「お母さんとの約束で一週間以内に仕事を見つけることになったんだけど、なかなか見つからずに困っていたんだ。そんなとき、店のチラシが風に飛ばされてきてさ。そこに求人が載っていたんだ。

もしかしたらあの風がめぐり逢わせてくれたのかも。ちょうど春一番が吹いた日だったな」

「そうか……。そうかもしれないな」と兄は淡く笑った。

どうしたんだろう？　なんだかちょっと嬉しそうだ。

「それで？　今はガラス雑貨の販売をしているのか？」

「うん。あと、店主さんのアシスタントも」

「アシスタント？」と兄は片眉を上げた。

風読みのことは話さない方がいいかもしれないな。

「えっと……今、兄さんのバイクを使わせてもらっててさ。それでお客さんに配達をしてるんだよ」

「ああ、あのベスパか」と兄は窓の外に目を向けて、懐かしそうにバイクを眺めていた。

店員さんが注文の品を持ってきた。兄はケーキにかぶりつくと、ホットココアでそれを胃に流し込んだ。ケーキというよりもハンバーガーを食べているかのような食いっぷりだ。お腹が減っていたのかもしれないな。だったらサンドウィッチとかを食べればいいのに……と、そんなことを考えていると、「さて」と兄はおしぼりで手を拭きながら僕のことを見やった。

「時間がないから本題に移ろう。今日はどうした？　お前から会いたいなんて珍しいな」

「……実は、兄さんと向き合おうと思って」

「向き合う？」

「うん……。働き出してから色々な人と出逢ったんだ。年齢も、環境も、社会での立場も全然違う人たちと。だけどみんな一生懸命だった。必死になにかと向き合おうとしていたよ。過去とか、自分とか、大切な人と。そういう姿を間近で見て思ったんだ。僕も向き合わなきゃダメだって。あかりやお母さん、それに、兄さんとも」

　勇気を出して兄のことを真っ直ぐ見据えた。そして、

「今までごめんなさい」

「…………」

「四年前にあかりのことがあって、社会に出ても失敗して、それで引きこもりにもなってしまって。たくさん迷惑をかけて本当にごめん。でも僕はもう大丈夫だから。今はまだアルバイトだけど、仕事はやりがいがあるし、頑張りたいって思えているんだ。もうお母さんにも心配はかけないよ。今日はそのことをどうしても伝えたくて来たんだ。それと、来月あかりの命日だよね。一月十日。その日、もしよければ、みんなでお墓参りに行かない？　そのあと一緒にごはんでも食べてさ――」

「チョロいな」

「チョロい……？」と思わず鸚鵡《おうむ》返しにした。

「それがお前の言う〝向き合う〟ってことか？　だとするなら、随分とチョロいな」

　兄はテーブルの上で長い指を組むと、日本刀を思わせる鋭い眼差しを僕に向けた。

「いいか、帆高。お前がしようとしていることは単なる誤魔化しにすぎないよ。問題の核心には一切触れずに、ただ家族や兄弟の仲を取り繕おうとしているだけだ。昔あったことはすべて水に流して、みんなで墓参りをして、メシを食って、はいチャンチャンって感じでな」

「そんなこと……！」

「なら、あの約束はどうするつもりだ？」

　その言葉に僕は押し黙った。

「お袋から俺の伝言は聞いたか？」

「うん……」

あの日、仕事を探しに出かけるときに、不意に言われた兄貴からの伝言だ。

「今ここでもう一度言うぞ。帆高、あの日の約束をちゃんと守れ」

「でも」と俯いたまま膝の上のこぶしを固めた。「あかりはもういないんだ。だから……」

「お前はやっぱり相変わらずだな。そうやって一生俯いてろ」

兄貴は貶《けな》すような語勢で言うと、テーブルの上の伝票を引き寄せるようにして取った。そして「仕事に戻る」と席を立って、会計を済ませ、さっさと出て行ってしまった。その間、僕は顔を上げることができなかった。弱くて情けない自分のことが腹立たしくてたまらなかった。

悔しいけど兄貴の言うとおりだ……。

僕は心のどっかで期待していたんだ。ちゃんと会って、謝って、しっかり働いていることを伝えれば許してもらえるかもしれないって。兄貴は全部見抜いていたんだ。僕の心根の弱さや甘い考えをすべて。結局僕はあの春から、いや、四年前からなにひとつとして変わっていない。肝心なことから今も目を背けて逃げている。でも——と僕は唇を噛んだ。

でもどうしたらいい？　あかりはもういないんだ。どうやってあの約束を叶えればいいんだ……。

「ごめんなさい……」と風架《ふうか》さんが僕に向かって頭を下げた。

翌日、『風読堂』の隅っこで兄に言われた手厳しい言葉の数々を反芻《はんすう》していたら、突然風架さんに謝られたのだ。心ここにあらずだった僕は「へ？」と思わず素っ頓狂な声を漏らしてしまった。

「お店の経営状況が厳しくて、ボーナスをお支払いすることができそうになくて……」

風架さんはモスグリーンのベレー帽を被った頭をぺこりと下げた。

「いえいえ、気にしないでください。僕はアルバイトですし」

「いえいえ、帆高さんは今日まですっごく頑張ってくれましたから、ちょっとくらいはって思っているんです。でも如何せん経営状況は厳しくなる一方で……。あ、だけど、お金での支給は難しくても別の形で必ずお渡ししますので、楽しみに待っててくださいね！　ボーナス！」

ガッツポーズの風架さん。一方の僕はというと、完全に気分が沈んでいた。「分かりました」と気のない返事をしてしまった。その反応に、風架さんは怪訝そうに眉をひそめた。

「どうしました？　朝からずーっと元気ない」

「そ、そうですか？」

「そうです。ずーっと、ぼーっと、ずーんと、どよーんとしています。なにかありましたか？」

「別になにも……」

「ふーん。ならいいんですけどっ」と風架さんはぷいっと踵を返してしまった。僕の下手くそな誤魔化しなんて通用するはずもないか。観念して「実は……」と白状することにした。

「昨日、四年ぶりに兄に会ったんです」

「お兄さん？　ああ、前に仰っていましたね。ちゃんと向き合うって」

「はい……。でもダメでした。いざ面と向かうと、頭が真っ白になってテンパっちゃって」

「テンパる？　ご兄弟なのに？」と風架さんは不思議そうだ。

曖昧に笑って誤魔化そうとしたが、どうにも笑顔を保てない。風架さんはそんな僕の心中を読み

取ったのだろう。「差し支《つか》えなければですが」と前置きをひとつして、

「お兄さんと過去になにかあったんですか？　それと、あかりさんとも」

気まずさのあまり視線を逸らしてしまった。

正直に言うべきだろうか。あかりと交わしたあの約束のことを。でもそれは自分の恥を晒すことでもある。風架さんには知られたくない。僕が弱くて最低な人間であることは……。

ジリリリン！　と店の黒電話が音を鳴らした。風架さんは僕を心配しつつもカウンターの方へと向かった。そして、ひょいっと受話器を持ち上げて、

「お電話ありがとうございます。ガラス雑貨ならなんでもござれ『風読堂』でございます」

ちなみに、今の「なんでもござれ」は電話応対のときのキャッチフレーズみたいなものだ。

どうやら問い合わせの電話のようだ。彼女が僕をチラッと見た。その頬には柔らかな笑みが浮かんでいる。仕事の依頼だ。ガラス雑貨の注文だろうか？　それとも風読みだろうか？

風架さんは満面の笑みで言った。

「かしこまりました。風読みのご依頼ですね！」


次の定休日、僕らはベスパに乗って小田原《おだわら》を目指していた。これから依頼者に会いにゆくのだ。

それにしても、冬のバイクは恐ろしく寒い。電車で行くことも考えたが、急に風を集めることになるかもしれない。だからバイクで行こうと風架さんと話し合って決めた。

この日の風は特に冷たく、分厚い手袋をはめていても指先がジンジン痺れて今にも感覚が消えてしまいそうだ。それでも、冬のバイクには素敵なところもたくさんある。空気が澄んでいるから一年を通じて光と色が最も美しく見える。特に冬の空はことさらに綺麗だ。青が濃く、深く、すぐそこに宇宙を予感させる深青が広がっている。おまけに今日は彩雲も浮かんでいる。縁起が良いとされる虹色に光る雲だ。その輝きを追いかけて、僕らは海岸沿いの国道をどこまでも走った。

「でも、家まで来てほしいなんて珍しいですね！」と僕は意地悪な向かい風の中で叫んだ。

今回の依頼はいつもと少し違っていた。「風読みの依頼をしたいから家まで来てほしい」と頼まれたのだ。普段なら、依頼者自ら『風読堂』を訪ねて来るというのに。

「しかも出張費用も払うからって！　お金持ちなんでしょうか!?」

「さぁ！　電話の声から推察するにお若い方だと思います！　中学生か高校生くらいかと！」

「だから夕方に来てほしいって言ったんですかね!?　学校があるから！　……って、風架さん？　僕のこと、風よけにしていません!?」

「はい！　お背中、お借りしています！」

風架さんは僕の背中にすっぽり隠れている。モコモコの白いダウンジャケットにモコモコのスノーブーツ、モコモコの手袋といった完全防寒スタイルだけど、彼女は寒さにめっぽう弱い。少しでも風を避けたい気持ちで僕のことを盾にしている。まぁでも、こうして彼女を守れることは光栄の至りだ。風架さんの騎士《ナイト》になれたみたいで誇らしい。

「じゃあ好きなだけ隠れててください！」

「やったぁ！　寒いので急ぎましょう！　ゴーゴー！」

難攻不落と称された小田原城に見下ろされる街は、古都・鎌倉とはまた違う趣に溢れている。駅周辺は飲食店や土産物屋で賑わっているけど、しばらく行くと穏やかな城下町といった雰囲気になる。特に平日の午後は、しずやかな空気がそこかしこに漂っていた。

「あ、ここですね」と僕はベスパを道の端っこに停車させた。

小田原城のお堀のほとりに瓦屋根の可愛らしいカフェがある。和風の民家を改築したようなお洒落な外観の『おほりや』という店だ。手書きの看板も味わいがあって素敵だった。

お堀に面した細い道をゆくと、店の前で掃き掃除をしているエプロン姿の店員さんを見つけた。四十代くらいの女性だ。依頼者のお母さんかもしれないな。彼女は僕らに気づいて「いらっしゃいませ。二名様ですか？」と愛想良く二本指を立てて笑った。

風架さんは白いふわふわのベレー帽を取ると、丁寧に頭を下げて自己紹介をはじめた。

「わたくし横須賀で『風読堂』というガラス雑貨専門店を営んでおります級長戸辺《しなとべ》風架と申します。井田隼人《いだはやと》さんはご在宅でしょうか？　十六時にお約束をしていまして」

「級長戸辺さん……？」と呟いたかと思ったら、「ああ！」と目と口を丸くした。

「わざわざ遠くまですみません。母の摩耶《まや》と申します。さぁさぁ、中へどうぞ」

僕らが来ることは承知していたようだ。ということは、風読みのことも知っているんだろう。

お母さんに連れられて中へ入ると、何組かの外国人観光客とおぼしき若者が西日に染まる店内でパフェを楽しんでいた。ワイングラスに可愛らしく盛り付けられたそれは、クリームと抹茶のスポンジの層の上にイチゴとあんこ、それから白玉をあしらった和風のパフェだ。無類の甘いもの好きである風架さんは、奥へ進む足を止めて「わぁ、美味しそぉ……」と今にもよだれを垂らしてしまいそうだ。僕は「ほらほら、行きますよ」と、そんな彼女の背中を押した。

一階のカフェスペースの奥には細い階段があって、そこを上ると居住スペースになっている。芳しい木の香りがする小ぶりなリビング――最近リノベーションしたのだろう――。その奥には二つの扉が並んでいる。お母さんはそのひとつをノックすると「隼人？　級長戸辺さんがいらしたわよ」と呼びかけた。「どうぞ！　入ってください！」と快活な声が聞こえた。それを合図に、お母さんはドアを開けた。お堀に臨む部屋は明るく、太陽の甘い匂いに彩られている。壁には若者の間で流行《はや》っているロックバンドのポスター。窓辺にはシングルベッドと勉強机。シンプルな部屋だ。

「こんにちは！」

爽やかに挨拶をしてくれたのが今回の依頼者の井田隼人君。彼は椅子に座って僕らのことを待っていた。まだ青年にはなりきれていない少年らしさが残る可愛らしい顔立ちをした細身の若者だ。腕に白いラインの入った紺色の学校ジャージ姿も可愛らしかった。

「今日はありがとうございます。井田隼人です。どうぞ、座ってください」

ペパーミントグリーンのカーペットの上には座布団が二つ置いてある。僕らのために用意してくれていたのだろう。風架さんは自己紹介をすると「失礼します」と膝を畳んでその上で正座した。

「高いとこからごめんなさい。膝が痛いんで椅子に座っててもいいスか？　あ、いいでしょうか？」

たどたどしい敬語も可愛らしい。風架さんは、ふふっと笑って「もちろんです」と頷いていた。

「お怪我ですか？」

「ええ、まぁ……」と苦笑いを浮かべる隼人君。「ちょっと痛くて、歩くのもしんどいんです」

ああ、そうか。だから小田原まで僕らを呼んだのかもしれないな。横須賀まで来るのが辛くて
……と、そんなことを思っていると、彼は僕らのヘルメットを見てのけぞるようにして驚いた。

「バイクで来たんですか!? めっちゃめちゃ寒かったでしょ！　あ、なんか温かいもの飲みます？　うち、カフェだからなんでも好きなのを飲んでってください。かぁーーーさぁーーーん！　メニュー持ってきてぇーーー！」

元気な少年だな。それに嫌みなところがちっともない。

お母さんがメニュー表を持って来てくれた。風架さんはパフェを食べたそうだったけど、さすがに厚かましいと思ったのだろう。ホットコーヒーをふたつお願いしていた。

再びドアが閉まると、風架さんは「さて」と仕事モードにその声を切り替えた。

「このたびはご依頼ありがとうございます。小田原のお客様は初めてなのですが、風読みのことはどちらでお聞きになったのですか？」

「俺、中学の終わりまで横須賀に住んでたんです——ちなみに今、高二なんですけどね。当時は平和中央公園の近くに住んでて、城陽《じようよう》中学に通っていました。でも両親が離婚して、母さんの出身地である小田原に引っ越してきたんです。そんで、ばあちゃんちだったこの家を、大工をやってる親戚のおじさんに改装してもらってカフェにして……って、俺の説明、意味分かります？　ごめんなさい。見ず知らずの大人の人と面と向かって話すのって初めてだから緊張しちゃって」

「とっても分かりやすいですよ」

「よかった。あ、どこで風読みのことを聞いたかですよね？　横須賀に住んでた頃に通っていた近

所の駄菓子屋さんがあるんです。そこのおばあちゃんに教えてもらいました」

「平和中央公園の近くの駄菓子屋さん？　もしかして、『ドルチ堂』ですか？」

「そうです！　『ドルチ堂』！　知ってます!?」

「わたしもよく行きます！」

「お姉さんも駄菓子好きなんですね！　ちなみに俺、蒲焼《かばやき》さん太郎推しです！」

「美味しいですよね！　わたしは、こざくら餅推しです！」

「懐かしい〜！　あと、ココアシガレット！　大人になった気分になれますよね！」

「モロッコヨーグルなんかもついつい買っちゃうんですよね！」

「分かります！　当たり付きのところもホント最高！　ちなみに、お兄さんはなに推しですか？」

「……み、都こんぶかな」

部屋が、しん……と静まり返った。

「渋いですね……」と隼人君は苦笑いだ。

「おじいちゃんみたい……」と風架さんも目を細めている。

駄菓子なんて食べないから分からないよ。僕は恥ずかしくなって咳払いをひとつした。

「あのぉ、話がずれてると思いますけど？」

「あ、ごめんなさい」と隼人君は後ろ髪を撫でた。「ええっと、それで、その『ドルチ堂』のおばあちゃんに教えてもらったんです。風の記憶を読み取ることのできる不思議な女の人がいるのよって。でもあそこのおばあちゃん、かなりいい加減だから半信半疑だったんです」

隼人君はなにやら言いづらそうに、ニキビ跡の残るほっぺをポリポリと搔いた。風架さんが「どうしました?」と訊ねると、彼は「風読みって本当なんですか!?」と意を決して訊ねてきた。どうやら今も信じられずにいるようだ。風架さんは隼人君を安心させるようにニコリと笑って、

「ええ、本当です。この世界に吹く風は、わたしたちのことを、この世界の出来事を、すべて見つめて記憶しています。今のこの会話も、隼人さんの『そんなの信じられない』ってその顔も、全部しっかり覚えてくれているんです。わたしには、その風の記憶を読み取る力があります。風を集めて、閉じこめて、再生することができるんです。それが風読みです」

「疑ってるわけじゃないんです。そうじゃないけど……見ることってできますか!?」

「もちろん。百聞は一見にしかずです。実際にご覧に入れましょう」

そう言うと、風架さんはレザーのショルダーバッグから黄色い小瓶を出してコルク栓を抜いた。

その途端、疾風が溢れ出して、隼人君の少し長い黒髪を巻き上げた。勉強机の上の教科書はパラパラとめくれて、壁のポスターは震え、写真立てもカタカタと音を立てている。そして絨毯に置いた瓶の上にひとつの映像が映し出された。三浦半島の最南端にある城ヶ島《じょうがしま》へと続く橋を渡るベスパの映像だ。お休みの日に風架さんと二人で海鮮丼を食べに行ったときの想い出が映し出されたのだ。

隼人君は「すげー!」と目を輝かせている。それから安堵の吐息を漏らして、

「よかったぁ〜! ぶっちゃけ、詐欺だったらどうしようって心配してたんです!」

「最初は皆さんそう思われます。ね、帆高さん」

大きく大きく頷いた。僕もちょっと前まではそうだったからな。

それから風架さんは瓶のサイズや値段のことを隼人君に丁寧に説明した。

「じゃあ一番大きなサイズにしようかな。学割だと五万円ですよね? あとは今日の出張費も。で

きたら全部で六万円でお願いしたいんですけど……いいですか!?」

　お願い！　と言いたげに片目を瞑《つぶ》って手を合わせる隼人君。なんとも憎めない愛嬌のある表情だ。彼には人を魅了する不思議な力があるんだな。風架さんは快く頷いて「出張費はガソリン代だけで結構ですよ。ね？　帆高さん」とこちらを見た。無論、僕も同意した。往復で千円程度だ。

「ありがとうございます！　それならお年玉で払えます！」

　ノックが聞こえた。お母さんがコーヒーと、なんと、小さなパフェを持ってきてくれた。これには風架さんも大喜びだ。幸せそうにミニパフェを頬張っていた。この人は本当に甘いものに目がないなぁ。やれやれとため息を――あれ？　隼人君の姿を見て、僕は首を捻った。さっきからしきりに右膝を撫でている。そんなに痛いのだろうか？

「では、依頼の詳細について教えていただけますか？」

　パフェのグラスが空っぽになると、風架さんはいよいよ本題に入った。その途端、隼人君はソワソワしはじめた。ほっぺもなんだか桜色だ。すごくすごく照れている。

「実は俺……その……す、好きな女の子がいるんです！」

　予想外の言葉に僕は背筋を伸ばした。部屋の空気もほんわか薔薇色に染まった気がする。風架さんも「そ、それは初恋の人ですか？」とお尻をちょっとだけ浮かせて興味津々の様子だ。

「まぁ……。その子は天乃《あまの》っていうんです。俺たちは幼稚園の頃からの付き合いで……あ、付き合いっていうのは、親同士が仲良くて、友達として仲が良かったってだけなんですけど……」

　さっきまで潑剌《はつらつ》だった隼人君が嘘のように照れに照れている。

「天乃はクラスで一番の人気者でした。明るくて、優しくて、とにかく良い子だったんです。それに……か、可愛くて……」

自分の発言が恥ずかしかったのか、彼は誤魔化すように咳をしていた。

「逆に俺は引っ込み思案っていうか、陰キャっていうか、自分の意見を言うのが苦手で、友達を作るのも下手だったんです。天乃はそんな俺をいつも気にかけてくれていました。『隼人、こっちおいで』って手を引っ張ってくれたんです。おかげでクラスでハブられなくて済みました。だから天乃は俺の恩人なんです。それに、陸上をはじめるきっかけをくれたのも、あいつでした」

陸上……？　肋骨の内側で心臓が飛び跳ねた。彼のこの体形は、もしかして——、

「もしかして隼人君、長距離ランナー？」

「そうですけど……。お兄さんもですか？」

「うん、まぁ」と苦笑いで頷いた。「高校までやってたんだ。五〇〇〇メートル」

「俺も五〇〇〇です！　タイムは!?　どのくらいだったんですか!?」

「そんなに速くなかったよ。一番良いときで十四分半を切ったこともあるけど……」

「十四分半!?　それって全国レベルじゃないですか！」

「でも三年のときの県大会決勝で転んじゃってさ。結局、全国大会には出られなかったんだ。あ、ごめんね。話の腰を折っちゃったね。続けて」

僕は手のひらを見せるようにして話の続きを促した。

「……中学に入学するとき、天乃が言ってくれたんです。『隼人は足が速いから、陸上部に入った方がいいよ』って。それで入部したんです。めっちゃ不純な動機ですよね。もしも活躍できたら、俺のことを好きになってくれるかなぁ……って」

「不純なんかじゃありません。とっても素敵な動機です」

風架さんは春の陽射しのような温かな声音で彼のことを褒めてあげた。

「でも部活をはじめてからは真剣でしたよ。長距離走って性に合ったんです。走れば走るほどタイムは縮んだし、やればやるほど楽しくなって、どんどんのめり込んでいって……。長距離って不思議だなぁって思うんです。お兄さんなら分かってくれるかもしれないけど、走るのってめちゃくちゃ辛いじゃないですか。苦しいし、脚も、脇腹も、胃だって痛いし、何度も立ち止まりたくなっちゃうし。だけど、走ってるときに一瞬だけ感じる〝あの感覚〟が最高に気持ちいいんですよね」

「あの感覚？」と風架さんが不思議そうに呟くと、隼人君は顎を首にくっつけるようにして頷いた。

「風になる感覚です」

そうだったな……と、僕は懐かしくなって目を細めた。

走っているとき、不意に訪れる不思議な感覚がある。ほんの一瞬、すべての辛さから解き放たれるあの感覚だ。足が羽根のように軽くなって、重力なんてちっとも感じない。どこまでも、いつまでも、もっともっと速く走れるような気分になるんだ。まるで風になったかのように……。

あの頃、僕も隼人君と同じように感じていたっけ。

「中学の卒業式で天乃と約束したんです。そのときはもう転校することが決まってたから、高校生活の誓いを立てたんです。天乃は勉強を頑張って志望校の慶明《けいめい》大学に入る。俺は陸上を頑張って全国大会に出る。それでお互い、胸を張ってまた逢おうって」

「じゃあもしかして、お二人はそれ以来……？」

「逢ってません。天乃の奴、高校に入った途端、なんか素っ気なくなっちゃって。ＬＩＮＥも全然返してくれないんですよね。もしかしたら俺、飽きられたのかも、ははは」

高校生になれば付き合う友人は変わる。環境だって変わる。中学までの友達と疎遠になるのはよくあることだ。だけど彼の寂しそうな表情を見ていると、たまたまタイミングが合わなかっただけだと願いたい。

「それで、今回お願いしたいのは、その天乃に届けてほしいものがあって」

「届けてほしいもの？」

「ラブレターです」

意表を突く言葉に、僕らは顔を見合わせた。

「今からここで話すメッセージを届けてほしくて。天乃に『さよなら』を伝えたいんです」

「さよなら……？」と僕は声を漏らした。

「実は俺、部活を辞めたんです。この間、退部届を出しました」

「辞めた？」

「はい。だから天乃との約束はもう叶えられません。そのことを謝りたくて」

「どうして辞めちゃったの？　受験勉強がはじまるから？」

「違います」と言ったまま隼人君は逡巡していた。なにかを言いたげな様子だ。でも言い出せずに苦悶《くもん》の表情を浮かべている。それでも、ふぅっと深呼吸をひとつして、意を決して顔を上げると、

「俺、今月末に手術を受けるんです」

「手術……？」

「右足を切断します」

耳を疑った。もちろん颪架さんもだ。言葉をなくして呆然としている。一方の隼人君は平然としていた。ショックな様子などおくびにも出さず、身に起きた辛い現実を僕らに対して語ってくれた。

「骨肉腫って知ってます？　俺の足、それなんです。夏の大会の結果が悪かったから、あと一年、ラストチャンスに向けて死ぬ気で練習してたんですよ。そしたらめちゃくちゃ膝が痛くなってきて。もしかしたらオーバーワークかもしれないと思って、親にもコーチにも誰にも言わなかったんです。全国大会に出られるチャンスはあと一回ですからね。練習を休めって言われるのがどうしても嫌で。だけど、どんどん痛くなって、もう我慢できなくなって、親に頼んで病院に連れて行ってもらったんです。それで精密検査の結果、お医者さんに言われちゃいました。これは骨のガンで、幸い早期発見できたけど、足は切断するしかないんだよ……って」

重々しい空気が部屋に流れた。だけど、彼はそれを打ち消すように明るく笑って、

「なんか暗くしちゃってすみません！　俺はもう受け入れてるんです。そりゃもちろんショックだったし、右足のない生活を考えると不安もありますよ。だけど落ち込んでたって病気が治るわけじゃないですからね。こういうときは前向きになったモン勝ちだなって思ってるんです。それに、母さんにも心配かけたくないですからね。だから決めたんです。よぉし、だったらさくっと手術しちゃってリハビリに専念しよう。もう陸上はできないけど、それでもまた打ち込めるものを絶対に探そうって。なので今はめちゃくちゃ前向きなんです」

どうしてこの子はこんなに強いんだろう。大切な右足をなくすんだ。大好きな陸上ができなくなったんだ。生活だって大きく変わるはずなのに、なんでこんなにあっけらかんとしていられるんだ？

「けど――」と隼人君の表情に初めて暗い影が落ちた気がした。

「天乃との約束を叶えられなかったことは、ちょっとだけ悔しいですけどね……」

「天乃ちゃんにはもう逢わないつもり？」

「はい。逢いたくないんです」

「どうして？」

「心配されたくないから」

「でも……」

「決めたんです。もう逢わない。病気のことは伝えないって」

これ以上は触れないでほしい。彼の目はそう訴えていた。

哀願する眼差しに、風架さんは「分かりました」と深く、しっかり、頷いた。

「風架さん、俺のメッセージを天乃に届けてくれますか？」

「だけど、どうして風読みでメッセージを伝えようと思われたんですか？」

「それは」と隼人君の声が悲しみに染まった。

「やっぱり忘れないでいてほしいからかな……」

僕らは言葉なく彼の苦笑いを見つめていた。

「こんなにすごいファンタジーが届いたら、天乃の奴めちゃくちゃ驚くと思うんです。そしたら俺のことずっと忘れないでいてくれるかな……って、ダサいけど、そんなふうに思っちゃったんです」

本当は今も彼女に逢いたいんだ。でもその気持ちに蓋をして初恋を終わらせようとしているんだ。恋心を押し殺すその姿は、見ているだけで苦しかった。

「それで、その……天乃に会っても俺の足のことは……」

「言いません。絶対に」

「よかった、ありがとうございます」

隼人君は悲しみを胸にしまうと、風架さんに精一杯微笑みかけた。

「じゃあ風架さん、よろしくお願いします」

隼人君には部屋の窓とドアを全開にして、天乃ちゃんへのメッセージを語ってもらうことにした。

「メッセージを語るとき、なにかを持ちながら話していただくことはできますか？　できれば、瓶に入るような小さなサイズのものが良いのですが。それを目印に風を集めたいので」

「小さなもの……？」と彼はしばし考えた。そして「なら、あれがいいや」と勉強机の抽斗を開いて、その中から小さな人形を取り出した。フィギュアのようなしっかりとした素材で作られたトナカイだ。誰も乗っていない無人のソリを引いている。

「これ、中学のときのクリスマスに、天乃とお小遣いを出し合って買ったんです。このトナカイ、本当はソリの上にサンタが乗ってるんですよ。取り外しができるようになっていて。天乃の奴、『じゃあトナカイは隼人にあげるね』って、これを俺にくれたんです。『毎年クリスマスになったら、サンタとトナカイを逢わせてあげようよ』って言って」

二人でひとつのものを持っていたい。天乃ちゃんはそんなふうに思ったのかもしれないな。

「これ、目印になりますか？」

「ええ。十分です」

「よかった。あ、それから、風架さん……」

彼は気まずそうにトナカイに目を落とした。

「ラブレターと一緒に、これも天乃に渡してもらえますか？」

「いいの？　返しちゃって」と僕が訊ねると、「元々は天乃が欲しがっていたものだから」と彼は眉尻を下げて笑った。

僕らがいると恥ずかしいだろうということで、一日席を外して後ほど風を集めることにした。

一階のカフェスペースで彼が語り終わるのを待っている間、お母さんは二杯目のコーヒーを淹れてくれた。日はすっかり落ちて、お店は閉店時間を迎えていた。窓の外では、お堀の水面が街灯の光を浴びて淑《しと》やかに輝いている。その光のゆらめきを眺めながら少し苦いコーヒーを飲んでいると、お母さんが恐る恐る「隼人の足のこと、聞きました？」と訊ねてきた。風架さんは小さく頷いた。

「あの子、どんな顔で話していましたか？」

「顔……ですか？　笑みを浮かべて、気丈に話していらっしゃいましたが……」

「そうですか」と、お母さんは消え入りそうなほど小さな声で呟いた。

どうしたんだろう？　心配になって声をかけようと――、

「お待たせしました！」と二階から隼人君の声が聞こえた。底抜けに明るい声だ。その声に、お母さんはまたもや切なそうな顔をしていた。

風架さんは風を集めに部屋へと戻った。彼は一体どんなことを語ったんだろう。僕はカフェスペースで風架さんを待ちながら、隣に座る隼人君の横顔を見ていた。作り笑顔か、それとも心からの笑顔なのか、彼は屈託なく笑っている。そんな我が子のことを見つめるお母さんは、やっぱりすごく悲しげだった。

――天乃との約束を叶えられなかったことは、ちょっとだけ悔しいですけどね……。

約束か……。彼は僕と一緒だな。かけがえのない相手と、かけがえのない約束を交わしていた。

でもその約束を叶えられずに後悔を抱えている。これから先、隼人君はどんな人生を生きてゆくんだろう。大切な右足を失って、大好きな陸上をやめて、初恋の人と二度と逢うこともなく……。


二日後、店の営業を終えた僕たちは、欅の看板を『いい風吹いてます（営業中）』から『只今、無風です（お休み中）』にひっくり返して、隼人君に教えてもらった天乃ちゃんの家へと向かった。

横須賀の平和中央公園のすぐ近くにある建て売り住宅群のひとつが彼女の自宅だ。ガラスの表札には『岩戸《いわと》』という名字。風架さんはベスパから降りると、ヘルメットを取ってウール製のベレー帽に被り直してインターフォンをぐいっと押した。ややあって、男性の声で『はーい！』という応答があった。お父さんかもしれないな。それにしても大きな声だ。

「わたくし、横須賀の緑が丘で『風読堂』というガラス雑貨専門店を営んでおります級長戸辺風架と申します。天乃さんはご在宅でしょうか？　井田隼人さんからのメッセージと、トナカイの人形をお預かりしたので、お伺いいたしました」

『隼人からのメッセージ？　トナカイ？』と男性はスピーカーの向こうで怪訝そうな声を漏らした。

それから『級長戸辺さんでしたよね。ちょっと待っててくださいね』とインターフォンを切った。

僕は首を捻った。なんだか胸がモヤモヤする。なんなんだろう？　この心のざわめきは……。

「どうしました？」と風架さんがそんな僕に気づいて声をかけてくれた。

「あ、いや……。今の声、どっかで聞いたことがあるなぁって」

「声？」と彼女は目をしばたたかせた。

聞いた瞬間、背中がぞわっとしたんだ。あんまり良い想い出ではないような気がするけど……。

その答えはすぐに分かった。五分ほどが経った頃、家の中から出てきたその人物を見て、僕は「あ……！」と声を上げた。出てきた男性も同様だ。僕のことを見て、さらに大きな声で「あ!!」と驚いていた。ごま塩頭の怒り肩。身体と声の大きな男。この人は――、

――突然ごめんなさいね。私は岩戸といいます。

――我々は引きこもりやニートの方の自立支援を目的とした会社の者です。

お、思い出した……。あのとき出逢った引き出し屋さんだ！

トラウマがフラッシュバックして目眩《めまい》を起こしそうになった。岩戸さんも「あなたは……」と戸惑っている。僕は額に脂汗を浮かべながら「そ、その節は、かなりお世話になりました」と顔を引きつらせながら挨拶をした。風架さんはそんな僕らのことを不思議そうに見つめていた。

「帆高さんが働きはじめたことは、お母さんからご連絡をいただいて知っていました。ガラス雑貨専門店にお勤めと聞いていましたが、まさかこんな形で再会するだなんて思ってもみませんでしたよ」

リビングに通された僕たちは、そんなに美味しくないインスタントコーヒーでもてなされていた。部屋はかなり散らかっていて、ソファに衣類がそのままで、シンクに食器もたくさんだ。

ダイニングテーブルを挟んで座る岩戸さんは相変わらず声が大きくて威圧的だ。でもあのときと

は違ってリラックスしている。着古したジャージ姿のところを見ると、今日は仕事がお休みだったのだろう。顔の下半分には白いものが交じった無精髭《ひげ》が目立っていた。

「僕もあのときの引き出し屋さんのお宅だとは思いませんでした」と苦笑いでコーヒーを啜った。

風架さんは「これもなにかの縁ですね」と笑っている。

「でも、どうしてガラス雑貨店の方が隼人からのメッセージを？」

「それについては、天乃さんも交えて説明した方がよろしいかと思います。娘さんにお会いすることはできますでしょうか？」

「今、部屋を片付けているみたいでして……」

岩戸さんはソワソワして、何度も二階の様子を気にしている。

「ご都合が悪いようでしたら出直しますが？」

「あ、いや、そうではないんです」と彼は苦笑いでごま塩頭を撫でていた。

しばらくするとスマートフォンがテーブルの上で震えた。彼はディスプレイを覗いて「準備ができたみたいですね」と立ち上がった。娘さんからのメッセージのようだ。僕らは岩戸さんに連れれて階段を上った。突き当たりの部屋のドアには『ＡＭＡＮＯ』と木文字で書かれたルームプレートがぶら下がっている。年頃の女の子っぽくて可愛いらしい。岩戸さんはその扉の前で足を止めると深呼吸をひとつした。それからゆっくり、慎重に、ノックを二回、コンコン……とした。

「天乃？　入ってもいいか？」

「はーい、どうぞー」と施錠が外れる音と共に、軽やかな声が扉の向こうから聞こえてきた。しかし岩戸さんは動かない。月に転がる石のように身動きもせずに固まっている。

「どうしました？」と声をかけると、「ああ……」と我に返ってドアを開けていた。

部屋はそれほど広くない。カラーボックスの上には三十二型のテレビがあって、その近くの床にはゲーム機が放置されている。かなり使い込んでいるようで、コントローラーのボタンはすり減って文字が見えなくなっていた。本棚には大量のマンガ本もある——百冊くらいはあると思う——。

それにしても甘い匂いがする。香水だろうか？　匂いがきつくて、思わず顔をしかめそうになった。

「どうもー、天乃でーす」

舌足らずなしゃべり方で挨拶をした天乃ちゃんは、隼人君が言っていたとおり可愛らしい顔立ちをしていた。目はくりくりで海外製のお人形さんみたいだ。制服姿もメイクもバッチリで、ギャルとまでは言わないけれど、かなり派手な印象だ。髪の色も明るい。だけど最近は染めていないようで随分と黒髪に侵食されていた。

「待たせちゃってごめんなさーい。なんか友達からＬＩＮＥきちゃって。年末にスノボ旅行に行くんですけど、その予定を立ててたんです」

正直もうちょっと清楚《せいそ》な女の子をイメージしていたから、そのギャップに僕はいささか戸惑った。

「こちらこそ突然すみません。わたくし横須賀の緑が丘で『風読堂』というガラス雑貨専門店を営んでおります級長戸辺風架と申します。こちらはアシスタントの野々村帆高さんです」

「こんにちは」と僕も小さく頭を下げた。

「てか、なんでガラス雑貨専門店の人が隼人からメッセージを預かってんの？　意味分かんない」

「今から説明いたしますね。お父様もご一緒に」

「いや、俺は……」と岩戸さんが言葉を濁らせ、天乃ちゃんのことを見た。自分がここにいては邪魔だと思っているのかもしれないな。そんな遠慮がちな眼差しを向けると、天乃ちゃんは「パパもいてよ」と引き留めた。突然やってきた見ず知らずの大人と一人で相対することが不安なんだろう。岩戸さんが頷くと、天乃ちゃんは安堵していた。それから僕らはピンク色のラグマットの上に腰を下ろした。彼女はベッドに座ったままだ――どうやら、あそこが定位置のようだ――。

風架さんはショルダーバッグから新橋色の瓶を取り出すと、

「この瓶の中に、隼人さんからのメッセージが入っています」

「は？　ただの瓶じゃん」

「ええ。ですが、この中には風が入っているんです」

「風が……？」

「はい。これは風読みという力です。この世界に吹く風は、わたしたちのことを、この世界の出来事を、すべて見つめて記憶しています。今のこの会話も、天乃さんの『そんなの信じられない』ってその顔も、全部しっかり覚えてくれているんです。わたしには、その風の記憶を読み取る力があります。風を集めて、閉じこめて、再生することができるんです。それが風読みです」

天乃ちゃんも、岩戸さんも、突然語られたファンタジーに口を半開きにしてぽかんとしている。

「このたび隼人さんから、天乃さんにメッセージを届けてほしいとの依頼をいただきました。彼の言葉を風の記憶の中から集めて、この瓶の中に閉じ込めてあります」

風架さんは彼女に瓶を差し出して、

「栓を抜けば、風が吹き出し、隼人さんの言葉は再生されます。どうぞ」

天乃ちゃんは動かない。いや、動けずにいる。風読みのことを受け入れられずにいるのだろうか？　ぷくっとした肉付きのよいほっぺには戸惑いの色が浮かんでいる。それでも覚悟を決めたようで、風架さんの手から恐る恐る瓶を受け取った。

「一人で見てもいい……？」

「もちろんです」

「あの、瓶が爆発するようなことは……」と岩戸さんが僕の隣で心配している。

「それはありません。風はわたしたちの味方ですから」

「いや、でも」

「大丈夫だよ、パパ」と天乃ちゃんはお父さんに微笑みかけた。

その表情に、岩戸さんは驚いている様子だった。

「今しがた申し上げたように、栓を抜くと強い風が吹き出します。驚かれるかもしれませんが危険はありません。しばらくすると風は止むので、そうしたら瓶を床に置いてください。そこに風の記憶が集まって映像が映し出されます。それから、これも……」

風架さんは鞄からトナカイの人形を出した。それを見た天乃ちゃんの顔色が俄に紅潮した。懐かしさが胸の奥から溢れ出しているのかもしれない。そして人形を受け取ると、手のひらに載せて眺めていた。その顔は恋する女の子のように見える。もしかしたら二人は両想いなのかもしれないな。そうだといいな……と、思いながら、僕はそっとドアを閉めた。

リビングに戻ってくると、岩戸さんは冷めたコーヒーを淹れ直してくれた。その間、僕は世間話のつもりで「天乃ちゃんは、隼人君が言っていたとおりの女の子ですね」と彼に話しかけた。

「隼人の奴、なんて言ってました？　意地悪な女の子だって言ってたでしょ」

「まさか。天乃ちゃんはクラスで一番の人気者で、明るくて、優しくて、とにかく良い子だって言ってましたよ。その言葉のとおり、素敵なお嬢さんですね」

「それはどうも……」と短く答えると、彼の表情に憂いの影のようなものが浮かんだ。そんなふうに見えたのは僕だけじゃないはずだ。風架さんも怪訝そうに岩戸さんのことを見つめている。

それから二十分ほどが経った。もうとっくに風の記憶の映像は終わっているはずだ。でも天乃ちゃんは下りてこない。岩戸さんも心配してスマートフォンでメッセージを送っているが、返事はないようだ。もしかしたら、隼人君のメッセージの余韻に浸っているのかもしれないな……と、そんなことを考えていると、二階でドアが開く音がした。

「待たせてごめんなさーい！　友達から電話きちゃって！」

天乃ちゃんが軽やかに、トントントンと階段を下りてきた。

友達からの電話？　隼人君のメッセージに感激していたんじゃなかったのか……。

「カレシと上手くいってない友達がいて、その子の相談に乗ってたら遅くなっちゃいました」

悪びれる様子もなく軽い調子でそう言うと、彼女はダイニングチェアにどすんと腰を下ろしてスマートフォンをいじりはじめた。目に余る態度に岩戸さんも戸惑っている。僕らを気にしながら「どうだったんだ？　隼人からのメッセージは」と爆弾にでも触れるように恐る恐る訊ねた。

「てかさぁ！」と天乃ちゃんは火がついたように笑い出した。

「風読みだっけ？　あれめっちゃビビったんだけど！　ほんとに風が吹き出したの！　そのあと映像が流れてさぁ！　あとね、あとね！　隼人めっちゃ大人になっててガチで笑った！　しかも、まぁまぁイケメンなの！　ええっと、風架さんでしたっけ？　メッセージ、どうもでした」

ヘラヘラと笑う天乃ちゃんに僕はちょっとだけ苛立ってしまった。隼人君がどんな気持ちでメッセージを語ったと思っているんだ。それなのに、そんな陳腐な感想しかないのか？

「それと、これ」と天乃ちゃんがさっき受け取ったトナカイと一緒に、サンタクロースの人形をテーブルの上に無造作に置いた。

「わたしはもういらないから隼人に返しておいて」

「でもこれは、天乃ちゃんが欲しがっていたものじゃ……」と僕は狼狽えながら訊ねた。

「子供の頃はね。さすがにもういらないでしょ？　ガキっぽいし」

ガキっぽい？　隼人君はずっと大事に持っていたんだぞ。それなのに——。

「もしよければ」と風架さんが口を挟んだ。「隼人さんへの返事をお預かりすることもできますが、いかがなさいますか？　無料で承らせていただきますよ」

「別にいいや。よろしくってだけ伝えておいて。わたしも受験、頑張るよーって」

「それだけですか？」と僕は思わず身を乗り出した。「ひと言くらい返してあげてもいいんじゃないですか？　僕は隼人君のメッセージの内容は知りません。でも勇気を出して風読みの依頼をしてくれたんです。きっと色々な想いを風の中に込めたんだと思います。だから——」

「どうでもいいし」

「どうでもいい？」

「隼人はただの昔の友達。それ以上でもそれ以下でもないから。てか、わたし今、カレシいるんで。そのカレに悪いから、別の男子にメッセージを送るとか、そういうことってしたくないんです。浮気みたいでキモいじゃないですか」

「そんな言い方！」と立ち上がった拍子に椅子を倒してしまった。それでも構わず僕は続けた。

「隼人君は天乃ちゃんのこと――」

思わず言いそうになってしまった。隼人君は天乃ちゃんのことを今も好きなんだって。でも足のことがあるから本当の気持ちは伝えられないんだ。彼はその後悔を抱えながら生きてゆくかもしれないんだ。それなのに……。

風架さんが「帆高さん」と制したので、唇を噛んで「すみません」と俯いた。天乃ちゃんはそんな僕に向かって大袈裟にため息を漏らした。そして、面倒くさそうな口調で、

「じゃあ、ひと言だけ。今ここで言えばいい？」

「お願いします」と風架さんは神妙に頷く。

天乃ちゃんは深呼吸をひとつした。そして虚空に向かって「隼人……」と呼びかけた。その声は今までの甘ったるいものではなく、真剣な響きを持った優しい声だった。でも、

「メッセージありがと。隼人も風の記憶の中で言ってたけど、わたしたちもう逢えそうにないよね。距離的にも、住んでる世界的にもさ。まぁでも、お互い頑張ろ。それじゃあね、元気でね」

彼女はまたため息を漏らして、「これでいい？」と顔をしかめて言葉を吐いた。

「承ります」と風架さんは短く言った。

「じゃあわたし、友達と電話するから部屋に戻ります」

そう言って、無愛想に階段を上っていってしまった。その足音を聞きながら、僕はなんとも言えない後味の悪さを噛みしめていた。あまりにも心ない返事だった。気持ちのこもっていない言葉だ

った。まさかこんな形で依頼が、隼人君の初恋が、終わってしまうだなんて……。

僕はテーブルの上に転がっているトナカイとサンタクロースの人形を力なく見つめていた。


依頼が終わって三日が経った。冬の寒さは一段と厳しさを増して、空の色はそれに比例するようにまた青を深めた。そんな十二月の第三週。僕は未だに一人モヤモヤしていた。隼人君の手術の日が近づいているからだ。天乃ちゃんからのメッセージを届けた際、彼は「クリスマスの日に手術を受けるんです」と教えてくれた。天乃ちゃんはそのことを知らない。このままでいいのだろうか……と、そんなことを考えながら『風読堂』の床掃除をしていると、書斎で過ごす風架さんに目が留まった。彼女は今日も映画を観ている。ＳＦラブストーリーのようだ。遠い星と地球で離ればなれに暮らす男女がテレパシーを使って会話をしている。

まったく、隼人君のことはもうなんとも思っていないんですか？　依頼が終わったらそれでおしまいですか？　あなたには人の心というものが――ん？　風架さんが僕のことをじいっと見ている。

「ど、どうしました？」と言うが早いか、彼女がこちらへやってきた。

「今思っていましたね？　まったく、隼人君のことはもうなんとも思っていないんですか？　依頼が終わったらそれでおしまいですか？　あなたには人の心というものがないんですか？　って」

ち、近い。近すぎる。それになんで僕の気持ちが分かったんだ？　もしかしてテレパシー？

「お、思ってませんよ。けど……」

「けど？」

「このままでいいのかなぁって」

「ふぅむ……。でもそれは隼人さんが決めたことです。本当のことは伝えない。右足のことは黙っておく。彼がそう決めたのなら、わたしたちがあれこれ気を揉んでも仕方のないことです」

それは分かってる。分かっているけど、そう簡単には割り切れないんだ……。

「それに隼人さんだって、天乃さんのメッセージを見て満足してたじゃないですか」

彼はメッセージを見て言っていた。「まぁ、こんなもんですよ。逢わなくなって一年半以上も経ってますからね。それに、俺も軽いメッセージで済ませましたから。でも、よかった。最後に天乃の顔が見られて」と。そして、返却されたトナカイとサンタクロースの人形を見つめていた。

「……隼人君は、どんなメッセージを彼女に伝えたんでしょう？」

「詳しくはわたしにも分かりません。でも風を集めているときに見えた映像があります。隼人さんは至って普通に、気丈に、笑顔で話されていました。夏の大会の結果は散々だった。だから陸上はもう満足だ。これからは勉強に専念する。あの約束を守れなくてごめん。天乃も勉強頑張って……って。とてもシンプルなメッセージでした」

本当は伝えたいことがたくさんあるはずだ。走れない悔しさ、約束を叶えられないやるせなさ、将来への不安、それに天乃ちゃんへの恋心も……。彼のやせ我慢を思うとたまらない気持ちになる。

「帆高さん、ひとつお訊きしてもいいでしょうか？」

「なんですか？」

「あなたが依頼者に肩入れするのはいつものことですが、今回はいつにも増して特別に感情移入しているようにわたしには見えます。先日もそうです。天乃さんに対して声を荒らげたりするなんて、いつもの帆高さんらしくありません。どうしてそこまで隼人さんに肩入れを？　同じ陸上競技をしていたから？　それとも――」

風架さんは確信を持ったような口ぶりで言った。

「妹さんとの関係を、あの二人に重ねているから？」

やっぱり風架さんはなんでもお見通しなんだな……。僕は観念して頷いた。

「僕もあかりと約束をしていたんです」

そして、あかりと交わした約束について語ることにした。

「あかりは生まれつき心臓が弱くて、幼い頃から『大人になるまでは生きられない』って言われていたんです。でも明るくて、食べることが大好きで、毎日笑って過ごしていました。心臓が悪いのなんて嘘なんじゃないかって思うくらい元気だったんです。だけど、僕が高三の春に体調を崩して入院することになりました。そのとき、医者から言われたんです。恐らく夏は越せないだろうって。母も兄もショックを受けていました。それに、その話を聞いてしまったあかりも……。それ以来、妹は塞ぎ込むようになりました。前はあんなに明るかったのに、病室のベッドで一人で隠れて泣くようになりました。もうすぐ自分が死んでしまうことが怖くて怖くてたまらなかったんだと思います。だから僕は、兄もいる席で妹に言ったんです。あかり、約束しようって……」

あの夕陽射す病室で、僕はあかりに言った。

「――僕はこれから勝ち続けるよ。全国大会で優勝だってしてみせる。それで陸上の強い大学に進学して、インカレでも学生記録を塗り替えて、箱根《はこね》駅伝でも優勝するよ。勝って勝って勝ち続けて、いつかオリンピックで金メダルだって獲《と》ってみせる。だからさ、あかり……」

涙を堪えてあかりに伝えた。

「その全部を見届けてよ」

　ベッドの上、あかりの瞳が涙で潤んだのが分かった。

「それでいつか、あかりの部屋を金メダルだらけにしてみせるからさ」

「でも……」と妹は弱々しく俯いた。

　わたしはそんなに長く生きられない。きっとそう言いたいんだろう。

　僕はあかりの肩に手を置いて、真っ直ぐ見つめて彼女に伝えた。

「僕は負けない。絶対に負けない」

　あの細くて小さな肩の感触を、今でもよく覚えている。

「だから、あかりも自分の心臓になんか負けるなよ。なにがあっても絶対に動かし続けてやるんだ」

　諦めてほしくなかった。負けてほしくなかった。心臓に、自分自身に、死んでしまうことの恐怖に。その気持ちを込めて約束したんだ。

「僕はあかりのために走り続けるよ」

「…………」

「だから頼むよ……あかりも生きることを諦めないで……」

　あかりは涙をこぼして笑ってくれた。

「分かった！　ほっくんがそこまで言うなら、わたしも頑張る！　じゃあ約束ね！　オリンピックで金メダルを獲ったら一番に首にかけさせてよね！」

　でも、僕はあっという間に約束を破ってしまった。その数ヶ月後の県大会の決勝でスタート直後に転んで走ることをやめてしまった。落胆する母と兄、陸上部の仲間たち、監督の顔を今でもよく覚えている。それに、悲しそうだったあかりの顔も。そして僕は陸上から逃げ出した。あかりからも逃げ出してしまった。

「――それ以来、あかりの病室には一度も行きませんでした。一時退院してきても適当な理由をつけて家を空けました。気まずくて逃げてしまったんです。酷い奴ですよね」

風架さんは黙って僕の話を聞いている。

「あかりは年が明けてすぐに亡くなりました。それからも僕は自分を責め続けました。どうしてあのとき諦めたんだろう。あかりは医者に『夏は越せない』って言われていたのに、それでも頑張って生きたのに、心臓を動かし続けたのに……って」

たまらず涙が溢れそうになった。でも泣いているところを風架さんには見られたくない。だから「それからはご存じのとおりです」と卑下するように笑った。「なにをやってもダメダメでした。仕事を転々として、最後はニートにまでなりました。だからだと思います。今の隼人君の姿を昔の自分と重ねているんです。彼はこれから僕みたいに後悔を抱えて生きてゆくのかな……約束を叶えられなかった罪悪感に苦しみ続けるのかな……って、そんなことばかり考えてしまって」

でも、彼と僕とは決定的に違う。僕は自ら走ることから逃げ出した。一方の隼人君は走りたくても走れないんだ。あと少しで大切な足を失ってしまうんだ。僕以上に悔しいに違いない。

「――ごめんください」

野太い声が聞こえた。この声は……。洟を啜って涙を隠すと、店の方へと戻った。店内がオレンジ色に染まる中、大きなシルエットがそこに見える。それは――、

「岩戸さん……」

そこにいたのは、天乃ちゃんのお父さんだった。

彼は神妙な面持ちで僕らに会釈をしてみせた。

どうしたんだろう？　思い詰めたその表情に、風架さんと僕は顔を見合わせた。

「どうぞ……」と風架さんとカウンターを挟んで対座する岩戸さんの前に、イギリスをはじめとする王侯貴族たちに愛用される『ウェッジウッド』のワンダーラストのティーカップに注いだミルクティーをそっと置くと、彼は会釈して音を立ててそれを飲んだ。

「今日はどうなさったんですか？」と風架さんが切り出すと、岩戸さんはおもむろにカップをソーサーに戻してカウンターの端へと動かした。そして、天板に額をつけるほど深く深く頭を下げて、

「ありがとうございました!!」

あまりの大声に、僕はびっくりして猫のように飛び跳ねそうになった。

「ど、どうしたんですか？　突然……」と風架さんも苦笑いだ。

「どうしてもお礼を伝えたくて！」

僕らは目をしばたたかせた。お礼ってなんだろう？

「……実は、天乃は引きこもりなんです」

「引きこもり？」

「はい。もう一年半以上もあの部屋に閉じこもったままなんです」

思わず耳を疑った。あの天乃ちゃんが引きこもりだなんて。

「部屋から一切出てこなくて、食事も、生活必需品の受け渡しも、全部あのドア越しでしています。

唯一出てくるのは風呂とトイレくらいなもので、それも俺が仕事で出かけているときか、寝ているときにこっそり済ませているんです。だからこの間、本当に久しぶりに娘の顔を見ました」

岩戸さんのつぶらな瞳に涙が溜まってゆく。彼はぶっきら棒にそれをワイシャツの袖で拭うと、

「嬉しかったんです……久しぶりにあの子の顔を見ることができて……」

そうか。だからあのとき、岩戸さんはソワソワしていたんだな。普段引きこもっていて部屋から出てこない天乃ちゃんが、僕らと相対することができるか不安だったんだ。

「本来なら、あのときお礼を言うべきでした。でも以前、帆高さんに偉そうなことを言ってしまった手前、娘が引きこもりだなんて恥ずかしくて言えませんでした」

再び頭を下げる岩戸さんに、「顔を上げてください」と僕は慌てて両手を広げた。

「だけど、どうして引きこもりに？」

「いじめです」

「いじめ？　でも隼人君からは、彼女はクラスで一番の人気者だって……」

「中学を卒業するまではそうでした。けど、進学した高校が合わなかったようで、入学してすぐに『もう学校には行きたくない』って言い出したんです。初めは意味が分かりませんでした。あんなに明るくて活発だった天乃がどうしてって戸惑いました。もちろん学校にも相談しました。でも理由は分からずじまいで……。そんなとき、同じ中学から進学した子とスーパーでばったり会ったんです。そこでいじめのことを教えてもらいました。天乃はクラスのみんなから無視されて、教科書を破られて、靴を隠されたりしていると」

性格が暗いからいじめられるわけじゃない。ほんのちょっとのきっかけで誰だっていじめの標的

になってしまう。岩戸さんは僕らにそう語った。

「俺は天乃に言いました。いじめは絶対に解決させる。父さんが学校に掛け合うからって。でも天乃はやめてほしいの一点張りでした。もう放っておいてほしい。このまま一生部屋から出たくない。もし一歩でも入ってきたら、そのときは手首を切って死んでやるって泣き叫びました。情けないことに俺はびっくりしてしまって、なにも言ってやることができなかったんです。それ以来、あの子は部屋に閉じこもったままなんです」

カウンターの上の分厚い手が震えている。自分の無力さを呪っているんだ。

「だけどこの間、お二人が来てくれて久しぶりに天乃に会えました」

強面が嘘のように柔らかな表情に変わった。

「あの子、頑張ったんです。お二人を玄関の外で待たせているとき、俺はドアに向かって言ったんです。『級長戸辺さんって人が隼人からのメッセージとトナカイの人形を持ってきてくれたぞ。ちょっとだけでもいいから会ってみないか？』って。正直、無理だと思いました。今回も反応はないだろうって。でも、天乃は言ってくれたんです。会う……って、震える声を絞り出すようにして」

だけど部屋着のままだ。部屋も散らかっている。だから僕らを待たせて大慌てで片付けたんだ。押し入れに物を詰め込んで、適当な香水を振り撒《ま》いて悪臭を誤魔化した。そしてクローゼットの中から高校の制服を引っ張り出して袖を通したんだろう。

「制服を着るとき、勇気がいったと思います。怖かったと思います。それでもあの子は着替えてくれた。お二人に、隼人に、引きこもりだと悟られないように。それと――」

岩戸さんは目尻に深い皺を作った。

「少しでも可愛い自分になろうと思ったのかもしれません……」

あの日、僕らに隠れて彼女は一人で闘っていたんだ。すごくすごく怖かったはずだ。見ず知らずの大人に会うことも、部屋に招き入れることも。だけどドアを開けてくれた。隼人君のメッセージに逢いたかったから。僕は間違えてはいなかったんだ。ドアを閉める直前に見せた彼女の表情は本物だった。あのトナカイの人形を愛おしげに見つめていた眼差しに嘘はなかったんだ。彼女もきっと隼人君のことを……。だから風の記憶を見たあと、なかなか下りてこなかったんだろう。隼人君のメッセージが嬉しくて泣いていたのかもしれない。彼氏がいるってこともきっと嘘だ。彼女も彼と同じように思っていたに違いない。今のわたしには隼人に逢う資格なんてない……って。

「級長戸辺さんと帆高さんがいらっしゃるまで、俺は心のどっかで諦めていたんです。天乃はもう一生このままだ。あの狭い部屋から出てくることはないって。でも、それは間違いでした。俺は大馬鹿野郎です。隼人からのメッセージが届いて、天乃は部屋から出てきてくれた。頑張るあの子の姿を見て、希望の灯はまだ消えてないって、そう思えました」

岩戸さんは涙をこぼして礼を言ってくれた。僕は嬉しかった。でも同時に悔しくもあった。

天乃ちゃんは肝心なことをなにも知らない。隼人君の足のことを、走りたくても走れないことを、本当は二人の約束を叶えたいことを、今もなにも知らずにいる。隼人君だってそうだ。天乃ちゃんがたった一人で苦しんでいることを知らないままだ……。

帰路に就く岩戸さんを見送るため、彼と二人、長い階段を下っていた。改めて例の一件のお礼を伝えたかった。でも、先に口を開いたのは岩戸さんの方だった。

「帆高さんがこんなにも立派になられていてびっくりしました。初めてお会いしたときは、ちょっと、いやいや、かなり情けない感じでしたからね。あ、すみません。失礼でしたね。だけど、それがこうして立派に働かれている。これじゃあ我々の面目が立ちませんよ」

　相変わらず大きな声だな。でも清々しいその笑い声に、僕もふふっと小さく笑った。

「正直あのときは驚きました。ふざけるなとも思いました。岩戸さんたちは声も身体も大きいし、格闘技とかもやってそうだし、詰め寄られたときはものすごく怖かったです。この手の連中は『いざとなったら殴った方が話が早い』の精神だから、どうにもタチが悪いぞってね」

　岩戸さんは遠くの軍港まで届くくらい大きく笑った。

「でも――」と僕は足を止めた。

「岩戸さんのおかげで今があるって思っています」

「俺のおかげ？」

「あのとき言ってくれましたよね？『今すごく怖いと思います。でもね、ここから一歩、勇気を出して踏み出してみませんか』って。悔しいけど、あの言葉に何度か助けられました。あのとき勇気を出して踏み出したから今日がある――今はそう思っています。本当に悔しいですけどね」

「そう言っていただけると引き出し屋冥利に尽きます」

　階段の下までやってくると、「では、ここで」と彼は言った。僕は会釈して来た道を引き返そうとした――が、「帆高さん」と呼び止められた。

「引き出し屋としての守秘義務があるのであまり詳しくは話せませんがね、あのとき帆高さん、言いましたよね。『あなたたちは兄の差し金ですね!?　あいつは僕の存在を快く思っていないんです。僕を見下してるんですよ』って。それは間違えています」

「間違えてる？」

「ええ。お兄さんは、あなたを見下してなんかいない。むしろ逆です。心から大切に想っています」

「兄が？　まさか……」

「依頼主はお母さんですが、お兄さんも一緒に相談にいらしたんですよ。そのとき、こんなことを言っていました。『俺は帆高に諦めてほしくないんです』って」

「え？」と僕は目を見開いた。

兄は岩戸さんにこう言ったらしい。

妹はもういない。だからあかりのために走ることは二度とできない。でも、帆高には諦めてほしくないんです。だったらその分を誰かのために走ってほしい。ビリでもいい。転んでもいい。メダルなんて獲れなくてもいいから……って。

その言葉を聞きながら、僕は兄に言われ続けてきたあの言葉を思い出していた。

——帆高、どうしてお前は一番を目指さないんだ？

あの言葉は一番になることを強要していたんじゃない。兄貴は——兄さんは、僕に一番を目指すくらい本気で生きてほしかったんだ。たとえビリでも、転んでも、一番を目指して必死に走り続けることに価値があるんだと、そう伝えたかったのかもしれない。

「お兄さんはワザとあなたに厳しくしているんですよ。北風みたいに」

「北風……？」

岩戸さんは鷹揚《おうよう》に頷いた。そして、兄の言葉を教えてくれた。

「北風が吹かないと、新しい季節は来ませんからね」

岩戸さんを見送って店に戻ると、風架さんが僕のことを待っていた。今にも夜に飲み込まれそうな店内では、ガラス細工が太陽の残り日を浴びて彩り豊かに輝いている。大、中、小、いくつもの瓶を背にカウンターに座る風架さんは、ちょっとだけ悪戯っぽい笑みを浮かべていた。

「今思っていましたね？　二人の力になってあげたいって」

「はい」と素直に伝えると、風架さんはやれやれと首を横に振った。

「さっきも言いましたよね。本当のことは伝えない。右足のことは黙っておく。彼がそう決めたのなら、わたしたちがあれこれ気を揉んでも仕方のないことですって」

「言われました。だけど、それでも僕は二人の力になりたいんです」

「彼らにとって、それが単なるお節介だとしても？」

「構いません。それで二人が幸せになるのなら」

彼らのために走るんだ。ビリでもいい。転んでもいい。メダルが獲れなくたっていい。お節介でも、嫌がられても、僕は二人の幸せのために走りたいんだ。

「そうですか……」と彼女は椅子から下りた。そして僕の前で足を止めた。身勝手なアシスタントだって怒っているのかもしれないな。いや、違う。窓から射し込む今日の最後の光が風架さんの微笑みを鮮やかに染めた。

「だったら、あなたを信じます」

「え……？」

「それに、ここで引き下がるなんて帆高さんらしくないですもん。わたしの知ってる野々村帆高は、いつも、いつでも、誰かのために走っています。だから今回も風の向くまま、気の向くままに走ってください。なにかあったら、わたしが全力で支えますから」

「いいんですか？」

彼女は「はい」と春風のように笑った。そして、

「わたしはあなたのパートナーですから」

あくる日、僕らは少しだけ早く店を閉めて小田原へと向かった。もう一度、隼人君に会うためにだ。カフェ『おほりや』に着いたのは四時を少し過ぎた頃だった。僕らの再訪に驚くお母さんに事情を話すと、お客さんの切れ間に店の札を下げてくれた。

「――風架さん？　帆高さんも」

しばらくすると、制服姿の隼人君が学校から帰ってきた。右膝が痛いのだろう。足を引きずっている。それでも僕らを見るや否や、苦痛で歪めていたその顔を無理やり綻ばせてくれていた。彼はこうやっていつも無理をしているんだな。学校でも、お母さんの前でも、それに、僕らの前でも。

「君に話があってきたんだ」

隼人君は戸惑っている。でも僕の声に真剣なものを感じ取ってくれたようで、背負っていたデイパックを下ろして「なんですか？」と向き合ってくれた。

「天乃ちゃんのことなんだ」

「天乃の……？　あいつになにかあったんですか!?」と隼人君が急くようにして訊ねてきた。

今から僕は彼女のプライバシーを打ち明ける。しかも一番知られたくない相手である隼人君に対して。そんな資格が僕にあるのだろうか？　いや――と、心の中で頭を振った。もう資格とか、そんなことばかり考えるのはやめよう。風架さんに誓ったんだ。なにがあっても彼らの力になるって。それに、隼人君なら受け入れてくれるはずだ。彼を信じよう。

「天乃ちゃんは、もう一年半以上も部屋に引きこもっているんだ」

隼人君は「え？」と耳を疑っていた。店の隅にいたお母さんもだ。

「進学した高校が合わなかったみたいで、いじめに遭ったんだ。それで学校に通えなくなって引きこもってしまったらしい。岩戸さんは――彼女のお父さんは、なんとかするって言ったんだ。いじめは解決させる、学校に掛け合うって。でも天乃ちゃんはやめてほしいって、それを拒んだ。このまま一生部屋から出たくない。もし一歩でも部屋に入ったら、そのときは手首を切って死んでやるって泣き叫んだみたいなんだ」

「いや、でも」彼は苦笑いを浮かべた。「この間の返事では普通でしたよ。制服だって着ていたし」

「無理していたんだ」

「無理……？」

「無理をしてでも、君からのメッセージを見たかったんだ。嬉しかったんだよ、隼人君からのラブレターが。それで頑張って制服姿になったんだ。髪の毛を整えて、メイクもして、勇気を出して部屋のドアを開けてくれたんだ」

お堀の水面が陽光を受けて輝くと、その煌めきが店の中まで届いて彼の瞳を美しく照らした。

「本当は君と同じで、伝えたいことがたくさんあったはずなんだ。辛い気持ちとか、悲しい気持ち、もしかしたらSOSだって……。だけど君だけには知られたくなかった。だからあんなふうに素っ気なく返事をしたんだと思う。もう二度と逢わないつもりで」

瞳を包む光が一段と強くなった。胸の奥から涙が込み上げているんだ。

僕は隼人君の肩に手を置いた。あの日、あかりと約束したときのように。

「隼人君、あの日の約束を叶えないか？」

「約束？」

「天乃ちゃんのためにもう一度、走るんだ」

「でも、俺はもう……」

「むちゃくちゃなことを言ってるのは分かってる。人として間違えていることも、膝のことだって分かってる。でも僕は、もう一度、君に走ってほしいんだ。遅くてもいい。一歩一歩でもいい。天乃ちゃんのために、もう一度だけ、あと一度だけ、走ってほしい」

「…………」

「僕も走るよ。一緒に走る。君のことをなにがあっても支えるから。だから――」

僕の方が先に涙をこぼしてしまった。弱虫だな、僕は……。

それでも伝えた。兄さんが言っていたという言葉を。

「誰かのために走ることを諦めないでほしいんだ」

「帆高さん……」

「天乃ちゃんのことを君の走りで勇気づけてあげてよ」

隼人君の瞳を彩る涙は今にもこぼれ落ちそうだ。それでも必死に堪えている。

彼はふと、お母さんに目を向けた。そして涙を胸にしまうと、椅子に座って右膝をさすった。

「そんなの無理ですよ。前も言ったけど、もうすぐ手術なんです。だから安静にしてないと。それに、母さんにも心配かけたくないし。だから――」

「もういいよ」

隼人君は驚いて顔を上げた。見ると、お母さんは涙をいくつもこぼして泣いていた。

それでも、優しい眼差しを息子に向けて、

「ありがとう、隼人……」

「え？」

「お母さんのために、いつも無理して笑ってくれて」

「…………」

「この数年、隼人は一度も泣いたことがなかったね」

「…………」

「いつもいつもお父さんの顔色ばかり窺って、厳しくされても笑顔を作って、いっつもお母さんのことを励ましてくれてたね。離婚したときだってそう。『俺は転校しても構わないよ！』って笑って背中を押してくれたよね。本当は友達と同じ高校に行きたかったはずなのに……天乃ちゃんと離れたくなかったはずなのに……お母さんのために一生懸命笑ってくれてたね」

彼の胸には熱いものが込み上げているようだ。

「病院で足のことを告知されたときもそう。家に帰ってきてからも、あなたは一度も泣かなかった。

むしろお母さんの方が取り乱しちゃって、わんわん泣いちゃったね。なのに、隼人は『俺なら大丈夫！　だから泣かないで！』って一生懸命笑ってくれた。自分が一番辛いはずなのに……ごめんね、隼人。本当にごめんね……悔しいはずなのに……」

お母さんは涙で肩を震わせて、

「親なのに、満足に泣かせてあげられなくて……」

隼人君の右目から涙がこぼれた。光に照らされたその雫は、夜空に流れる星のようだ。

「お母さんはもう十分してもらったわ。だから我慢なんてしなくていい。隼人のしたいようにしていいのよ」

彼は右膝に添えた手に力を込めた。その目が言っている。走りたい……って。でも不安なんだ。この足で走り切れるのか、痛みに耐えられるのか、怖くて怖くてたまらないんだ。そんな彼の前に風架さんが静かに立った。そしてそっと身を屈め、視線を合わせて「大丈夫です」と囁きかけた。

慈愛に満ちたその声に、彼はゆっくりと顔を上げる。

「あなたには帆高さんがいます。お母さんがいます。わたしだっています。それに――」

彼女は窓の外の夕空を見た。

「風もあなたの傍にいますよ」

ふわり……。ひとつの風が窓から迷い込んできた。冬にしては暖かくて気持ちの良い風だ。その風が隼人君の頬を撫でる。風は言っているんだ。「僕も力になるよ」って。

隼人君もその声を聴いたに違いない。風が去る頃には、もう涙は消えていた。

そして、決意を込めて僕らに言った。

「もう一度、天乃にラブレターを届けてくれますか？」

小田原城の天守閣に臨む黄昏時《たそがれどき》の本丸広場で、隼人君は本当の気持ちを風に向かって語った。

風架さんと僕とお母さんは、少し離れたところから彼のことを見守っている。

「申し訳ありませんでした」と僕は、お母さんに頭を下げた。「こんな勝手なことをしてしまって。彼のお医者さんにはちゃんと相談します。僕らも全力でサポートします。だから――」

「ありがとうございます」

「え……？」

「お二人のおかげで久しぶりにあの子の涙を見ることができました。変ですよね、子供の泣いてる顔を見て安心する親なんて。でも、すごく嬉しかったです」

「いいえ、僕たちはなにも……。決意したのは隼人君ですから」

「それでも、久しぶりに隼人の心に会えた気がします」

お母さんは目尻に皺を寄せて、白い歯をこぼして笑ってくれた。

「風架さん！」という清々しい声が聞こえた。どうやら語り終わったようだ。隼人君がこちらに向かって両手で大きな丸を作っている。満足そうな表情だ。

風架さんは「さて！」と手を叩いた。

優しい風が彼女を素敵に彩っている。その風の中、風架さんは爽やかに言った。

「それでは、風を集めに行きましょう」

本丸広場の真ん中まで行くと、空に向かって蜜柑色の瓶をかざした。

「風を集めます！」

そして今日も魔法のような時間がはじまる。

不思議だな……って僕はいつも思うんだ。

彼女が風に微笑みかけると、その瞬間、いつもより風の形をはっきり感じる。四角い風、丸い風、柔らかい風、固い風、流れてゆく風、留まっている風、強い風に弱い風。風の形はひとつじゃない。僕らを包むすべての風には、ひとつひとつに個性があって、ひとつひとつに命がある。僕らは普段、風の命に触れているんだ。そのことを今、はっきりと心で感じる。

隼人君もそうなのだろう。風架さんが見せてくれる風の形を感じているんだ。

この美しくて愛おしい、数限りない鮮やかな風を……。


翌日の夜、再び岩戸さんの家へとやってきた。

「今日はどうしたんですか？」とドアを開けた岩戸さんは僕らを見て驚いていた。

「もう一度、隼人君からのメッセージを届けに来たんです」

それがとても大切なメッセージだと察してくれたようで、彼は「どうぞ」と招き入れてくれた。

そして階段を上って天乃ちゃんの部屋の前までやってくると、

「天乃？　この間来てくれた『風読堂』のお二人がまた来てくれたぞ」

ノックと共に娘に伝えた。しかし返事はない。もしかしたら扉の向こうで戸惑っているのかもしれない。しばらくすると「なんの用？」と怯えた声が返ってきた。僕はドアに一歩近づいて、

「隼人君から新しいメッセージを預かってきました」

「なにそれ……いい加減しつこいんだけど……」

吐き捨てるような声だ。でもそこには明らかな困惑が滲んでいる。

「もう見るつもりなんてないから。前にも言ったけど、わたしにはカレシが――」

「病気なんだ」

彼女は言葉を呑み込んだ。このドアを挟んでいても動揺が伝わってくる。

「隼人君は、骨肉腫っていって、骨のガンを患っているんだ」

彼女はなにも言わない。いや、なにも言えないでいる。

「それで来週、手術をするんだ。右足を切断しないといけないんだ」

乱れた呼吸がドア越しに聞こえた。混乱しているんだ。僕の後ろでは岩戸さんも狼狽している。

「嘘だよ、そんなの……」

やっとの思いで絞り出したその声は、寒風に身を晒しているように震えている。

「本当のことなんだ。だから陸上を辞めたんだ。この間のメッセージは足のことを隠していたから素っ気なかったんだと思う。でも今度は違う。隼人君の本当の気持ちが込められているから」

僕は手の中の瓶に目をやった。天乃ちゃんへの想いが詰まった宝物だ。

「だから、もう一度見てあげてよ。隼人君からのラブレター」

しばらくすると、ドアが開いて天乃ちゃんが顔を覗かせた。以前とは打って変わって何日も着続けているであろう汚れたスウェット姿だ。髪だってボサボサだ。これが彼女の本当の姿なんだ。

僕は瓶を差し出して、受け取って……と目で伝えた。僕の後ろにいる風架さんも岩戸さんも同じ気持ちでいるはずだ。天乃ちゃんは恐る恐る震える手を伸ばした。でも、止まってしまった。隼人君の病気の詳細を知ることが怖いんだ。本当の気持ちに触れることも。

手を引っ込めようとする天乃ちゃん。そのとき、小さな風が彼女の背中を押した。どこかから迷い込んできた至軽風《しけいふう》だ。彼女も感じたに違いない。風が応援してくれているって。

僕がもう一度頷きかけると、彼女はやっとの想いで瓶を受け取ってくれた。

天乃ちゃんの要望で僕らも一緒にメッセージを見ることになった。一人で見るには勇気が足りないようだ。部屋は物で溢れていた。ゴミだって散乱している。天乃ちゃんはピンク色のラグマットに腰を下ろして、しばらくの間、瓶を見つめていた。身体中から、心の奥から、ありったけの勇気をかき集めているんだろう。そして深呼吸をすると、慎重な手つきでコルク栓をそっと抜いた。

その途端、優しい色をした風が部屋の中を駆け回った。天乃ちゃんは二度目だから驚いてはいなかったが、岩戸さんはものすごく驚いていた。そして風が止むと、ポテトチップスの空き袋とペットボトルをどけて、ラグマットの上に瓶を置いた。

やがて映像が浮かび上がった。黄金色の夕空を背負った隼人君の姿だ。

彼は「天乃……」と呼びかけた。心のこもった温かな声で。

天乃ちゃんの瞳のこわばりが氷のようにとけて消えると、涙がその目を包んだのが分かった。

「ごめん。俺、嘘ついてたよ。もう聞いたかもしれないけど、実は病気になっちゃってさ。クリスマスの日に右足を切ることになったんだ」

本当のことなんだ……。天乃ちゃんの表情が痛々しげに歪んだ。

「この間は、もう満足したから部活を辞めたって言ったけど、本当はこの病気が理由でさ。嘘ついてごめんな。天乃には知られたくなかったんだ。病気のことも、足を切らなきゃいけないことも。

もしかしたら、引かれるかもって心配になったんだ。そんなことないのにな。全然ないのに。天乃はそんなふうに思わないのにな。ごめん、天乃のこと信じなくて」

天乃ちゃんは首を左右に振った。わたしこそ、ごめん……と言いたげに。

「でもさ、お前だって酷いよ。学校のこと黙ってるなんて。帆高さんから聞いちゃったんだ。天乃がいじめに遭ってたこと。それで引きこもってることも」

天乃ちゃんは恥じるように俯いた。でも、

「ごめんな、天乃」

彼女は顔を上げて、風の中の彼を見た。

「辛かったよな……」

隼人君の声が涙で震えた。

「今だって、すごくすごく辛いはずだよな」

眦《まなじり》に溜まった涙は今にもこぼれ落ちそうだ。

「気づいてあげられなくて、本当にごめんな……」

隼人君は涙を堪えて洟を啜った。

「俺、もう一度、走ろうと思うんだ！」

彼女は驚いて目を見開いた。

「こんな足だから遅いだろうし、ゴールだってできないかもしれない。でも、もう一度だけ走ろうと思う。大会に出るわけじゃないよ。学校のグラウンドを帆高さんと走るんだ。俺たちが通ってたあの中学のグラウンドを。それが俺のラストラン。この足で走る最後の長距離」

そして「なぁ、天乃」と呼びかけた。

「もしよかったら、見に来てくれないか？」

「…………」

「あの日の約束を叶えたいんだ。全国大会にはもう出られないけど、俺は――」

彼は爽やかに笑った。

「天乃のために一生懸命走るから！」

その言葉に、天乃ちゃんは大粒の涙を溢れさせた。

「こんな俺でも走れることを証明するよ。そしたら天乃だって走れるよ。きっと走れる。別にまた学校に行ってほしいわけじゃないんだ。いじめに立ち向かってほしいわけじゃない。俺はただ……」

心を込めて彼女に伝えた。

「天乃に心から笑ってほしいんだ」

天乃ちゃんの涙が光り輝く。

「だから頑張るよ。めっちゃめちゃ頑張る。じゃあ、待ってるからな」

風の記憶は静かに消えた。夜の帳に包まれた部屋で天乃ちゃんは泣いている。僕はその小さな背中に当日の集合時間を伝えた。だけど天乃ちゃんは「無理……」と呟いた。

「絶対無理……行けるわけない……」

一年半以上もこの部屋に閉じこもってきた彼女にとって、外に出ることは、好きな人に逢いに行くことは、決して簡単なことではない。それは僕自身の経験からも分かる。たった一歩がどれほど苦しいかも分かっているつもりだ。だけど、これが最後なんだ。だからこそ見届けてあげてほしい。

そんな相反する気持ちに僕は唇を噛んでいた――すると、

「見に行ってやったらどうだ？」

岩戸さんが意を決して娘に言った。

「父さんも一緒に行くよ。だから」

「無理……」

「そんなこと言わないでくれよ。隼人もああ言ってくれているんだ。だから――」

「無理って言ったら無理!!」と天乃ちゃんは声を荒らげた。そしてお父さんをきつく睨んだ。

「今さら逢えるわけないよ！　わたしはもう走れない！　笑えない！　だって嫌なことばっかりなんだもん！　毎日クラスのみんなに無視されて、教科書とかも破られて、トイレで水もかけられて！　お前なんか死ねってＬＩＮＥとかＳＮＳで叩かれて！　なのに……それなのに、笑えるわけないよ！　お父さんもお父さんだよ。わたしが学校に行きたくないって相談したとき言ったよね。『バカ言うな。私立でどれだけ学費を払ったと思ってるんだ』って。わたしが辛くて辛くてたまらないのに、まずお金のことを口にしたじゃん！　仕事じゃお客さんに偉そうなことばっかり言ってるのに、わたしの気持ちなんてちっとも考えてくれなかったじゃん！」

初めての本音なのだろう。岩戸さんは打ちのめされていた。

「隼人だってそうだよ。わたしのことなんて、きっとなんにも考えてない。自己満足のために走るんだよ。結局みんなそう。自分のことしか考えてないんだよ……」

そんなことない。僕は否定しようとした。そのとき、

「まぁ、そうでしょうね」と風架さんが先に口を開いた。

「ふ、風架さん？　今なんて？」と戸惑う僕に、彼女は「なにって、結局は自己満足なんだろうなって思ったんです」とあっけらかんとそう言った。

なにを言っているんだこの人は？　苦しみを吐露した天乃ちゃんに対してなんてことを言うんだ。あなたには人の心というものが――いや、違う。風架さんはこんなとき、必ず目の前の人を想って言葉を紡ぐ。だから今日もきっとそうだ。

彼女は天乃ちゃんの前で両膝をついた。

「人間の行動原理なんて、とどのつまりは自己満足だと、わたしもそう思います」

天乃ちゃんも驚いたまま風架さんを見つめている。

「誰かに褒められたい。認められたい。すごいって思われたい。そんな邪《よこしま》な考えを人は誰しも多かれ少なかれ持っているものです」

「そうだよ……だから隼人も自分のために……」

「それでいいじゃないですか」

「え……？」

「自己満足でも誰かを幸せにすることはできますよ」

「…………」

「他人を幸せにすることで自分自身も幸せになる。果たしてそれは悪いことでしょうか？　隼人さんは陸上への未練を成就させることで、自分自身を、なにより、あなたを幸せにしたいんです。その気持ちは決して邪なんかじゃありません」

風架さんは月光のように柔らかい声で続けた。

「とても美しい気持ちだと、わたしはそう思います」

天乃ちゃんは傍らの瓶を見た。温白色の電灯に照らされて光る瓶を。隼人君の笑顔みたいに眩しく輝いている。でも、その顔をまた俯かせてしまった。

「……天乃」と岩戸さんが囁いた。

「今まで悪かった。父さん、お前のことを一番に考えてなかった。いつの間にか仕事のこととかお金のこと、世間体のことばっかり考えてたよ」

岩戸さんは真っ直ぐ天乃ちゃんに向き合った。

「もうそんなふうに考えるのはやめるよ。今度こそお前の幸せを一番に願う。約束する。今度こそ父さんが天乃のことを守る。なにがあっても守る。だから、もしできるなら……」

願いを込めて、岩戸さんは娘に伝えた。

「無理なんて思わずに、ここから一歩、勇気を出して踏み出してほしい」

隼人に逢いに行ってほしい――そう伝えた。だけど天乃ちゃんは最後まで首を縦に振らなかった。

今はまだ外に出る勇気はないみたいだった。

約束の日がやってきた。十二月二十日の土曜日、『風読堂』を臨時休業にした僕たちはＪＲ横須賀駅で隼人君と合流した。彼がかつて通っていた城陽中学は、休日ということもあり、ひっそりしていて人の気配はない。このグラウンドを午前中だけ借りることができたのだ。しかし午後には部

活動の練習がはじまってしまう。十二時までに撤収することが絶対条件だった。当直の教職員に挨拶を済ませると、時刻は十時を回っていた。天乃ちゃんに伝えたのもこの時間だ。

彼女の姿はまだ見えない。僕は岩戸さんに電話をしてみた。

『すみません。天乃の奴、部屋からは出てこられたんですが、どうしても外には……』

外へ出るのは部屋から出るより何倍も、何十倍もの勇気がいる。天乃ちゃんは玄関の前で座り込んだまま動けなくなってしまったらしい。いくら説得を重ねても、耳を塞いでただただ頭を振っているそうだ。岩戸さんは「もう少し話をしてみます」と電話を切った。

ランニングウェアの上にベンチコートを着た隼人君が心配そうにこちらを見ている。首を横に振ると、彼は落胆の表情を浮かべた。でも、すぐに背筋を伸ばして「大丈夫です」と爽やかに笑った。

「俺は天乃を信じます。必ず来てくれるって」

だけど、天乃ちゃんは来なかった。来る気配すら見せなかった。

校庭の柱時計の針は十一時を過ぎてしまった。走る距離は五〇〇〇メートル。彼の膝のことを考えると、そろそろ走り出した方が良いだろう。主治医の先生に処方してもらった鎮痛薬もいつ効果が切れるか分からない。隼人君の表情にも焦りの色が滲んでいた。

「どうする？　隼人君」

僕の問いかけに彼は悩んだ。彼女を待つべきか、それとも走り出すべきか。

「俺は天乃を待ちたいです」と隼人君は言った。「あいつに走ってるところを見てもらいたいから」

「でも、もう時間が……」

唇を噛む隼人君。分かっているんだ。今走り出さなければタイムリミットを迎えてしまう。そうなれば自分の足で走ることは叶わなくなる。今この瞬間がラストチャンスなんだって。

するると、風架さんがおもむろに口を開いた。

「では、わたしが必殺技でなんとかします」

「必殺技？」と隼人君と僕は声を揃えた。

「はい。今から天乃さんの家に行ってきます。着いたら電話をしますので、そうしたらお二人は走り出してください。その姿を風の記憶で中継します」

「中継？」と僕は目をしばたたかせた。

「ここから天乃さんの家は五分程度です。幸いなことに風は強くなってきています。方角もいい。お二人が走る姿を見た風は、すぐに流れて彼女の家の辺りにまで届くはずです。その風を摑まえて、天乃さんの前で映し出すんです。そうすれば、走っている姿を見せることができます」

そうか、前に見ていたSFラブストーリーの映画から着想を得たんだな。でも――、

「できるんですか？　そんなこと」

「分かりません。わたし自身、初めての経験だから不安はあります。それでも」

風架さんはブラウンがかった瞳に決意を滲ませ、

「必ず成功させてみせます。前に言いましたよね？　全力で支えるって」

「風架さん……」

彼女の力強い眼差しに、僕は胸が熱くなった。

「だけど、風の目印はどうするんですか？」

「それが問題です。確実に風を摑まえるには強力な目印が必要です。このグラウンドにいる隼人さ

んと、風を集めるわたしを繋ぐ、そのなにかが……」

「繋ぐなにか……」と隼人君は呟くと、「あ！」と笑みをこぼした。

「だったら、これはどうですか!?」

そう言って、スポーツバッグから出したもの――トナカイとサンタクロースの人形だ。

再会を願って持ってきたようだ。それを見た風架さんは「いけると思います！」と破顔した。

「これは元々、二つでひとつ。お二人が大切に持っていたものです。きっとわたしたちを、ううん、隼人さんと天乃さんを繋いでくれるはずです」

隼人君の瞳に希望の光が灯った。そして、サンタクロースの人形を彼女に差し出し、

「よろしくお願いします。風読みの風架さん」

「お任せください」

彼女は人形を受け取って猛然と走り出した。それを見届けた僕らはウォーミングアップをはじめた。隼人君の横顔には緊張の色がありありと浮かんでいる。その不安な気持ちを打ち消すかのように、彼は入念に、丁寧に、右足をマッサージしていた。

時刻は十一時二十分。風はさらに強くなり、さっきまで空を包んでいた青色は、だんだんと灰色へとその姿を変えていった。分厚い雲が陽射しを遮り、気温はぐっと低くなった。

スマートフォンが鳴った。風架さんからの電話だ。応答すると、彼女は乱れた呼吸を整えながら『岩戸さんのご自宅に着きました』と言った。

『もうしばらくしたら走り出してください。わたしはその光景を見た風をなんとしてでも掴まえます。だけど――』

「その映像を見るかどうかは、天乃ちゃん次第……ですね」

『仰るとおりです』

「信じましょう、彼女のことを」

電話を切ろうとすると、彼女が僕のことを呼んだ。そして、

『帆高さんも頑張って』

あなたも過去に打ち勝って――。彼女の言葉には、そんな想いが込められているような気がした。

「はい。今度こそ走りきってみせます」

誓いを込めて電話を切った。それから隼人君に向き直り、

「準備はいい？」

彼は手の中のトナカイの人形を今一度見つめた。そして目を閉じ、祈るようにトナカイを手で包んだ。やがて目を開いたとき、そこにはもう不安はなかった。人形をジャージのポケットにしまうと「走りましょう」と力強くそう言った。僕はスタート地点で鉛色の空を見上げた。

風よ、お願いだ……。

隼人君と天乃ちゃんを繋いであげてくれ！

そして僕らは走り出した。

隼人君は膝の痛みが嘘のような信じられないペースで最初の一周である二〇〇メートルを走った。四年間のブランクがある僕では、ついていくのがやっとだった。彼のフォームを後ろから見ていると、如何《いか》に陸上に情熱を捧《ささ》げていたかがよく分かる。

「無理しないで！」と声をかけたが、隼人君は止まらない。二周目もあっという間に駆け抜けた。

長距離ランナーとしての総決算というべき気迫溢れる逞しい走りだ。僕はどんどんと離されて、気づけば一〇〇メートル以上の差をつけられてしまっていた。

情けないな、僕は……。かつては全国大会まであとちょっとのところまでいったランナーだったのに、今はこんなにも遅くなってしまった。膝に痛みを抱える少年に離される一方だ。だけど、同時に嬉しくもある。すごくすごく嬉しい。彼の背中を追いかけながら、僕は少しだけ泣きそうになっていた。まるであの日の続きを走っているみたいだからだ。

もしもあの日、リタイアしていなかったら僕はこんなふうに走っていたのかな……。

転倒から立ち上がったとき、みんなはもう遠くまで行ってしまっていた。それでも諦めずに走っていたら、こんな景色を見ていたのかな。どれだけ離されても、ついて行こうとするこの光景を。

グラウンドの隅に目をやって、そこにあかりの姿を思い浮かべた。

あかりは僕がビリでもきっと応援してくれたはずだ。最後まで走ることを望んでいたはずなんだ。それなのに、どうして立ち止まってしまったんだろう。四年間もずっと……。

なぁ、あかり……。僕はお前に一枚もメダルをあげられなかったな。格好いいところも見せられなかったな。本当はあの日、一着でゴールして伝えたかったんだ。「ほら、僕だってできた。だからあかりも大丈夫だよ」って。なのに、ごめんな。なにも言ってやれなくて。お前から、走ることから逃げ出して――そのとき、トラブルが起こった。

前を走る隼人君が足をもつれさせたのだ。体勢が崩れて転びそうになる……が、彼はなんとか右足で踏ん張った。だけどその拍子に膝に激痛が走ったようだ。悲鳴のような声を上げた。

「大丈夫!?」と僕は足を急がせ、隼人君を追いかけた。彼は軽く手を上げて何事もなかったかのように走ってゆく。その背中を見て心配になった。本当に大丈夫だろうか……？

案の定、ペースはどんどんと落ちていった。やはり膝が痛いんだ。明らかに右足を庇《かば》っている。フォームは崩れて、身体がよれる回数が増えた。それでも彼は止まらなかった。顔を歪ませ、歯を食いしばり、痛みに耐えて必死になって走っている。しかしペースは戻らない。それどころか走れば走るほど遅くなってゆく。残りはまだ十周以上あるというのに。

リタイアさせるべきだろうか？　彼の横を走りながら僕は考えていた。だけど隼人君の決死の形相を見たら止めることなんてできなかった。彼は今、自分自身と闘っているんだ。

「頑張れ！　頑張るんだ、隼人君！」僕は走りながら声をかけた。「腕を振って！　腕で走って！」

校庭の柱時計は、十二時に迫っていた。

だんだんと部活動の生徒たちがグラウンドへと集まってきた。サッカー部、ハンドボール部、陸上部の生徒たちもいる。彼らはノロノロ走る隼人君に好奇の視線を向けている。その眼差しを一身に受けた隼人君は悔しそうだ。もっと速く走りたいのに……と、その目が強く語っている。目に涙を溜めて、痛みに耐えて、もがくように走る隼人君。その表情が弱々しくなってゆく。この足の状態であと二キロ以上も走れるのだろうか？

やがてちらちらと雪が降りはじめた。そのせいもあってか、気温はさらに下がった。彼の足は、もう早歩きよりも少し速いくらいにまで落ちている。これだけ寒いと汗が引いて筋肉も固まってしまう。限界だ。体力的にも、気温的にも、それに、時間的にも。

隼人君、もうやめよう。君は十分頑張った。走るのをやめていいんだ……。

何度もそう伝えようとした。でも言えなかった。言えるわけがなかった。だって彼は今なお立ち止まらずに走っているのだから。

同じランナーだったから分かる。長距離ランナーはなにがあっても立ち止まってはならない。歩いてもならない。どれだけ遅くても、辛くても、最後まで走り切ることに意味があるんだ。隼人君はまだランナーであることをやめようとしていない。諦めていない。だったら――。

僕は覚悟を決めた。納得するまで走らせてあげよう。

なぜならこれは、隼人君の人生で最も大事なレースなんだから……。

だけど限界がきてしまった。彼は痛みのあまり意識が朦朧《もうろう》としている。トラックのカーブをふらふらになりながら走っている。今にも転びそうだ。その姿に僕は涙しそうになった。心の中で何度も何度も「頑張れ……頑張れ……！」と叫んだ。

隼人君の足から力が抜けた。そして、立ち止まろうと――僕は涙を溢れさせた。

カーブを曲がりきったその先を見て、涙が溢れて止まらなくなったんだ。

「隼人君……！」

彼に向かって呼びかけた。

「天乃ちゃんだ……天乃ちゃんが来てくれたよ！」

校門のところに風架さんに支えられた彼女が立っている。ダッフルコートを着た天乃ちゃんだ。コートの下は部屋着姿だ。なにも着飾っていない、ありのままの彼女がそこにいる。そして、小さく震えるその手には、サンタクロースの人形があった。

来てくれたんだ……。隼人君は今まさに止めようとしていた足を再び動かした。

天乃ちゃんは泣いていた。自分のために満身創痍《まんしんそうい》の状態で走る彼を見て、顔をくしゃくしゃにして泣いている。そんな彼女の肩を風架さんがそっと抱いてあげた。

隼人君もジャージのポケットからトナカイの人形を出して、それを握りしめながら走った。

二人は今、想い出の人形を介して心を通わせ合っているんだ。

彼の足が活き活きと動き出した。これまでの辛そうな走りからは打って変わって、軽やかに、気持ちよさそうに進んでゆく。どうして急に？　その答えはすぐに分かった。

風だ……。逞しい北風が彼の背中を押しているんだ。

その風は灰色の雲を南へと流し、青空を取り戻してくれた。そこで笑う金色の太陽が暖かな陽射しを隼人君に届けてくれる。その光の中、隼人君は懸命に走った。

彼は今、あの感覚の中にいるんだ。走っているとき、不意に訪れる不思議な感覚。ほんの一瞬だけすべての辛さから解き放たれるあの感覚――彼は今、風になっているんだ。

なんて気持ちよさそうなんだろう……。

そして、ついにゴールした。たったの五キロだ。それでも、自分の足だけで走りきった意味のある五キロだ。頑張った。本当によく頑張った。僕は立ち止まって両手を空に突き上げた。

一方の隼人君は立ち止まらなかった。息を切らせたまま、身体中を汗で濡らしたまま、足を引きずり天乃ちゃんのもとへ向かった。そして、彼女の前でようやく足を止めた。

「天乃……」

その声に、天乃ちゃんは気まずそうに俯いた。

「来てくれてありがとう」

乱れた呼吸で告げた言葉には、ありあまるほどの嬉しさが込められていた。

「全然速く走れなかったよ。くそぉ、もっと格好いいところを見せたかったんだけどな。みっともなかったよな。だけど……」

天乃ちゃんが顔を上げると、隼人君は笑った。今までで一番の笑顔で。

「天乃が来てくれて、俺、めちゃくちゃ嬉しいよ！」

その言葉に、その笑顔に、天乃ちゃんは涙した。

「ありがとう、隼人……」

震える声で彼に伝えた。

「わたしのために走ってくれて」

振り絞るようにして必死に伝えた。

「見てたよ……ちゃんと見てた……」

「…………」

「隼人が走ってるとこ……風の記憶で……」

天乃ちゃんも笑った。今までで一番の、心からの笑顔で。

「すごくすごく格好良かったよ！」

隼人君は「やった」と嬉しそうに笑った。

そして、握りしめていたトナカイの人形を天乃ちゃんの前に差し出した。

彼女は素直にそれを受け取って、懐かしそうにひとつに繋げた。

サンタクロースがトナカイのソリに乗っている。やっと再会することができたんだ。

二人は嬉しそうに、幸せそうに、顔を見合わせ微笑んでいた。

帰り際、校門の前で隼人君が振り返った。

「帆高さん、ありがとうございます。帆高さんが一緒に走ってくれて心強かったです」

「こちらこそお礼を言うよ。ねぇ隼人君、いつかまた走ろうよ。車椅子でもいいし、義足でもいい。五キロでも、三キロでも、一キロでもいいから。いつかまた一緒に」

「無理ですよ」

彼はあっさりそう言った。そうだよな、もう陸上は――、

「帆高さんはもう俺にはついてこられませんから」

「え？」

「俺、夢ができました」

僕は目を細めて微笑んだ。

「どんな夢？」

「いつかパラリンピックの陸上で金メダルを獲ります。だから帆高さんじゃ相手になりませんよ」

生意気だな……と僕は笑った。でも嬉しかった。彼が走ることを諦めないでくれた。どんな困難があっても、辛いことがあっても、走ることから逃げないと決意してくれた。そのことがなによりも嬉しい。隼人君はこれからも走り続けるだろう。自分自身のために、お母さんのために、天乃ちゃんのために。ううん、それだけじゃない。もっともっと大勢の誰かのために。だったら僕も――、

「だったら僕も走り続けるよ。君に負けないように」

走り続けよう。これからもずっとずっと、誰かのために……。

年内最後の営業日。『風読堂』の大掃除をしていると、ポケットの中でスマートフォンが震えた。LINEが届いたようだ。機器を引っ張り出してみると、隼人君からだった。手術は無事に成功したようだ。よかった、本当によかった。そこには『明日からさっそくリハビリ開始です！』と心強いメッセージが記されていた。それと――その続きを見て、僕は微笑んだ。そこには一枚の写真がある。隼人君と天乃ちゃんの笑顔のツーショット写真だ。二人はお付き合いをはじめたんだ。

「風架さん、見てください！　隼人君と天乃ちゃん、付き合いはじめたそうですよ！」

カウンターの整理をしていた風架さんは手を止めて、ふふんと得意げに笑った。

「そりゃあそうですよ。天乃さんにクリスマスプレゼントを差し上げましたから」

「クリスマスプレゼント？」

「ええ。あの日の雪の映像を瓶に入れてプレゼントしたんです。ホワイトクリスマスになるようにって。あと、その雪の中で伝えたらいいですよってアドバイスも」

「伝えるって、なにを？」

「もぉ、帆高さんって鈍感ですね」と彼女は片頬を膨らませた。

「そんなの決まってるでしょ？」

風架さんは僕に言った。

大好き……って。

その声と表情があまりに素敵だったから、僕はドギマギしてしまった。なんだか自分が言われたみたいだ。もちろんそんなの勘違いだ。うんと幸せな勘違い……。

「あ、そうだ！」と風架さんがせかせかと手を叩いた。

「ええっと、前に話したボーナス、覚えていますか？　お金での支給は難しくても、なんらかの形で必ずお渡ししますって、わたし言いましたよね」

「覚えてますけど……。でも無理しないでくださいね」

「いえいえ、ちゃんとお支払いします。約束ですから」

そう言って、風架さんはカウンターの下からひとつの瓶を取った。

大きな水色の瓶の中には、折り畳まれた紙のようなものが入っている。

風架さんは、風の絵が描かれた瓶をこちらへ向けてこう言った。

「これは、ある方から預かったあなたへの贈り物です」

エピローグ　花信風

「これは、ある方から預かったあなたへの贈り物です」

風架《ふうか》さんが向けた大きな瓶を前に、僕は戸惑っていた。

突然の贈り物もさることながら、瓶の中に入っている煌めく紙に対して……。

「ある方って誰なんですか？」

「帆高《ほだか》さんのお母さんです」

「え……？」

「実は秋に初めてお目にかかったあと、『風読堂』にいらっしゃったんです。わたしがボーナスのお話をした前日に。ちょうど帆高さんがお兄さんに会われている頃です」

そういえば、お母さんは言っていた。またね、風架さん。今度お店に遊びに行くわ……って。あの言葉は社交辞令じゃなかったんだ。

「そこで風読みの依頼をされたんです。ほっくんに届けてほしい風の記憶があるのって」

「風読みを？　届けてほしい風の記憶って？」

「あかりさんの想い出です」

「あかりの……？」

「ええ。どうしても届けたい想いがあるそうです」

お母さんは風架さんにそんなことを頼んでいたのか……。

「それであの日、帆高さんから妹さんとの過去の出来事を聞いた日の夜、わたしは一人でこの風を集めに行きました」

風架さんは撫でるような優しい眼差しを水色の瓶に向けた。そして、

「ぜひ見てあげてください。あかりさんの大切な想い出を」

それから彼女は気を利かせ、店の外の看板をひっくり返して『風読堂』を出て行った。一人残された僕は店の真ん中のスペースにスツールを引っ張ってきて、そこに腰を下ろした。手の中の瓶をじっと見つめる。胸の奥からは乾いた心音が聞こえてくる。その響きで身体中が震えていた。

あかりの想い出ってなんだろう？　届けたい想いって？

僕は約束を叶えることができなかった。だから、あかりは僕に対して失望していたはずなんだ。

怖かった。あかりの想いに触れることが。

でも、コルク栓に手を添えた。

もう逃げないって決めたんだ。それに――、
あかり……。お前がどう思っていようと、酷いことを言っていようと、僕はそれでも構わないよ。

ちっとも構わない。怒られたっていい。呆れられたっていい。だってさ……。

この栓を抜けば、あかりに逢える。

僕はあかりにまた逢いたい。

もう一度、逢いたいんだ。

そして、コルク栓を勢いよく抜いた。

その刹那、花のような風が溢れ出した。風は、赤、青、黄色の華やかな輝きを放ち、僕の髪の毛を揺らし、カウンターの上の書類をはためかせながら店内を駆け回る。ガラス細工がカタカタと音を立てる。それでも風は優しくて、敵意は一切感じない。ガラス細工が倒れることはなかった。

やがて風は静かに止んだ。そのあとには光の粒子たちが残された。ふわり、ふわり、と宙を漂っている。瓶をおもむろに床の上に置くと、光は呼ばれたようにそこへと集まってきた。

そして目線の高さで、少しずつ、はっきりと、ひとつの映像を描いていった。

僕は涙が止まらなくなった。

あかりだ……。

大好きな妹の姿が目の前に映し出された。

それは、一時退院したときのあかりの想い出だ。

妹の顔には生気がない。亡くなる少し前の冬の日だ。居間には母と兄がいて、僕の姿だけがない。

この日も僕はあかりに逢おうとしなかった。友達の家に泊まりに行くと言って逃げてしまったんだ。

兄さんはそのことをひどく怒っていた。

「帆高の奴、どこ行ったんだよ。せっかくあかりが帰ってきたのに……」

あかりはテーブルで紙のようなものを折っている。そして、兄に向かっていつもの調子で、

「ほらほら、そんなに怒ったらほっくんが可哀想よ。それに航《こう》ちゃんだってイケメンが台無しよ」

だけど、その声は弱々しい。彼女の心臓は、あと数日で止まろうとしていた。

それでもあかりはなにかを一生懸命折っている――と、その手を止めて、

「ねぇ、お母さん……航ちゃんも……」

「なあに？」と台所でリンゴを剝いていた手を止めて、母があかりの隣に腰を下ろした。

兄も「どうした？」と妹に歩み寄った。

あかりは、二人に微笑みかけて、

「わたしね、もうすぐ死んじゃうと思うの」

その言葉に、母と兄の顔が凍りついた。

でも、その凍《い》てつきをとかすようにあかりは笑った。

「もぉ、そんな顔しないで。お医者さんには夏は越せないって言われたけど、結果的には半年も長生きできたんだから上出来でしょ？　大勝利だって思わない？」

母は懸命に笑って「そうね……」と頷いた。

「わたしが死んだら、お願いがあるんだ」

「なにかしら……？　なんでも言って」

「ほんと？　やった。お母さんには、わたしの夢を叶えてほしいな」

そう言うと、あかりは仏壇の隣を見た。

そして弱々しく手を伸ばし、なにもないその場所を指さした。

「あそこにね、大きな水槽を置いて熱帯魚をたくさん飼って」

「熱帯魚？」

「うん。身体のこともあるから生き物は飼えないなぁって、ずっと諦めてたんだ。でもね、ずーっと飼いたかったの。だからわたしの代わりに飼って。春には桜の木を置いて、夏はひまわり、秋は紅葉、冬は雪。季節ごとに水槽を飾って、魚たちを楽しませてあげてほしいの」

「分かったわ……」

「約束ね？」

「うん。約束する」と母は涙ながらにあかりの頭を撫でてあげた。ありったけの愛情を込めた手のひらで、愛おしそうに、大切な娘の命を感じ取るように、何度も何度も撫でてあげていた。


その映像を見て、僕は涙が止まらなくなった。ただの気まぐれな趣味だと思ってた。迷惑な趣味だって……。大きくて邪魔な水槽だと勝手にそう思っていた。

でも違ったんだ。お母さんはあかりとの約束を守ったんだ。

きっとあかりの死を受け入れるまで置くことができなかったんだろう。それでも四年という時が経ち、ようやく置くことができたんだ。あかりの夢を叶えたくて……。


映像は続いた。

「それから、航ちゃん」

「なんだ……？」と兄は少しぶっきら棒に言った。涙を堪えているんだ。

「航ちゃんは、わたしの代わりにケーキとかパフェとか甘いものをたくさん食べてよ。ほら、わたしって甘いもの大好きでしょ？　だから代わりにたくさん食べてほしいの」

「俺は甘いものは得意じゃないよ」

「えー、お願い。カフェでメニューに載ってたら、なんでもいいから頼んで食べて。甘いものをたくさん食べたら、航ちゃん、案外丸くなるかもよ？　性格的にも、体形的にも」

あかりは、しししと悪戯っぽく笑った。

「航ちゃんが食べることで、わたしも天国で一緒に食べてるって思ってよ。ああ、あかりもあっちで満足してるなぁって。わたしたちは胃袋で繋がってるから」

「なんだよ、それ」と兄は苦笑いした。それでも、

「まぁでも、そういうことなら頑張って食ってみるか」

「ほんとに？」

「ああ。約束するよ」

兄の声は震えている。今にも涙がこぼれそうだ。

「ありがとう。航ちゃん」

「もし太ったらお前のせいだからな、あかり」


あの日、兄さんはカフェで甘いものをたくさん頼んでいた。ホットココアとガトーショコラ、それからキャラメル・シュークリーム。単なる仕事のストレスだって思ってた。でも違ったんだ。あかりのために食べていたんだ。天国のあかりに喜んでほしくて。

――帆高、あの日の約束をちゃんと守れ。

二人とも、あかりとの約束を守るために今日までずっと生きてきたんだ……。

映像はまだ続いた。

「それから、ほっくんのことも」と妹は心配そうに言った。「あいつってば、わたしとの約束を気にしてしばらく落ち込んじゃうと思うんだ。だから三人で励ましてあげようよ」

あかりは母のことを見て、

「お母さんはいつでもほっくんの南風でいてあげて」

「南風？」

「うん。優しい南風。いつでも味方でいてあげてね。逃げ場がないのはしんどいから」

お母さんは「そうね」と目を細めて頷いた。

「航ちゃんは、うーんと厳しくね」

「今よりもか？」

「もちろん。逃げ場だけだと、あいつはきっと甘えちゃうから。う〜〜〜んと、厳しくしてやって。北風がないと新しい季節は来ないから」

「そうだな。それで、あかりは？」

「わたしは――」

あかりは窓の外を見た。

「風になるよ……」

青い空に吹く風を見ていた。

「春の風になって、ほっくんにまた逢いに行くよ」

そうか、そうだったんだ……。

あの日の風は、あかりだったんだ……。

公園で仕事が見つからないでいた僕に、『風読堂』のチラシを届けてくれたあの風は、
あかり……お前だったんだな。

――風があなたたちをめぐり逢わせてくれたのね……。

風読みの話をしたときにお母さんが言っていたのは、そういう意味だったんだ。

あかりが春の風になって僕に出逢わせてくれた。この店と、風架さんと、たくさんのお客さんたちと。僕が変わるきっかけを、お前が与えてくれたんだ。僕は自分があかりから逃げ続けてると思ってた。でも、そんなことなかった。あかりはずっと、ずっとずっと、僕の傍にいてくれたんだ。優しい風になって……。


「――できた」

風の記憶の中、あかりは嬉しそうに笑った。そして手の中で折っていたあるものを見せた。

「これ、いつかほっくんに渡してあげて」

彼女が二人に見せた、その紙は――、

「わたしからの金メダル！」

金色の折り紙で作ったメダルだ。ビニール紐《ひも》の輪っかもついている。

不格好で、下手くそで、だけど愛情がたくさん詰まったあかりからの贈り物だ。

「それで伝えてあげて。この金メダルにふさわしい人になりなさいって」

ふと、あかりと目が合った。

風の記憶を介して今、僕らは見つめ合っている。

あかりは笑った。うんと素敵な笑顔で。

とっておきの、一番の笑顔で。

そして、僕に最後のメッセージをくれた。

頑張れ、ほっくん……って。


映像が終わると、僕は瓶に手を入れて煌めく紙を取り出した。あかりがくれた金メダルだ。

風架さんはこの折り紙の金メダルを目印に風を集めてくれたんだ。

それを抱きしめて、またしばらく泣き続けた。

このメダルはまだ首からは下げないでおこう。あかりが言うとおり、いつかふさわしい人になるその日まで。僕は今よりもっと、もっともっと、走らないといけないんだ。

涙が涸《か》れると兄に電話をかけた。どうしても今の気持ちを伝えたかった。

何回かのコールのあと、『もしもし？』と兄は応答してくれた。

「兄さんに伝えたいことがあって電話したんだ」

『伝えたいこと？』

「今まで勘違いしていたよ。あかりが死んでしまったら約束はもうおしまい。二度と叶えられないって、そう思ってた。でも違うよね。そんなの絶対違うよね。ねぇ、兄さん……僕は――」

涙を拭いて顔を上げた。

「これからも走り続けるよ！」

兄は電話の向こうで黙っている。

「あかりのために、誰かのために、走り続ける。もう絶対に立ち止まらない。あかりとの約束を一生懸けて叶えてみせるよ」

決意と誓いを込めて僕は伝えた。

「それが僕の夢だ」

『そうか……』と兄は短く言った。『用件はそれだけか？　切るぞ』

「うん。忙しいところ、ごめんね」

相変わらず無愛想だな……と微笑み、電話を切ろうとした。すると、

『前に会ったときに言っていたな。あかりの命日に墓参りに行こうって』

「うん……」

『行くか。お袋と三人で』

「いいの？」

『仕事の都合がつけばな』

「嬉しいよ。お母さんにも言っておく。きっと喜ぶよ」

まだなにか言いたそうだ。しばらく電話越しに待っていると、兄が笑ったのが分かった。きっと優しく微笑んでくれているんだ。そして言ってくれた。

『頑張れよ、帆高……』

この人は不器用で無愛想だけど、本当はうんと優しい人だ。

忘れないでいよう。この言葉も、あかりがくれた大切な想い出も、あの日の約束も。

「ありがとう。頑張るよ」

僕は心を込めて伝えた。兄と、風の中にいる妹に向かって。


あかりの命日である一月十日――。僕らは三人でお墓参りへと向かった。こうして家族が揃うのは本当に久しぶりだ。兄はちょっと照れくさそうだった。もちろん僕もだ。でもお母さんのテンションの高さに、そんな気まずさはあっという間に吹き飛んでしまった。

墓参りを終えると自宅に戻ってごはんを食べた。お母さんのとっておきの手料理だ。

食卓に並べられた冬の味覚。ワカサギの唐揚げ、冬キャベツのポトフ、チキンポットパイ、それに特製おでんも。さすがに豪華すぎる。居間の水槽の中、雪の絨毯の上を泳ぐ熱帯魚たちは、なんだかとても嬉しそうだ。それに、写真立ての中で笑うあかりも……。

「どう？　美味しい？」

ワカサギの唐揚げを頬張ると、母が僕に訊ねてきた。

今度こそ伝えよう。心を込めて、あかりの代わりに。

「美味しいよ。お母さんは料理の天才だね」

母はその言葉がよほど嬉しかったのか、顔をまん丸にして笑ってくれた。

「そうでしょ、天才なの！」

あの頃と同じ笑顔だ。あかりが褒めてあげたときと同じ。ようやくちょっとだけ恩返しができた気がするな。そう思っていいよな、あかり……と、写真の中の妹に話しかけた。

　さらり……。絹のような風が僕の頬を撫でた。

　その風が言っている。

「うん！　すごくすごく親孝行だよ！」って。

　あかりだ。僕らのことを見つめているんだ。

　僕は風に微笑みかけた。

　今までで一番の笑顔で……。


　爽やかな風が新しい季節をこの街に連れてきた――。

　柔らかな花信風が花の開花を報せてくれた三月初旬のとある朝、僕は今日もポジターノ・イエローのベスパに乗って仕事先へと急いでいた。アスファルトを照らす太陽は、冬の光から一転して、活き活きとした春の輝きにその色を変えて、街に新鮮なぬくもりを与えてくれている。向かい風は暖かく、肌に触れると瑞々《みずみず》しさを感じるほどだ。なんて気持ちのよい朝なんだろう。風に触れることがこんなにも楽しくて、嬉しくて、幸せなことだなんて、去年の今頃は想像もできなかったことだ。様々な出逢いが、体験が、僕に風の素晴らしさを教えてくれたんだ。

　ドブ板通りに着くと、いつもの場所にベスパを停めて長い長い階段を上ってゆく。息を切らせて一歩一歩進んでゆくと、やがて山のてっぺんまで辿り着いた。

振り返ると、街が眼前に広がった。

軍港で知られる横須賀は今日も長閑だ。遠くの基地では大きな護衛艦が三隻並んで停泊していて、その船の上を海鳥たちが気持ちよさそうに泳いでいる。その向こうの山々は豊かな緑を抱いて、青空には雲ひとつ見当たらない。贅沢《ぜいたく》すぎるほどの晴天だ。波がキラキラと笑うと、その輝きがここまで届いて目に眩しかった。

「おはようございます」

あの人の声がした。

僕の上司で雇い主。ついでに片想いの相手でもある、あの人。

風読みの彼女だ……。

「今日はうんと暖かいですね」

僕の隣に並び立つと、彼女は風に揺れる髪を耳にかけて笑った。

「ええ、もうすっかり春ですね」

僕も微笑み、頷き返した。

今日の風架さんは春の装いだ。ブルーと白の縦縞のシャツにロングのプリーツスカート。赤色のベレー帽もよく似合っている。坂を上ってきて暑かったのだろう。シャツを脱いで白い半袖姿になった――と、彼女が不意に悪戯っぽい顔をした。

「どうしました？」

「帆高さん、どっちが速いかお店まで競走です！」

そう言うと、僕を置いて行ってしまった。

春風の中を駆けてゆく彼女。その後ろ姿に僕は見惚れた。
柔らかそうな髪の毛が、スカートが、ベレー帽が、踊るように揺れている。
風のような、素敵な姿だ。
「風架さん、ズルいですよ！」
僕も地面を蹴って走り出す。
力強く、次の一歩を。
新しい春の風と共に。
『風読堂　あちら☜』の看板の横を二人で一緒に駆け抜ける。
そして僕は今日もまた、ファンタジーのトンネルをくぐった。

初出　「小説すばる」二〇二四年一一月号～二〇二五年二月号

装丁・本文デザイン　目﨑羽衣（テラエンジン）
装画　パフェさん

宇山佳佑（うやま・けいすけ）

脚本家として、ドラマ『スイッチガール!!』『君が心をくれたから』、映画『信長協奏曲』『今夜、ロマンス劇場で』などを執筆。著書に『ガールズ・ステップ』『桜のような僕の恋人』『君にささやかな奇蹟を』『この恋は世界でいちばん美しい雨』『恋に焦がれたブルー』『ひまわりは恋の形』『いつか君が運命の人 THE CHAINSTORIES』などがある。

風《かぜ》読《よ》みの彼《かの》女《じょ》

二〇二五年四月三〇日　第一刷発行

著　者　宇山佳佑《うやまけいすけ》
発行者　樋口尚也
発行所　株式会社 集英社
〒一〇一-八〇五〇　東京都千代田区一ツ橋二-五-一〇
☎〇三-三二三〇-六一〇〇（編集部）
三二三〇-六〇八〇（読者係）
三二三〇-六三九三（販売部）書店専用
印刷所　TOPPANクロレ株式会社
製本所　株式会社ブックアート

ISBN978-4-08-770002-2 C0093

定価はカバーに表示してあります。